KB194015

비
등
점

비등점

1판 1쇄 발행 2025년 5월 25일

지은이 이용해
발행인 이선우
펴낸곳 도서출판 선우미디어
등록 | 1997. 8. 7 제305-2014-000020
02643 서울시 동대문구 장한로12길 40, 101동 203호
☎ 2272-3351, 3352 팩스: 2272-5540
sunwoome@hanmail.net

값 15,000원

※ 잘못된 책은 바꿔 드립니다.

ISBN 978-89-5658-795-0 03810

재미 성형외과 전문의

이용해 열아홉 번째 수필집

비등점

차례

chapter_1 살면서 배우는 것

chapter_2 멀어지는 한국

chapter_3 진흙 속의 보석

chapter_4 드론 드론 드론

c h a p t e r - 1

살면서 배우는 것

고독과 외로움

고독과 외로움은 같은 뜻으로 생각했는데 사전은 고독은 혼자 있는 것이고, 외로움은 정신적으로 외떨어져 있어 괴로움을 느낀다는 뜻이라고 합니다.

혼자 있다고 해서 다 외로운 건 아니어서 음악감상을 한다든가 홀로 낚시터를 찾아 취미생활을 즐길 수도 있습니다. 그런데 외로움은 사람을 괴롭게 합니다. 여학생들이 '나는 고독을 사랑한다'라고 하는 건 떠들썩한 분위기가 싫고 혼자 있기를 좋아한다는 말일 것이고, 외로움을 느끼고 싶다는 건 아니겠지요. 그러나 사실 이 말은 거의 같은 뜻으로 사용되었다고 할 수 있습니다.

키르케고르의 저서 『죽음에 이르는 병』에도 고독은 외로움과 거의 같은 뜻으로 쓰이고 있습니다. 고독하면 절망하게 되고 절망은 사망에 이르게 한다는 것입니다. 외로움은 여러 사람 가운데 있으면서도 느낄 수 있는 감정입니다. 시집온 며느리가 명절이 되어 시집 식구들이 다 모인 자리에서 남편은 친지들과 술을 마시고 취해 있는데 아무도 말을 걸어 주는 사람이 없다면 이 며느리는 사람들 사이에서 외로움을 느낄 수 있습니다.

학교에서 왕따당하여 외롭고 괴로워하다가 극단적인 선택을 했다는 이야기를 여러 번 듣지 않았습니까. 그런 사람들은 물리적으로는 고독하지 않은 것입니다.

내가 좋아하는 이어령 선생님도 매우 외로운 사람이었습니다. 그분에게는 많은 제자가 있었고 일을 같이하는 사람들도 많이 있었지만 "야, 임마!" 하고 어깨를 두드려 주며 이야기할 친구가 없었습니다. 그는 너무 똑똑했고 날카로운 비판력을 가졌고 흐리멍덩한 것을 용납하지 않았습니다. 그의 초기 작품 『고독한 군중』 『유형지에서 아침을』 『하나의 나뭇잎이 흔들릴 때』 『저항의 문학』 『지성의 오솔길』 같은 작품집은 거의 모두 외로움과의 싸움이었습니다. 선생은 고독과 외로움을 같은 뜻으로 썼습니다. 데모 군중 속의 고독은 사전의 말과는 다른 외로움일 테지만 고독으로 표현했습니다. 사람은 누구나 고독을 느낍니다.

사람들이 다 퇴근한 실험실에서 혼자서 자기 테마에 빠져서 시간이 가는 줄 모르고 실험에 몰두하고 있는 사람은 고독한 것은 아닙니다. 그는 자기가 연구하는 테마와 같이 있기 때문입니다.

나는 한국의 대학병원에서 12년을 근무했습니다. 사람들이 나더러 혼자 있으니 외롭지 않냐고 묻곤 했는데 전혀 그렇지 않았습니다. 나는 농담으로 "아니, 내가 왜 혼자 살아? 둘이 살아요."라고 했는데 놀라서 "아니, 여기 오셔서 결혼하셨어요?"라고 묻습니다. "하나님과 함께 살거든."하고 웃으면서 대답했습니다. 일에 묻혀 살고 시간이 나면 내가 좋아하는 영화도 보고 친구들과 어울려서 외로울 틈이 없었습니다.

많은 사람이 사람들 사이에서 고독을 느낍니다. 같은 방에서 아내와 차를 마시면서 나의 세계와 다른 세계에 있는 아내에게서 고독을 느낍니다. 저녁에 여러 친구와 같이 있으면서도 대화의 주류에서 벗어나 고독(외로움)을 느낍니다. 식구들과 둘러앉아 밥을 먹으면서 '아무도 나를 알아주는 사람이 없구나.' 고독을 느낍니다.

아마 여자들이 알면 기겁하겠지만 아내와 같이 저녁 먹으면서 아득하게 멀어진 옛날의 여자 친구 생각을 한다거나 오늘 낮에 스치고 간 사람을 생각한다면 당장 헤어지자고 목소리를 높이거나 따귀를 맞고 쫓겨날 것입니다. 솔직하게 말해서 여자들은 그런 때가 없을까요? 대학생 때 미팅에서 만났던 그 남자가 생각날 때가 있겠지요. 그럴 때 느끼는 감정이 고독이고 외로움이란 것입니다. 고독은 병입니다.

키르케고르도 고독은 병이라고 했습니다. 헤어나기 어려운 병, 그래서 자살하는 많은 사람이 고독하다고 합니다. 고독하다고 자살한 친구의 장례식에서 "참 모르겠다, 친구가 많았던 사람인데" "명랑했던 사람인데"라고 수군거립니다. 그 누구도 그를 이해하지 못했던 것입니다. 많은 천재가 그랬고 이상(李箱)이 그랬습니다. 소월 김정식 시인이 그랬고, 윤심덕 가수가 그랬습니다. 『짝 잃은 거위를 곡하노라』라는 글을 쓰신 이은상 선생님이 그랬고, 노벨 문학상을 받은 어니스트 헤밍웨이가 그랬습니다. 삼성그룹 이건희 회장의 막내딸도 그랬습니다.

100명의 사람이 있는 중에는 대부분 서로 어울리는 그룹의 사람들이고, 어울리지 못하는 통계적 표준편차 II에 속하는 몇 명의 사람들이 있습니다. 이들은 바보일 수도 있고 천재일 수도 있습니다. 그들이 군중 속에서 고독을 느끼는 사람들일 것입니다.

오래전 돌아가신 90세가 넘으실 즈음의 나의 장인도 외로움을 많이 느끼셨습니다. 장인께서는 외롭다고, 삶의 의욕을 잃어버리셨다고 호소했습니다. 아파트의 노인정에 나가시고 교회에서도 가정방문을 자주 왔습니다. 그러나 그분에게는 공통적인 주제로 대화를 나누고 마음을 나눌 친구가 없었던 것입니다.

유튜브를 보면 사람이 오래 살려면 사랑하는 대상이 있어야 한다고 합니다. 그것이 꼭 사람일 필요는 없고 사랑을 쏟을 수 있는 대상이어야 한다는 것입니다. 그림을 그리는 일, 무엇을 만드는 일, 글을 쓰는 일, 절에서 수도하는 일, 사람을 사랑하는 일 등 무엇이든지 사랑하며 정열을 쏟을 수 있는 대상이 필요한 것입니다. 그래서 책을 읽고 유튜브를 들여다보고 글을 쓰며 하루하루를 살아가는지도 모르겠습니다.

거짓말

얼굴이라는 말은 '얼(魂)'이 깃들인 '굴'이라는 말입니다. 그러니 얼굴은 해부학적으로 '두부(頭部)'는 영혼이 있는 곳이라는 말입니다.

그런데 여기에 제일 큰 구멍이 있는데 바로 '입'입니다. 얼굴에서 가장 큰 부위를 차지하고 있습니다. 입안은 코와 귀로 연결이 되어 있는 관이 있어 마치 사령부나 마찬가지로 연락망이 짜여 있습니다. 입으로는 먹기도 하지만 말도 합니다. 왜 먹는 역할과 말하는 역할을 같은 입에서 할까요?

어릴 때 부모님은 먹을 때는 말하지 말라고 하셨고, 사회에 나와서는 먹은 사람은 말하지 말라는 뜻이었다고 합니다. 즉 이제명 씨의 돈을 먹은 권순일 대법관이나 판사들은 입을 다물고 말하지 말라는 뜻이었겠지요. 또 '두부'의 가장 중요한 구멍에서 나온 말은 '너의 영혼이 시킨 것이나 너의 말은 너의 진심이며 말의 책임을 져라.'라는 뜻일 것입니다. 그래서 말이 그 사람의 인격이라고 하고 말은 그 사람 얼(魂)의 소리라고 합니다.

이 사회에서 말을 정말 영혼의 소리라고 생각하며 말하는 사람이 얼마나 될까요? 성경에 "In the beginning, was the word, word was with God and Word was God"이라는 구절이 나옵니다. 즉 "하나님이 태초에 언어로써 세상을 창조하셨으니 언어가 창조이고 말씀이 하나님이라"는 것입니다. 하나님은 특수한 사람과 접촉하셨는데 즉 모세, 아브라함, 노아, 엘리야, 엘리사 같은 사람과 말씀하셨다고 합니다. 그리고 그 말씀은 이루어졌습니다.

인간이 숫자가 많아지면서 힘 있는 사람과 권력 있는 사람들이 생겨났는데 그 사람들이 말을 잘하여 사람들을 자기편으로 끌어모을 수 있었습니다. 고대에 가장 문명국가였던 그리스에 소피스트가 있었는데 말을 잘하여 사람들을 끌어모으는 재주를 가진 사람들이었고, 그들을 현명한 사람들이라고 했습니다. 그들은 수사학이라는 말의 재간을 공부했는데 그 재주로 사람들을 선동하는 걸 배웠습니다. 즉 거짓말로 사람들을 선동하는 것이었겠지요. 그런 선동으로 우매한 군중을 선동했고 BC 399년 그리스의 가장 착하고 현명한 소크라테스를 죽였습니다.

기독교의 종주국인 유대에서도 우매한 군중을 선동하여 예수님을 죽였습니다. 히틀러도 스탈린도 국민을 선동하여 권력을 잡았고 권력을 잡은 후 국민을 탄압했습니다. 중국의 공산당도 마찬가지입니다. 물론 중국은 오랜 전쟁과 외국의 압박으로 사회가 혼란되어 있었지만, 국민을 잘 선동한 모택동이 정권을 잡아 세계 최대의 공산국가가 되었습니다.

한국 사람들의 지능 지수가 106으로 세계에서 가장 똑똑한 사람으로 나와 있는데 감성이 강해서 그런지 선동에 아주 예민하고 잘 넘어갑니다. 벌써 20여 년이 흘러갔지만, 미군 훈련 장갑차에 사고로 죽은 미순이, 효순이의 전국적인 데모는 한국이 아니면 일어나지 않았을 파동이고, 몇 년 후 일어난 광우병 파동은 그렇게 똑똑하다는 한국 사람들을 세계의 웃음거리로 만들었습니다. 광우병 환자가 한 명도 안 일어난 나라에서 광화문 광장에 수십만 명이 모여 대통령 물러나라고 구호를 외치고 난동 부린 일은 세계의 가십거리가 되었습니다. 몇 년 전 조국이라는 사람의 자식을 의과대학에 넣기 위한 공문서위조로 조국 부인과 딸이 재판에 넘겨졌을 때 서초동에서 벌어진 데모는 한국인들이 똑똑한 게 아니라 얼마나 후진국인지를 세계에 보여 주었습니다.

우리나라 사람들은 초기 선교사들과 많은 외국인이 우리 국민이 어질다고 했습니다. 어진 사람들은 정직하여 남에게 잘 속아 넘어갑니다. 그런데 어쩐 일로 지금은 한국 사람들이 가장 거짓말을 잘하고 남을 속이는 국민으로 알려져 있을까요? 한국의 사기 사건과 무고 사건은 일본의 100배가 넘고, 한국의 전화 보이스피싱은 미국의 10배도 넘습니다. 미국의 보이스피싱은 어리석고 허술하여 잘 넘어가지 않는데 한국의 보이스피싱은 너무도 교묘하고 거짓말이 능숙하여 속아 넘어가기 쉽다는 것입니다. 그리고 미국에는 어떤 재판에나 거짓말이 탄로가 나면 패소하고 끝장이 나는데 한국에서는 거짓말을 아무리 해도 상관이 없는 모양입니다.

지금 한국의 야당 대표는 대장동 사건을 비롯하여 여러 가지의 사건의 재판에 걸려 있는데 아직도 결론이 안 납니다. 분명 거짓말이 탄로가 났는데도 그 거짓말은 거짓말을 해야 할 형편에서 한 것이니 사건의 결말과는 상관이 없다는 판사의 말입니다.

미국에서는 닉슨 대통령이 거짓말했다고 하여 워터게이트 사건에서 패배하여 대통령직에서 하야했습니다. 사실 그 사건은 한국의 여러 사건과 비교하면 대단치 않은 사건이지만 거짓말이 사건의 끝을 맺어 준 것입니다. 지금 한국은 국회의원 선거철입니다. 얼마나 많은 거짓말이 난무하는지 정신이 어지러울 정도이고 어느 것이 거짓인지 진짜인지 가려내기조차 힘이 듭니다.

한국이 정직한 사회가 되었으면 좋겠습니다. 어진 백성들이 속아 넘어가서 난동을 부리지 않는 사회가 되었으면 좋겠습니다. 얼굴의 가장 큰 곳에서 나오는 말이 거짓이라면 그 사람은 영혼과 인격이 전부 거짓일 것입니다.

거짓말을 잘하는 사람을 낙선시키는 풍토를 만들었으면 좋겠습니다.

떠버리

깡통에 내용물이 가득하면 흔들어도 아무 소리가 나지 않습니다. 깡통이 텅 비어 있어도 소리는 나지 않습니다. 그러나 깡통에 내용물이 꽉 차지 않게 들어 있으면 소리가 나는데 내용물이 적을수록 소리가 더 요란합니다.

사람도 마찬가지인가 봅니다. 사람이 속이 꽉 차 있으면 즉, 지식이 많고 인격이 꽉 차 있으면 말이 적지만 속이 비어 있고 깡통에 물이 한 두어 수저밖에 안 들어 있는 그 사람은 말이 많습니다. 김형석 선생님을 옆에서 뵌 일이 여러 번 있습니다. 젊어서 용산구 기독학생회 대표로서 강연하러 오셨을 때 접대하며 회의가 시작되기 전에 대화를 한 일이 여러 번 있습니다. 선생님은 강연회에서 한 시간씩 강단에 서며 말씀하시는데 개인적으로는 별로 말씀이 없으셨습니다.

오래전 옆에서 뵌 일이 여러 번 있는 함석헌 선생님을 찾아뵙고 한나절을 같이 지냈습니다. 내가 살던 오하이오에 오셨을 때 여러 시간 함께 있었습니다. 함 선생님도 강연회에서는 한두 시간씩 열변을 토하지만 그냥 개인적으로는 말씀이 적었습니다. 강원용 목사님 황성수 선생님도 강연은 하시지만 그냥 식사 모임이나 개인적인 모임에서는 그분들 역시 말씀이 적었습니다.

어떤 모임에 가든 좌중에서 혼자 떠벌리는 사람이 있습니다. 그는 남에게는 한마디 말할 기회도 주지 않고 처음부터 끝까지 혼자 떠듭니다. 그런데 그런 이의 이야기에는 영양가가 없습니다. 그저 자기 자랑, 자기 식구 자랑, 우리가 신문에서 본 이야기, TV에서 들은 이야기를 혼자 들은 것처럼 이야기하고 또 반복합니다. 물론 그의 이야기에 약간의 새로운 이야기가 있기는 합니다. 그렇지만 그의 이야기 속에 가장 적은 부분입니다.

우리는 그런 사람을 '떠버리(loud Speaker)'라고 합니다. 얼마 전 어떤 분은 그의 떠버리에 지쳤는지 그가 참석하는 미팅에는 가지 않겠다고까지 한 사람이 있습니다. 그도 지나치게 말을 많이 하는 것을 알기는 하는 모양입니다. "내가 말이 많지요"라고는 마치 애연가가 담배를 끊지 못하는 것처럼 이야기가 나오면 꼬리에 불이 붙어 그칠 줄 모릅니다.

어느 미팅에 가든지 그런 사람이 한둘씩은 있습니다. 동기 동창회에 가도 그렇고 시니어 미팅이나 교회에도 그렇습니다.

오래전 어떤 모임이 있었습니다. 친목 모임이었는데 두 분이 말하다가 양보하지 않아 논쟁이 싸움으로까지 진전이 되어 그중의 한 사람이 모임에 나오지 않고 그만두었습니다. 그 후 그 사람과 친한 몇 사람이 또 나오지 않아 결국 모임이 깨졌습니다.

어떤 친구는 자기가 여행을 한 유럽 이야기를 합니다. 전화기에 담아온 사진을 내보이면서 유럽에서 어느 식당에 갔고 어디를 갔다는 둥 다른 사람들은 유럽 구경을 하지 못한 듯 혼자 떠들어 대면서 자기가 얼마나 유식한지를 광고합니다. 저녁 내내 그의 이야기만 듣다가 미팅이 끝이 나버리게 됩니다.

내 친구 한 명은 만나기만 하면 자기 손자 자랑을 시작합니다. 물론 처음에는 가만히 있다가 기회를 노리다가 끼어들어서 자기의 강연장으로 만들어 버립니다. 자기 손자가 어느 명문대학을 다니는데 여름에 인턴으로 가면 이 회사에서 저 회사에서 오라고 하여 즐거운 비명을 지른다, 연봉이 천문학적 숫자가 될 그것이라고 합니다. 그리고 한 이야기를 또 하고 또 하고 하여 다른 사람들을 질리게 합니다.

얼마 전에 식사하고 디저트로 아이스크림에 관한 이야기가 나왔습니다. 대개는 엘리 퀸이나 하겐다즈와 베스킨라빈스 아이스크림이 맛이 있다는 말이 나오긴 했으나 식당에서 주는 것이니 그냥 먹습니다. 그런데 이 떠버리 친구는 "이것도 아이스크림이냐? 내가 먹은 아이스크림은 프라자 호텔의 아이스크림이 최고다, 여기서는 ㅇㅇ집의 아이스크림이 최고인데…. (나는 지금은 그가 말한 주소가 기억나지 않는다.) 저, ○○길로 가다가 ○○사인이 나오면 쭉 따라 가다가 골프클럽 사인이 나오면 따라가다가 게이트에서 클럽하우스에 간다고 하면 들여보내 주니까, 들어가서 ○○아이스크림을 시키면 최고의 아이스크림이 나오는데 이 집의 쉐프는 몇 년 동안 아이스크림을 전문적으로 만드는 사람이다. 이 집 아이스크림을 먹어보지 않고서는 아이스크림에 관해서 이야기하지 말라."고 했습니다.

그의 길고 긴말에 나는 기가 막혔습니다. 아이스크림 하나 먹는데 이렇게 복잡한 것을 기억하고 찾아다녀야 하는지 가만히 앉아 있었습니다.

그런데 이 떠버리 친구는 아이스크림만이 아닙니다. 커피는 어디가 최고이고 스테이크는 어디가 최고이고 한마디도 남에게 기회를 주지 않습니다. 아마 그는 하루 대부분을 NY Times와 Wall Sreeet Journal만 보는지, 말만 나오면 뉴욕 타임스나 월스트리트 저널 이야기를 합니다.

일 년 전에 동창의 모임이 있었습니다. 그중에 좌중을 혼자서 휘두르는 또 한 친구가 있습니다. 지난 일 년 동안 어디 어디를 여행했는데 아마 너희들은 못 가 봤을 거다. 여기는 여행사를 통해서는 갈 수 없고 거기에 있는 사람을 통해서만 갈 수 있는데 나는 오래전 미팅에서 이 사람을 알고 주소를 적어 놨다가 편지로 초청받았다고 했습니다.

나는 죄송하지만, 그의 떠드는 듣고 앉아 있는 것이 고통스러워 슬그머니 혼자 나와버렸습니다.

나는 대화에도 규범이 있고 예의가 있고 법칙이 있다고 생각합니다.

맛있는 음식

나는 TV를 거의 틀어 놓고 삽니다. 그렇다고 TV를 보는 것은 아닙니다. 그러나 종일 방 안이 조용하면 기분이 좋지 않습니다.

요새는 TV에서 교양 강습이 많이 있습니다. 고대 그리스 역사에서부터 실존주의 철학 하이데거, 사르트르의 강의에 의학 강의까지 시간이 없어 못 들을 정도로 많습니다. 그런데 신경을 안 쓰고 들을 수 있는 주부들이 좋아하는 강의가 있습니다. 요리 강습과 맛집 순례가 바로 그것입니다.

백종원의 요리 강습, 김대식 쉐프의 요리 방법, '어남선생'이라는 배우 출신 류수영의 코믹한 요리 강습, 중국요리의 대가인 이연복 선생, 여배우 김수미 씨, 이혜정 여사, 여배우 이정희 씨 등 종일을 보아도 다 못 보는 프로가 있습니다. 최불암 씨의 '내 고향 밥상', 김영철 씨의 '××를 돌아보며'라는 프로에서는 음식 관광도 합니다. 김수미 씨의 프로에서는 많은 사람이 모여서 함께 음식을 만들어서 둘러앉아 먹는데 나도 한자리 끼고 싶기도 합니다.

맛집의 소개 프로에는 호텔이나 고급 식당에 대한 소개는 별로 없습니다. 대개 서민들이 즐기는 음식들을 소개합니다. 강릉의 맛집. 파주의 맛집, 춘천의 맛집, 청주의 맛집 하면서 돌아다니는데 춘천의 호텔 음식이나 강릉의 관광호텔 음식이 아닙니다.

내가 한국의 대학에 근무할 때 학회 때나 누구에게 대접을 받을 때, 친구들과 어울릴 때 서울의 유명 호텔의 식당에 많이 갔습니다. 워커힐, 신라호텔, 하얏트 호텔, 힐튼호텔, 롯데호텔, 웨스틴 조선 호텔, 메리어트 호텔 등의 식당에서 먹었는데 너무나 많은 음식에 깜짝 놀랐고, 맛이 있었지만, 꼭 이곳에서밖에 못 먹어 본 음식이라고는 생각되지 않았습니다.

백종원 선생은 본인이 요리도 하지만 세계를 돌아다니면서 맛있는 음식을 찾아 먹어보면서 연구합니다. 그래서 그가 돌아다니는 유럽의 식당들, 홍콩의 맛집들, 중국의 시안이나 칭다오, 베이징, 상해 등의 맛집과 음식을 소개합니다. 그런데 거기에서도 호텔의 음식은 별로 없었습니다. 중국이나 월남, 타이랜드, 라오스의 맛집은 대부분이 다 평범하지만, 전통이 있는 음식점들이었습니다. 백종원 선생은 쉽게 요리하며 아주 신기할 정도로 맛있는 음식을 만들어 냅니다.

백종원 선생이 찾아다니는 맛집은 몇십 년을 한두 가지 음식만을 고집하며 그 맛을 내기 위하여 연구하고 노력하는 식당들인 것 같습니다. 어느 식당에서는 순두부만을 팔고, 어느 집에서는 해장국만을 팝니다. 어떤 음식점에서는 한국전쟁 때 먹었던 부대찌개로 유명한 부대찌개 전문점도 있습니다. 그런 곳의 메뉴판에는 한두 가지만 적혀 있기에 한 장에 적혀 있습니다. 어느 식당에는 아예 메뉴 자체가 없고 단일 음식만을 해주는 곳도 있습니다.

그런 식당은 맛집이어서 거의 음식 맛이 좋다고 합니다. 나도 친구들을 따라 맛집이라는 곳을 여러 번 간 일이 있습니다. 천안의 순댓국집도 가보고 송파의 냉면집, 일산의 칼국수 집도 갔습니다. 정말 맛이 특별했습니다. 나도 여행 중에 음식점의 메뉴에 수십 가지가 적혀 있으면 '이 집은 음식이 별로겠구나'라고 생각합니다. 특히 미국에서 그렇습니다.

미국에서 여행할 때면 도시마다 한국 음식점이 있습니다. 그런데 어떤 곳은 아마 집에서 밥을 해 먹었으니까 그대로 하는 모양인지 고춧가루와 맛없는 김치만 있으면 한국 음식이라고 생각하는 음식점이 상당히 있습니다.

오래전에 피츠버그에 갔습니다. 오전 미팅이 끝나고 시원한 냉면을 먹자고 친구와 같이 30분 정도 택시를 타고 갔습니다. 그런데 메뉴가 3페이지가 꽉 찼습니다. 그럴 때는 우리의 경험상 김치찌개가 무난합니다. 왜냐하면 김치찌개도 김치가 맛이 있어야 하고 잘해야 하지만 김치에 고추장을 넣고 돼지고기를 좀 넣으면 먹을 만하다는 속설이 있기 때문입니다. 그런데 그날은 더워서 냉면을 시켰습니다. 그런데 15분쯤 있다가 나온 냉면은 냉면을 삶았는데 국수는 뭉쳐 있었고 냉면 양념이 골고루 섞이지도 않은 채 뭉쳐서 둥둥 떠돌고 있었습니다. 우리는 그런 냉면은 도저히 먹을 수 없어서 돈만 내고 나와서 베이글로 점심을 때웠습니다.

지금 유튜브에 나오는 한국 음식은 보기만 해도 침이 나올 정도로 맛이 있어 보입니다. 종로 5가 광장시장의 지짐과 장터국수, 부침개, 충무로 5가 골목의 선짓국과 순댓국, 명동 뒷골목의 짜장면과 짬뽕, 골목 안으로 들어가 있는 을지면옥의 냉면과 우래옥의 냉면, 종로 5가 뒷골목의 생선구이, 냄새가 골목을 메우는 고등어, 조기, 꽁치, 갈치구이, 좀 더 가다 보면 나오는 닭 한 마리 집들이 생각납니다. 그 음식들은 호텔의 음식보다 못하지 않게 맛이 있습니다. 아마 나의 조상이 천민 출신이었던지 이런 음식이 호텔의 뷔페보다 더 좋습니다.

대전의 한 대학병원에서 8년여를 근무했습니다. 대전에도 맛집이 많습니다. 그때 유성호텔이나 관광호텔, J 뷔페가 인기를 끌고 있었습니다. 그런데 나와 친구는 '현가든'이라는 묵은김치와 돼지목살로 하는 전골을 좋아했습니다. 나더러 어디를 가겠느냐고 물으면 당연히 '현가든'이었습니다. 그리고 병원 근처에 있는 방일해장국, 갑부 본가의 갈비탕, 계룡반점의 짜장면과 짬뽕이 호텔의 뷔페보다 훨씬 맛이 있었습니다.

내가 사는 플로리다에는 한국 음식점이 없습니다. 그저 제일 좋다는 것이 스테이크 하우스 정도입니다. 나는 오늘도 백종원 선생이 인도하는 한국의 맛집 된장찌개와 김치전골, 장터국수를 보면서 '천민 출신의 입맛은 별수 없구나'라면서 입맛을 다십니다.

돈

오늘, 딸을 데리고 의사 사무실에 가서 기다리는 동안 『Naple』이라는 잡지 책을 뒤적거렸습니다.

Naple이라는 곳이 잘사는 도시라는 걸 알았지만 이렇게 화려한 도시인 줄 몰랐습니다. 『Naple』에는 남쪽 바닷가 16 Million 짜리 집 광고가 나오는데 나는 이 집을 공짜로 주어도 운영을 못 할 만큼 화려하고 컸습니다. 잡지에는 또 다른 콘도미니엄 입주인을 모집하고 있었는데 보통 단위가 5백만 불입니다. 그곳에서 사는 사람들은 보트를 가지고 있는 사람들이 많은지 보트를 정박시키는 큰 장소도 있었습니다. Naple에는 작은 비행장도 있어서 개인 비행기로 여행하는 사람들도 많습니다. 나 같은 천민이 보면 기가 죽어 말할 수도 없습니다.

며칠 전에는 한국인이 싱가포르에 여행 가서 점심을 먹는데 한국 돈으로 86만 원짜리 점심을 먹는다고 하니, 이젠 한국 사람도 미국의 부호처럼 잘사는 사람들이 많은가 봅니다.

얼마 전에 본 유튜브에서 중국의 부호들이 사는 곳을 보여 주었습니다. 한 여자 부호가 돈은 귀신도 부린다는 말을 하면서 웃었습니다. 돈이면 무엇이든지 해결한다는 말입니다. 중국은 공산주의 국가로 알고 있는데 공산주의도 돈에는 꼼짝 못 하는 시대가 되었나 봅니다. 돈을 가진 사람의 세력이 강해져서 돈 있는 사람의 갑질이 점점 심해져 가고 있습니다.

백화점 같은 데서는 주인의 세력은 황제와 맞먹고 중간직인 매니저만 되어도 일반 판매원 위에 군림합니다. 그래서 상식에 어긋나는 갑질하는 것을 볼 수 있습니다. 일반 판매직에 있거나 외판원은 직장에 다닐 수 있는 생명이 길지 않습니다. 검사도 판사도 돈만 주면 판결을 얼마든지 뒤집을 수 있는 모양입니다. 의혹만 가지고 무엇이라고 할 수가 없지만, 판사들과 법관이 이재명 대표에게 무죄 판결을 내리고 50억 클럽에 들어갔는가 하면, 대장동 사건의 이재명 씨의 변호인들이 22기 국회의원 선거의 민주당 공천으로 여러 명이 출마한 것을 보면 역시 돈이나 권력의 힘을 알 수가 있습니다.

전에는 부정으로 번 돈을 스위스의 은행에 저축하였는데 이제는 스위스도 나라의 명예를 위하여 부정부패와 관련된 돈을 안 받는다고 하니까 한국에서는 자기만 아는 연못이나 호수에 집어넣는다고 합니다. 땅에 묻는 것도 이제는 불안한 모양입니다. 하여간 돈은 귀한 것이고 막강한 힘이 있는 것입니다. 돈이 있으면 백화점, 음식점, 관청, 병원, 학교, 교회에서도 대접받습니다. 돈이 있는 사람은 죽어서도 큰 분묘에 큰 비석을 세우고 돈이 없는 사람은 화장하여 먼 곳 강물에 뿌려 버립니다.

미국은 자본주의의 종주국이라고 할 수 있는 돈의 나라입니다. 그런데 돈이 있다고 자기와 관계가 없는 사람들에게 갑질하지는 않습니다. 비행기를 타도 일등석이 먼저 들어가고 삼등석보다 좋은 음식을 먹고 대접받지만, 삼등석 사람들이 일등석 사람에게 기가 죽거나 일등석 손님이 삼등석 손님에게 갑질하거나 거만을 떨지는 않습니다.

그런데 한국에서는 일등석이 비싸기는 하지만 승무원들이 일등석 손님에게는 공손하고 일반석 손님에게는 무뚝뚝한 태도를 보이는 것이 사실입니다. 한국은 돈만 있으면 미국보다 훨씬 살기 좋다고 합니다.

트럼프처럼 돈이 많이 있으면 경호원이나 비서, 매니저를 두어서 살기 편하게 하지만 트럼프 정도 되면 일반인들이 보지도 못하게 자기 자가용 비행기로 다니니 일반인의 신경을 건드릴 이유가 없습니다. 돈이 좋습니다. 돈을 벌기 위하여 우리는 돈 가진 사람에게 매여 일하고 그들의 비위를 맞추어 가면서 삽니다.

돈이 없으면 병원에 가도 괄시를 받지만, 돈 많은 사람은 병원에서도 특별 대우를 받습니다. 돈이 아주 많으면 대학의 유명한 교수를 주치의로 두고 그들이 집에까지 왕진을 옵니다.

교회도 마찬가지입니다. 헌금을 많이 하면 목사님의 고개가 더욱 숙어지고 말도 따뜻해지고 인사가 길어집니다. 또 돈 많은 교인의 가정에 큰일이 있으면 제일 먼저 달려가고 눈치가 보일 정도로 친절해집니다. 대형 교회에 가서 목사님이 친절하게 인사하는 사람들은 국회의원이나 장관, 재벌의 가족이 많습니다.

중국이나 중동의 나라에서는 자동차의 번호판만 보고도 얼마나 귀한 사람인지를 안다고 합니다. 그래서 순경이나 경비원들이 자동차의 번호판만 보고도 알아서 긴다고 합니다.

돈이 돈다고 해서 돈입니다. 나의 만 원짜리가 시장에서 돌고 돌아 내게로 다시 올 수도 있습니다. 그런데 나는 돈은 물줄기 같아서 골을 따라서 흘러가는 게 아닌가 하고 생각합니다. 대개 옛날의 부자는 아직도 부자이고 옛날의 귀족은 아직도 귀족입니다. 물론 망한 부자도 있고 퇴락한 귀족도 있고 새로 생긴 신흥 부자나 신흥 귀족도 있지만, 대개 부자는 몇 대를 이어 부자입니다.

삼성도 부자가 세습될 것이고 현대도 자손들이 부자가 될 것입니다. 운이 좋거나 머리가 좋아서 돈을 많이 번 사람을 우리가 무어라고 하겠습니까만 그저 갑질만은 하지 말아 주었으면 합니다. 수제비를 먹으면서 전심으로 86만 원을 내는 사람들에게 아무 말도 안 할 테니까요.

비등점

물은 1기압이 되는 조건에서 100도에 끓습니다. 99도가 되어도 물은 끓지 않고 그냥 김만 날 뿐입니다. 다시 말하면 물이 열에 의해 팽창되고 기포의 압력이 늘어나 대기의 압력인 760mmHg를 넘으면 대기를 뚫고 폭발한다는 것을 의미합니다.

그런데 대기의 압력이 적은 백두산 정상이나 에베레스트산에서는 물이 100도 이하에서 끓습니다. 그곳에서는 보통 방법으로 밥을 하면 밥이 설익고 감자를 삶아도 제대로 익지 않습니다. 이런 곳에서는 압력솥이 있어야 익은 밥을 먹을 수 있고 익은 감자를 먹을 수가 있을 것입니다. 대기의 압력이 너무 강해도 문제가 될 것이고 너무 약해도 문제가 될 것입니다.

세상의 이치도 그렇습니다. 나라를 다스리는 정부가 너무 강해도 국민의 사기는 줄어들어 끓지를 않습니다. 북한에서는 독재자가 국민을 압박하고 툭하면 공개 총살해도 국민은 아무런 저항을 하지 못합니다. 그러나 약한 정부가 다스리는 사회는 툭하면 국민이 끓어 올라 100도가 안 돼도 끓습니다. 바로 대한민국입니다. 대한민국의 정부는 허약하기 이를 데가 없습니다. 술을 먹고 파출소를 때려 부수고 음주 운전에 걸려 제지하는 경찰을 매달고 달리는 경우도 일어납니다.

나는 이번 여름 한국에 다녀왔습니다. 아침에 호텔을 나와 을지로 입구를 지나 시청 앞으로 해서 광화문의 세종로 거리 그리고 돌아서 경복궁을 돌아 인사동, 종로3가, 을지로4가를 돌아오면 12,000보가량 되었습니다. 그런데 시청 앞으로 하여 세종로 길을 지나 경복궁 쪽으로 걸어가거나 명동의 성당 앞을 지나치노라면 수많은 플래카드가 걸려 있었습니다.

세월호 사건이 일어난 지 7~8년이 지났는데도 '세월호의 원인 규명하라' '이태원 사건 원인을 밝혀라' '○○공사를 하다 죽은 노동자 ○○○의 사인을 규명하라' '채 상병 사인을 규명하고 대통령을 탄핵하라' 등등 구호들이 그것입니다. 이런 플래카드를 보면서 '이런 일에 왜 대통령이 책임을 져야 하지?' 하는 생각이 들었습니다. 문재인 대통령 때도 대형 화재 사건이 일어났고 폭우로 수해가 입었고 공해상의 공무원 피살사건이 있었습니다. 그래도 대통령이 책임을 지고 하야하라고 데모하지는 않았습니다. 보수정당의 인사가 대통령이 되면 민주노총의 데모도 전교조의 데모도 많아지고 격렬해지는 것은 웬일일까요?

그것은 데모대의 비등점이 높아졌거나 정부의 대기의 압력이 낮아졌기 때문이라고 생각합니다. 물론 핼러윈날 이태원 구경나갔다가 희생을 당한 젊은이들은 안타깝고 슬픈 일입니다.

유튜브에서 금요일의 이태원 거리와 홍대 앞 거리를 보면서 이것이 건전한 사회일까 하고 염려가 되는 건 사실입니다. 기괴망측한 옷을 입고 술에 취했는지 마약에 취했는지 몸을 가누지 못하고 흐느적거리는 젊은이들, 클럽에서 요란한 음악 소리에 맞춰 흔들어대는 젊은이들…. 또 나는 홍대 앞 거리에 입간판을 보고 깜짝 놀랐습니다. '오늘 우리 DNA를 섞을래' 이것이 무슨 외설입니까. 이런 간판을 내걸어도 법은, 정부는 가만히 있단 말입니까? 지금 한국의 법은 어떻게 된 것인지, 도무지 이해할 수 없습니다.

국회의 법사위원회에서는 수많은 법을 만들어 냅니다. 사법부의 판사 검사들이 법을 악용한다고 법 왜곡 금지법을 만들어 판 검사를 압박하는가 하면 판 검사 탄핵을 심심치 않게 하고 있습니다. 그런데도 재판에서는 법규에 없어 처리를 못 한다고 하니 법이 얼마나 더 있어야 해결이 될지 모르겠습니다.

4400여 년 전에는 10가지 법조문으로도 해결했는데 지금은 두꺼운 법전들을 운반하려면 장정이 두 손으로 들어도 힘들 만큼 많이 있고 머리 좋은 젊은이들이 몇 년을 공부해도 섭렵하지 못할 만큼 많이 있습니다. 그런데도 해당 법률이 없어 재판을 못 하고 범인을 풀어 준다니… 나 같은 촌부는 이해할 수가 없습니다.

그런데 보수주의자가 피의자가 되었을 때는 문제가 다릅니다. 몇 년 전 박근혜 대통령이 피의자가 되었을 때 박근혜 대통령의 계좌에 돈이 들어간 증거가 없었는데도 정유라의 가족과 경제 공동체라는 말을 붙여 징역형을 내렸습니다. 그런데 좌파 정치인의 자녀가 비리를 저지르고 부모가 관계가 있는데도 정확한 증거가 없어 유죄 판결을 할 수가 없다고 하니 이는 편을 들어도 너무 드는 거 아닙니까? 남미의 몇몇 나라들이 데모에 날이 새고 데모에 날이 진다고 합니다. 그런 나라일수록 국민은 가난해지고 사회는 어지러워져서 국민이 보따리를 짊어지고 미국으로 온다고 멕시코 국경에서 천대를 받지 않습니까?

나라의 경제와 국민의 삶에 경제인의 책임이 큽니다. 그러나 경제인, 과학자, 노동자보다도 정치인의 책임이 더 큽니다. 그것은 베네수엘라, 아르헨티나, 그리스, 북한을 보면 알 수 있습니다.

대기권의 기압은 760mmHg여야 하고 물은 100도에서 끓어야 합니다. 그래야 쌀이 익고 감자가 익고 사회는 평온하고 백성들은 배부르고 따뜻한 집에서 잘 수 있습니다. 지금 한국은 잘사는 나라라고 인정을 받고 있습니다. 그러나 많은 사람이 한국의 장래에 대해 걱정하고 있습니다. 한국 위를 감싸고 있는 대기의 압력 때문입니다. 주정뱅이에게 얻어맞는 경찰, 국회에 불려 나와 수모를 당하는 사령관과 사단장, 존경받지 못하는 대통령, 조롱당하는 국회의원들…. 적당한 압력이 필요하지 않을까요?

살면서 배우는 것

사람은 살면서 배웁니다. 꼭 대학을 다니고 학위 받고 연구해서만이 아니고 살면서 다른 사람들의 행동, 사회의 흐름을 통하여 배우고 깨닫습니다. 우리는 살면서 학교에서 배우지 않고 배운 것들이 더 많을지도 모릅니다. 많은 교육을 받지 않고 산골에서 살아도 삶의 지혜가 풍부한 사람이 있습니다. 그래서 옛날에는 나이가 많은 사람을 존경했습니다. 나이가 든 노인들을 'walking library'라고 하고 'walking dictionary'라고도 했습니다.

구약 성경에 보면 마을의 장로들이란 말이 나오고 그들의 의견을 따라 정책을 정하는 일이 많이 있습니다. 그 장로들은 지금의 장로처럼 교회의 투표에 따라 하는 것이 아니라 나이가 든 현명한 사람들을 일컫는 말이었습니다. 우리가 어렸을 때만 해도 동네에 60이 지난 분은 몇 분 안 되었고, 60세가 넘은 분들을 귀하게 여겨 온 동네가 떠들썩하게 환갑잔치를 치러주었습니다. 지금은 동네마다 노인들이 너무 많아 노인들이 제대로 대접받지 못하지만….

영국의 어떤 학자가 티베트에 1,800살이 되는 사람이 살고 있다는 소문을 들었습니다. 그래서 티베트의 산봉우리를 찾아갔습니다. 비행기를 타고 카트만두에 가서 산에 오르다가 어떤 노인을 만났습니다.

"이 산에 1,800년을 사는 도인이 있다고 하여 찾아왔습니다."라면 겸손하게 고개를 숙였습니다.

"나는 잘 모르겠습니다. 나는 그분과 300년밖에 같이 안 살아서요."라면서 노인이 내려갔습니다. 그 말을 들은 영국 학자는 '300년을 같이 살았다면 선생님은 1,800년을 산 것이 맞겠지'라면서 뒤돌아갔다고 합니다.

성경에는 인류 역사 초기에 오래 산 사람들의 이야기가 나옵니다. 아담은 930세를 살았고, 셋은 968세를 살았으며 므두셀라는 969년을 살았고, 노아도 950세를 살았습니다. 성경 공부를 할 때 어떤 친구가 "그때는 달력이 없어서 일 년을 계산할 때 지금과 차이가 있었을 것이다."라고 하니 다른 친구가 "그때도 사계절이 있었으니까 차이 나더라도 그렇게 많이 차이 나지 않았을 것이야."라고 하고 토론의 끝을 맺은 일이 있었지만 하여간 오래 산 것만은 틀림없습니다. 아브라함이 176세, 이삭도 186세, 야곱도 147세까지 살았다고 기록되어 있습니다.

옛날 사람들이 오래 산 것은 틀림없습니다. 문헌을 보면 지금부터 2000년 전에는 인간의 평균 수명이 30세였다고 하고, 1960년대 인간의 평균 수명도 65세였다고 하니 인간의 수명이 100세도 안 되는 것 같습니다.

이번 여름에 한국 여행을 했습니다. 주일에는 대형 교회에 가서 예배를 드렸습니다. 대형 교회에는 주일에 5부 예배까지 보는 교회들이 많습니다. 표현이 잘못되었을지 모르겠지만 하루에 5회 상영하는 영화관 같다고 하면 실례가 될까요? 주보에 나오는 지난주의 헌금액도 나 같은 촌놈을 놀라게 하지만, 광고에 나오는 경조사도 대단합니다. 출생 소식, 결혼 소식도 많고 부고도 많이 있습니다. 한 주일에 10여 명이 별세하는데 그 연령대가 40대 한 명, 60대가 2명, 80대가 3명, 90~100세가 4~5명이 됩니다. 인간의 수명이 많이 늘어난 것이 사실인 것 같습니다.

서울은 젊은이의 도시입니다. 길에 나서면 노인들은 별로 눈에 띄지 않고 젊은이들이 바쁘게 종종걸음을 치는 도시입니다. 서울에서 노인들을 보려면 남대문시장이나 종로3가의 파고다 공원을 둘러싼 거리에 가야 노인들을 볼 수 있습니다. 내가 대학에 다닐 때는 50대만 되어도 노인 취급했는데 지금은 노인이라고 하면 70~80은 되어야 노인 축에 끼워 줍니다. 물론 직장에서 퇴직당한 50대 후반들을 노인이라고 하면 말할 건 없지만…. 지하철을 타도 노인들의 숫자는 한국 언론이 엄살을 떠는 것처럼 많지 않습니다. 한국의 언론은 노인을 마치도 전염병 환자처럼 싫어합니다. 한국이 노령화되어 가난한 나라로 전락한다느니…. 사회 보장 국민연금이 몇 년 안에 고갈돼서 젊은이들이 노인을 부양해야 하느니 하면서 마치 노인들이 죄가 있어서 늙기라도 한 것처럼 부정적으로 이야기합니다.

나도 나이가 들었습니다. 은퇴한 지도 여러 해 되었습니다. 그런데 미국에서는 특히 플로리다에서는 주눅이 들지 않습니다. 내가 노인이라고 느낄 때는 병원에 갈 때만 나이를 느끼지, 버스 탈 때나 비행기를 탈 때, 식당에서도 노인이라고 괄시받는 일은 없습니다. 그러나 서울에서는 공공연하게 차별을 받습니다. 백화점에서도 식당에서도 아버님이라고 하면서 은근히 차별 대우하는 것을 느낍니다. 나라의 재산의 67%를 60세 이상의 노인들이 가지고 있고 기업 경영의 주인들의 삼 분의 2가 60 이상의 노인들이 회장, 사장이고 대학의 과장들이 거의 다 60세 이상이라는 것을 모르지는 않겠지요.

세상이 변했습니다. 옛날에는 노인들이 삶의 지혜가 있어서 젊은이들을 가르쳤는데 요새는 컴퓨터가 있어서, 스마트폰이 있어서 젊은이들이 지식을 노인들에게서 배우는 것이 아니라 손아귀에 들고 다니는 작은 기기에서 얻고 50세만 지나면 낡은 기계 취급을 하면서 노인들을 싫어합니다. 거기에 우리나라의 경박한 언론은 부채질하는 거지요. 정말 노인들의 지혜가 필요 없는 시대일까요.

물취이모(勿取以貌)

'물취이모(勿取以貌)'는 사람을 외모로 취하지 말라는 말입니다. 이스라엘에 왕이 없고 사사가 나라를 다스릴 때 이스라엘 사람들이 우리도 왕을 만들어 달라고 합니다.

사무엘은 그런 백성들이 탐탁지 않았으나 하나님은 백성들의 청을 들어주라고 합니다. 하나님은 베냐민 지파 기스의 아들 사울을 택하여 왕으로 세웁니다. 사울은 이스라엘 민족 중 가장 인물이 잘생기고 키가 자기 형들보다 목 하나는 더 컸다고 합니다. 그러나 하나님은 곧 사울에게 실망합니다.

다음에는 유다 지파 이새의 막내아들 다윗을 선택합니다. 성경에는 다윗이 출중하게 생겼다고 하지는 않았지만, 미켈란젤로의 조각을 보면 가장 아름다운 남성으로 묘사가 되어 있습니다.

하나님도 잘생긴 사람을 좋아하시는가 봅니다. 애굽으로 팔려간 요셉도 용모가 출중하였다고 기록되어 있습니다. 그는 주인 보디발의 아내가 짝사랑할 정도로 미남이었습니다. 그는 야곱의 열두 아들 중 가장 출중한 인물이었습니다.

출애굽기에 나오는 모세도 아주 외모가 잘생긴 사람이었습니다. 어렸을 때 아들이 너무 잘생겨서 부모님이 몰래 3개월을 길렀고 나일강에 버렸을 때 이집트의 공주가 그 잘생긴 모습을 한 애를 데려다가 기릅니다. 그러니 성경에도 외모가 잘생긴 사람들이 축복을 받지 않았나 하고 생각합니다. 하나님도 외모로 사람을 택하지 않았는가 하고….

그런데 성경에는 하나님은 외모로 사람을 택하지 않으신다고 하십니다. 신약에 보면 예수님의 외모에 관한 말씀은 없습니다. 그러나 우리가 보는 예수님의 초상은 아주 지성적이며 감성이 있는 모습으로 그려져 있습니다. 예수님의 제자들은 용모가 아름다운 사람이라는 기록은 없습니다. 어부들이니 막말로 하자면 뱃놈들입니다. 그리고 성격이 부드러운 것도 기록이 되어 있지 않습니다.

현대 기독교의 두 기둥인 베드로나 바울은 미남과는 거리가 좀 있는 것 같습니다. 바울은 미남이 아닌 것은 분명합니다. 대머리에 눈썹은 거의 붙어 있고 턱은 작고 뾰족하며 몇몇 기록에도 바울은 미남자와는 거리가 멉니다. 또 엘리사라는 선지자도 미남과는 거리가 있는 모양입니다. 엘리사에게 '대머리 대머리'라고 놀리는 애들을 하나님이 곰을 보내어 벌을 내리셨다는 이야기가 나옵니다. 사실 추남 추녀보다는 미남 미녀와 만나거나 사귀는 것이 훨씬 좋습니다.

우리는 잘생긴 외모 하나로 일생을 쉽게 살아간 사람들을 많이 알고 있습니다. 연예인들입니다. 메릴린 먼로도 어린 시절에는 불우한 환경이었지만 자라면서 미모 때문에 유명한 배우가 되었고, 나중에는 미국 사람들의 우상인 미남 대통령 존 에프 케네디와 연애할 정도가 되었습니다. 스탕달의 소설 『적과 흑』에 나오는 줄리앙 소렐도 아름다운 미모 때문에 여자들의 호감을 사고 그가 유혹하는 여자마다 실패한 일이 없었습니다. 카사노바나 돈주앙도 모두 출중한 인물이었다고 추측이 됩니다.

요새는 기업마다 신입 사원을 뽑을 때 최종적으로 면접을 봅니다. 그런데 면접시험을 볼 때 미남이나 미녀가 된다면 그 시험에 많은 가산점을 가지고 갈 것이란 것은 두말할 일 없습니다. 그런데 잘생긴 외모를 무기로 하여 사기를 치거나 다른 사람에게 해를 끼치는 사람들이 있습니다. 대개 사기를 치는 사람들은 반반한 외모를 가지고 있습니다. 잘생긴 외모로 여자들에게 접근하는 일들이 많이 있습니다.

제가 아는 목사님이 한 분 있습니다. 글도 좀 쓰고 인물도 보통 목사님들보다는 잘 생겼습니다. 그런데 그 목사님은 목회 생활은 그리 잘하지 못하는 것 같습니다. 교회의 여자들이 가만히 두지 않는다고 할까요, 아니면 목사님이 행동이 아주 분명하지 못하기 때문일까요. 가는 교회마다 여자 문제가 생기고 그 때문에 여러 교회를 옮겨 다녀야 하고 결국은 교회를 떠나 다른 일을 하게 되는 경우를 보았습니다.

'물취이모', "사람을 외모로 취하지 마라. 그것은 사람의 내면이 그 외모를 따라가지 못하던가, 아니면 내면이 나쁜 경우들이 많다."라는 이야기일 것입니다. 그러나 사람들은 말합니다. 보기 좋은 사과가 맛도 있고 보기 좋은 떡이 맛이 있다고…. 사람의 성격이 외모를 따라가는 경우가 많이 있습니다. 외모가 우락부락하게 생긴 사람은 성격이 역시 우락부락하고 얼굴이 신경질적으로 생긴 사람은 역시 신경질이 있는 사람이 많습니다. 얼굴이 부드럽게 생긴 사람은 대개 성격이 부드럽습니다. 물론 다 그런 것은 아닙니다. 얌전하게 생긴 사람이 연쇄 살인범이 되기도 하고 순진하게 생긴 사람이 희대의 사기꾼도 있습니다. 아름다운 여인이 속에는 독을 품은 여인이 있기도 합니다.

춘추전국시대의 달기라는 여인이 주지육림으로 나라를 망친 역사도 있지 않습니까. 아름다운 버섯에는 독이 있다고 하고 색깔이 알록달록한 뱀은 독사입니다. 표범은 가죽이 아름답지만 표독한 동물이고 호랑이도 가죽이 아름답지만 포악한 짐승입니다. 외모도 아름답고 안의 성격도 좋고 심성이 착한 사람이 왜 없겠습니까만 그냥 아름다운 겉모습만 보고 손을 내밀면 독사에게 물린다는 교훈이겠지요.

돈의 위력

돈의 힘은 위대합니다. 요새 유행되는 말 중에 약은 살 수 있지만, 건강은 사지 못한다고 합니다. 또 침대를 살 수는 있지만 잠을 살 수는 없다는 말도 있습니다.

그러나 몸이 아플 때는 약을 사고 치료를 받으려면 돈이 있어야 합니다. 돈이 없으면 치료를 받지 못하고 약을 사지도 못하여 그 병으로 죽을는지도 모릅니다. 세상에 돈이 없어 제대로 치료를 받지 못하고 죽은 사람들이 얼마나 많이 있습니까.

공항에서 비행기를 기다리면서 몇 시간을 앉아 있거나 서성거려 본 일이 있을 것입니다. 아무리 잠이 와도 공항의 의자에서는 잠이 오지 않습니다. 그래서 나는 장거리 여행 후에 또 한국에 다녀오면 며칠은 녹초가 되곤 합니다. 물론 밤에 잠이 오지 않을 때는 따뜻한 물에 샤워하고 좋은 침대에 푹신한 이불을 덮고 누워있으면 깊은 잠이 안 들어도 피곤은 풀릴 것입니다.

많은 사람이 돈을 벌기 위해 건강을 잃고 있고, 또 생명을 바치고 있습니다. 우리가 보는 범죄 영화 중 대부분은 돈이 목적이었고 돈이 만능이라는 것을 설명해 줍니다.

우리가 젊어서 몸 바쳐 일한 직장은 우리가 사는 삶의 목적이고 가치라고 이야기할 수 있지만 실은 돈을 벌기 위해서였고, 가족을 벌어먹이고 노후 준비를 위해서였습니다. 얼마나 많은 사람이 돈을 위하여 몸을, 생명을 바칩니까. 많은 젊은 여자가 얼마 되지도 않는 돈을 위하여 몸을 팝니다.

세계사에서는 많은 남자가 돈을 벌기 위하여 용병이 되어 전쟁터에 나갔다가 생명을 잃습니다. 1960년대의 우리나라 많은 젊은이가 월남 전쟁에 나갔습니다. 육군본부에는 월남전에 자원해서 가려는 사람들로 분주했습니다. 왜였을까요? 한국 군인의 월급은 그야말로 짜장면 몇 그릇 값밖에 안 되는데 월남에 가면 미국 달러로 주는 월급을 받았기 때문이었습니다. 월남에 다녀온 군인들이 돈을 벌어서 귀했던 컬러 TV를 사온 걸 본 젊은이들이 전쟁터에 자원했습니다. 그리고 전사하고 불구가 되기도 했습니다.

이 모두는 돈 때문이었습니다. 옛 선비들은 '황금을 알기를 돌같이 알라.' '나물 먹고 물 마시고 팔을 베고 누웠으니 대장부 살림살이 이만하면 족하다.'는 시조를 읊었고, '돈은 그저 밥을 먹을만하면 되는 것'이라며 청빈 사상을 강조했습니다. 어느 종교나 철학가 중에는 돈을 마치 더러운 먼지나 악의 근원처럼 얘기합니다. 그런데 솔직히 1960년대 한국 의사들에게 전염병처럼 찾아온 미국행 비행기에 나도 탔습니다. 그것은 돈을 벌고 좀 나은 삶을 살기 위해서였습니다.

그런데 요새 젊은이들의 사상은 전혀 그런 것이 아닙니다. MZ세대나 Z세대들은 돈에 대한 개념이 나이 먹은 우리와는 전혀 다릅니다. 십 대의 청소년들이 재테크와 투자를 생각하는가 하면 대학생들은 주식에 투자하는가 하면 증권거래소에 들어가 앉아 주가를 아주 심각하게 들여다보는 젊은이들이 많아진 것입니다.

그들은 우리와 받은 교육이 다르지요. 우리는 유교적인 교육을 받았습니다. 유교의 청빈을 중요시하는 교육이었고 요즘 신세대가 받는 교육은 철저한 자본주의 교육입니다. 인간의 가치는 돈으로 계산된다는 자본주의 교육은 책을 얼마나 읽었느냐가 중요한 게 아니라 은행에 얼마를 가지고 있느냐가 중요합니다. 학교에서 일, 이등을 하고 사법고시에 합격하여 판검사가 되어도 한 50억만 주면 무릎 꿇고 검사도 판사도 마음대로 수하에 둘 수 있다는 생각으로 회사를 운영하는 게 돈 많은 젊은이의 철학입니다.

이런 현상이 현재 한국의 사회상입니다. 우리가 보는 영화에 마약 사범들, 조폭의 두목들이 변호사를 사고 검사나 판사를 고용하여 판검사가 마음에 안 들면 잡아다 때리고 협박하고 린치를 가하는 모습을 보며 '설마 저것은 허구이겠지!'라고 마음을 다스립니다. 그러나 요새 정치인들의 모임을 보면서 '저런 일들이 실제로 있을 수 있겠구나'라는 생각이 듭니다.

대법원의 대법관이 50억에 놀아나 대법원판결을 뒤집은 것이 사실이고 판사의 최고직인 대법관도 50억, 100억을 주면 어떤 죄인이라도 무죄가 되게 하지 않았습니까. 사실이 밝혀져 대법관을 그만두면 일반인이 평생 만져보지도 못한 50억이나 100억으로 노후를 잘 살 거라고 하지 않습니까. 그러니 요새 젊은이들의 생각은 우리 같은 기성세대와는 다릅니다. 우리가 받은 교육은 황금을 돌처럼 알라는 교육이었고 젊었을 때 주머니가 비었어도 시계를 맡기는 한이 있더라도 "내가 낼게"라고 호기를 부렸지만, 요새 젊은이들은 각자가 내는 Dutch Pay를 하는 친구들이 많이 있습니다.

직장에서 상사들의 부당한 처사나 돈이 있는 사람들의 갑질을 보면 돈의 위력이 얼마나 큰가를 절실하게 느낍니다. 서울의 강남에 가면 웬만큼 돈이 많지 않으면 만져보지도 못할 고급 차를 몰고 다니는 젊은이들이 북적거리고, 그 젊은이들을 따라가려는 다른 젊은이들이 또 개미 떼처럼 많습니다.

얼마 전에 유행한 『오징어 게임』도 돈을 따라다니는 불나방들의 이야기가 아닙니까. 우리는 몇백 불 하는 비행기 표도 더 싸게 살려고 컴퓨터를 켰다 껐다 바쁜데, 자가용 비행기를 타고 다니는 사람들을 보면 돈이 좋지 않습니까. 돈이 없는 친구는 길에서 파는 어묵으로 점심을 먹는데 어떤 친구는 호텔 뷔페를 먹으며 거들먹거리니 돈의 힘이 크지 않습니까.

부모 노릇하기 힘들다

오늘 아침 Fox News에 ≪부모 노릇하기 힘이 든다≫라는 책을 낸 사람이 나와서 잠깐 이야기를 했습니다. 누구나 부모를 선택하고 태어난 사람은 없습니다. 재수가 좋아 삼성이나 현대의 장손으로 태어나면 자연히 현대 자동차의 사장이 되고, 삼성전자의 주인이 되고 북한에서는 김정은처럼 왕조의 왕이 됩니다. 그러나 빈한한 집 자녀로 태어나거나 재벌 운전기사의 아들로 태어나면 그의 일생이 험한 바다와 같습니다.

오래전 대전역에서 택시를 타고 건양대학 앞 대자연 아파트까지 가면서 운전기사와 대화를 나눈 적이 있습니다.

"우리 아들이 서울대학교를 나왔지요. 여기 대전고등학교에서 일등을 놓친 적이 없는 아들입니다. 서울대학교를 졸업하고 일류기업에 취업했습니다. 그만하면 한국에서는 수재에 속하는 아이입니다. 그런데 그 애가 월급이 300만 원이 좀 넘습니다. 새벽부터 저녁 늦게까지 일한다고 합니다. 그 아들이 우리 집에서 밥 얻어먹고 직장에 나갑니다. 그 월급 300만 원으로는 독립을 못 합니다. 언제 집세 보증금을 마련하고 집세를 낼 수 있겠습니까. 요새 젊은 이들은 자동차를 할부로 사고 직장에 나가 점심 사 먹고 나면 남는 돈이 없습니다. 언제 집을 사겠어요. 아마 일생을 벌어도 집 살 돈이 마련이 안 될걸요. 그러니 내 아들보다 못한 친구들은 어찌 사는지 모르겠어요. 이놈의 세상 한번 철저히 망해서 무슨 일이 일어나야 해요."

그의 말에 나는 무슨 말도 할 수가 없었습니다.

의과대학 조교수의 초봉이 한 600만 원입니다. 이 600만 원 가지고 집세 내고, 차 타고 다니고, 아파트 관리비 내고, 먹고 살고 자식들 교육비를 감당할 수 없습니다. 그리고 조교수가 되려면 나이가 30이 지나야 합니다. 몇 년 일하다가 65세가 되면 강제 퇴직을 해야 합니다. 한 달에 죽어라 하고 저축하여 200만 원을 저축한다고 하더라도 퇴직하기 전 10억짜리 집을 살 수가 없습니다. 그러니 부모를 잘 만나야 한다는 말이 진리가 될 수밖에 없습니다.

요새 알파 세대에서는 이런 말이 유행한다고 합니다.

"뭘 우리 부모들이 우리를 만들기 위해 만들었냐 자기들끼리 사랑한다고 어쩌다가 우리가 세상에 나온 거야. 그러니 우리를 만들었으면 책임을 져야 할 거 아니야? 준비도 없이 애를 만들어 내는 것처럼 무책임한 일이 어디 있어?" 하고 부모에게 대듭니다.

'우리는 사랑한다고 좋아한다고 어린애를 만들지 말자. 책임을 못 질 거면 아예 시작도 하지 말자'라는 것이고 그래서 출산 절벽이 오는 것 아니겠습니까. 자식들이 부모를 우리에게 생명을 주고 어렸을 때 길러주신 은혜의 부모님으로 알고 있지 않습니다. 무책임한 존재로 여겨 부모 알기를 빗쟁이 정도로 알고 툭하면 부모를 폭행하고 심지어는 살해까지 하지 않습니까.

한국의 대학병원에서 일할 때 조교수 한 사람의 이야기입니다, 그는 고양에 있는 병원에 근무하면서도 아들을 강남의 학교에 보냈습니다. 아들의 친구들 생일에 선물도 사다 주곤 했습니다. 왜냐고요 어렸을 때부터 부자 친구들을 만들고 상류사회와 교류해야 한다는 말입니다. 그래야 졸업하고서 친구들을 통해 상류사회에 들어갈 수 있고 취업도 되고 살기 수월해진다는 이론이었습니다.

김영삼 대통령 때 둘째아들 김현철 씨의 고등학교 동창들이 승승장구하여 경복고 사단이라는 말이 있었고, 김대중 대통령 때도 아들이 미국에 살면서 한국에 올 때는 일등석에 친구 10여 명씩을 태우고 왔다는 소문도 있었습니다. 추모 씨의 아들도 군대에서 마음대로 휴가 나오고 제 날짜에 귀대도 하지 않아서 대위가 휴가증을 만들어 그의 집에 갖다주었다는 말도 있었고, 모 전 국회의장은 자신의 지역구에 아들이 국회의원에 출마하고, 김홍걸 의원은 아버지의 후광으로 국회의원이 되고 나서 이승만과 박정희의 묘를 파묘하자는 발언을 하기도 했습니다.

자신의 힘과 실력으로 삶을 헤쳐나가고 용이 되는 사람도 더러 있지만, 부모의 줄을 타고 용이 되는 사람들이 훨씬 많습니다. 변호사의 아들이 변호사가 되고, 교수의 아들이 교수가 되고, 목사의 아들이 목사가 되어 아버지의 교회를 물려받고, 건물주의 아들이 건물을 물려받고, 회장의 아들이 회장이 됩니다.

우리 같은 평민들은 부모 노릇하기가 힘이 듭니다. 불자동차가 지나가는 것을 보고 거지인 아버지가 "야! 우리는 집에 불이 날 염려가 없지 않으냐? 그게 이 아버지 덕이란다."라고 하여 아들이 "아버지 감사합니다"라고 했다는 말을 믿을 MZ 세대나 알파 세대의 자식들이 없기 때문입니다. 부모의 형편이 어떠하든 자식들을 학원에 보내주어야 하고, 자동차를 사주어야 하고, 결혼하면 집을 사주어야 하고, 손자들을 길러주어야 부모님의 역할을 다했다고 하는 현 사회에서 돈 없는 부모님들은 너무 힘이 듭니다.

아버지가 파지를 주워서 아들의 용돈을 준다는 이야기를 들으면서 우리 부모들은 슬퍼집니다. 우리 세대 대부분은 부모님들에게 받은 것이 없습니다. 부모님에게서 집 한 칸이라도 물려받은 친구는 행운아였습니다.

그런데 우리의 자식들은 우리에게 집을 요구합니다. 유산을 요구합니다. 자기의 자식인 손주들 학원비를 요구합니다. 손주들이 결혼하면 집까지 사달라고 요구합니다. 참 부모 노릇하기 힘이 든 세상입니다.

사람의 마음에 있어야 하는 것

우리는 '마음'이라는 말을 많이 합니다. 마음의 평화, 마음이 아프다, 마음이 쓰리다, 마음이 평안하다. 그런데 의사인 나도 마음이 어디에 있는지 모르겠습니다.

'마음'이라고 하면서 가슴을 가리키는 것을 보면 가슴 어디에 있는 모양인데 해부학, 책을 아무리 뒤져봐도, 부검해 보아도 마음은 찾을 수 없습니다. 아마 머리를 가리키며 '정신'이라고 하면서도 정작 정신을 어디에 있는지 알 수 없는 거나 마찬가지일 것입니다.

영국 시인 프랜시스 부르디옹의 시에 "Mind has thousand eyes and heart but one. all bright light will die when love dies."라는 구절이 있습니다. 그러니 마음과 심장은 다른 모양입니다. 그리고 마음이 더 넓은 공간을 차지하여 기쁨을 슬픔을 사랑을 간직하는 모양입니다.

얼마 전 어떤 인사가 '우리의 마음에 간직해야 할 것들'이라는 말을 하여 많은 사람의 공감을 일으켰습니다.

우리는 마음에 사랑을, 정의를, 올바른 것을, 아름다운 것을 간직해야 좋은 사람이고 마음에 악한 것, 불의한 것을 품고 있으면 악인이라고 했습니다. 그러면 사람들의 가슴에 품고 있는 악한 것은 어떤 것일까요? 아마 초등학교 어린아이도 대답할 수 있는 남을 미워하는 것, 남을 속여 이익을 얻는 것, 남을 해치는 것들이겠지요. 사람의 마음속에 아름다운 것, 남을 위하는 마음, 다른 사람을 사랑하는 마음이 있는 사람을 좋은 사람 위대한 사람이라고 하지 않을까요.

그런데 악한 마음과 거짓된 마음으로 가득히 채운 사람, 남을 해치고 자기의 이익만을 챙기는 마음을 품고 있는 사람이 세상의 존경을 받고 위대한 사람으로 세상을 사는 일이 많지 않습니까.

레닌이나 스탈린, 히틀러, 무솔리니, 김일성은 모두 악한 사람으로 알고 있는데 그들이 살아있을 때 그들이 사는 곳에서 열광적으로 존경을 받고 위대한 사람으로 처세하지 않았습니까. 내가 중학교 일 학년 때 북한에서 배운 노래 중에는 "천추만대 길이 빛날 스탈린 대원수 크레믈린 멀리 향해 만세를 외친다. 인류 태양 그대에게 영예를 드린다."라는 노래를 배웠습니다. 북한에서 산 사람 중에 〈김일성 장군의 노래〉를 모르는 사람은 없을 것입니다.

그들은 살아있을 때 어떻게 권력을 잡았고 사람들을 자기 밑에 끌어들일 수 있었을까요? 나는 그 힘을 거짓말의 힘이라고 생각합니다. 싸움하는 힘으로 세상을 다스린다면 핵 주먹이라고 불리던 마이클 타이슨이나 무하마드 알리를 당할 사람이 있겠습니까만 지금의 세상에서는 알리는 자그마한 체구를 가진 여자 경찰에게도 이길 수가 없을 것입니다. 여자 경찰의 손에 든 권총이 그들의 주먹보다 빠르고 강할 테니까요.

세상에서 무슨 힘이 제일 강할까요? 나는 거짓말의 힘이 가장 무섭고 강한 것 같습니다. 세 치 혀로 지어내는 거짓말이야말로 얼마나 많은 사람을 속이고 대중을 끌어모아서 탱크와 비행기를 출동시키는 힘을 만들어 내는지 우리는 종종 보게 됩니다. 가냘픈 얼굴을 가진 낸시 펠로시의 세 치 혀가 호랑이상을 한 트럼프 대통령을 탄핵하자는 연설이 전투기 수천 대를 가진 미국을 흔들어댔습니다. 그래서 최고의 힘은 거짓말을 잘하는 정치인이라고 할 수 있습니다.

지금 한국은 무정부 상태나 마찬가지로 혼란스럽습니다. 대통령이 탄핵을 당하여 직무가 정지되고 대통령을 대행하던 국무총리도 탄핵을 당하여 직무가 정지되었습니다. 부총리인 경제부총리가 직무를 대신하고 있는데 야당 대표는 내 말을 안 들으면 그도 탄핵할 것이라고 으름장을 놓고 있습니다. 한국 사람이라면 누구라도 그가 죄를 지어 재판이 진행 중이라는 것을 알고 있습니다. 그런데 그는 아무런 죄를 짓지 않았다고 강변합니다. 그는 지금 정권이 자기를 모략하기 위하여 만들어 냈다고 강변합니다. 그가 어떻게 그 많은 돈을 만들어 냈는지 모르지만, 판사에게 50억씩을 주어 판결을 자기가 무죄로 되게 만들어 내고 야당의 대표가 되어 국민을 선동하고 192석이라는 다수의 국회의석을 거머쥐어 별의별 법을 다 만들어 내어 장관들, 자기를 수사하는 검사들과 판사들, 심지어 장관들과 감사원장을 탄핵하여 직무를 정지시키고 자기 마음대로 국정을 주무르고 있습니다.

어제 점심을 먹으면서 어떤 사람이 그런 말을 했습니다. 자기는 "그 사람을 좋아하지는 않지만, 그 사람이 능력이 있다고 인정한다. 그러니까 그런 사람을 대통령으로 뽑으면 그런 능력으로 나라를 다스려 나라를 잘되게 하지 않겠느냐?"고 하여 나의 마음을 서늘하게 했습니다. 아마도 히틀러나 모택동을 지지하던 사람들이 그런 생각을 가지고 그를 지지하지 않았을까 생각하면서 가슴이 서늘해졌습니다.

악이 선을 이기는 세상, 요한계시록에 나오듯 '마귀가 세력을 잡고 백성을 대하는 세상이 되겠구나' 하고 슬퍼졌습니다. 가끔 친구들에게서 전화가 옵니다. 그리고 시국에 관한 이야기를 하는데 "우리야 얼마 더 살지 못할 텐데 자식들이 안됐지."라고 포기하는 말을 합니다. 그렇습니다. 우리는 앞으로 살날이 살아온 날보다 짧습니다. 그리고 우리 세대가 가난했던 우리나라를 잘 사는 나라로 만드는데 가장 많은 힘을 기울인 세대입니다.

그런데 왜? 우리의 세대가 잘못되어 가고 있는 나라를 포기해야 할까요? 우리는 한국을 지배하고 있는 세력의 마음에 품은 생각을 고치도록 노력해야 합니다.

사랑이 죽으면 온 빛이 죽는 것처럼 우리 마음에 사랑이 없으면 온 나라가 죽는다는 것을 그들에게 알려 주어야 합니다.

과유불급(過猶不及)

어느 날 제자 한 사람이 공자님께 물었습니다.

"공자님, 제자 자장과 자하 중 누가 더 훌륭합니까?"

"자장은 재주가 넘치고, 자하는 좀 못 미친다."

공자님이 대답했습니다.

"그럼, 자장이 더 훌륭하군요?"라는 제자의 말에 공자님께서 "자장은 과유불급이다."라고 했다고 합니다. 그러니까 지나치면 부족함보다 못하다는 말이었습니다.

세상에는 재주가 넘치는 사람도 많고 재주는 좀 부족하지만 성실하고 꾸준한 사람이 있습니다. 의사들이 모이면 자기 개업의 사무실의 고충을 이야기하는 때가 많습니다. 사무실을 잘 운영하는 사무장은 재주를 부려 부정을 저지르는 일이 많고, 부족한 사람은 답답하고 실수하는 일이 잦다고 합니다. 그래서 의사들이 자기 부인이 사무실에 나와서 일을 보게 한다고 합니다.

내가 미국에 와서 인턴 중에 미국 친구를 하나 사귀었습니다. 그는 소아과를 지망했는데 참 친절했고 나에게 잘 대해 주었습니다. 그의 작은아버지가 의사였는데 사무실의 사무장이 매우 똑똑했다고 합니다. 그런데 수입을 자꾸 가로챈다는 것이었습니다. 그래서 어느 날은 증거를 잡고 파면을 시켰습니다. 그러자 이 사무장이 세무청에 이 의사가 가끔 환자가 현금으로 주는 돈을 세금을 안 내고 가져갔다며 일러바쳐서 작은아버지가 재판을 받고 의사 면허증까지 빼앗겼습니다. 그래서 병원을 닫았다고 했습니다.

이런 일이 종종 일어나니 의사들이 개업하면서 똑똑한 여자를 둘 것인가 아니면 좀 모자라도 성실한 여자를 둘 것인가 고민하다가 부인을 사무실로 데려오는 게 좋다는 이야기입니다.

나도 개업하면서 똑똑한 사무장을 두었습니다. 주위 사람들에게 가끔 사무장을 조심하라는 이야기를 듣곤 했습니다. 나는 사무장에게 "나는 사무실에서 1불도 그냥 가져간 일이 없다, 일 년에 한 번씩 사무 감사를 받을 것이다. 그러니 하자가 생기면 사무장이 책임을 져야 한다."라고 선언했습니다. 그때 나도 얼마간의 손해를 본 것을 인정합니다. 그러나 불미한 사건은 일어나지 않았습니다. 그러니 '과유불급'이라는 말도 인정합니다.

"소갈비를 사주는 사람은 조심해라. 그가 너에게 왜 그렇게 가깝게 접근하는지를 잘 살펴야 한다."라고 어느 책에 기록이 되어 있습니다. 고등학교 동창을 미국에서 만났습니다. 내가 피난 학교에 다녀서 동창이 별로 없었고 가까운 동창도 많지 않은 터여서 참 반가웠습니다. 그는 학교에 다닐 때 키도 크고 체격이 좋은 친구였고 규율부장으로 설치고 다녔고, 나 같은 작은 애들과는 인사도 별로 하지 않던 친구였습니다.

그런데 오랜 세월 후에 미국에서 만난 그가 나에게 정말 과할 정도로 친절했습니다. 나는 그의 친절을 별로 동창도 없는 미국에서 만나게 되었으니 그럴 수 있겠다 싶었고 푹 빠졌습니다. 그는 나를 만나면 점심을 사주고 "너는 학교 다닐 때 공부를 열심히 하더니 지금 잘나가는 성형외과 의사가 되었구나!"라고 추켜세웠습니다. 그런데 그와 만난 지 한 6개월쯤 되었을 때 그가 "한국 병원에 의료기구를 납품하는 사업을 하는데 문제는 그들이 3개월짜리 어음으로 돈을 준다. 나는 빨리 돈을 돌려 사업을 계속해야 하는데 돈이 3개월씩 묶여 있으니 지장이 많다."라고 했습니다. 그러더니 나한테 그 어음으로 돈을 융통해 주면 고맙겠다는 부탁을 했습니다.

나는 모처럼 만난 친구의 부탁이어서 그렇게 주기로 했습니다. 그가 주는 어음을 받고 사무실의 돈을 주었습니다. 1차 2차 3차 4차를 거래할 때는 어음이 제때 무사히 입금되었습니다. 그리고 아마 5차쯤 되었을 때 좀 큰 액수의 어음을 내게 가져왔습니다. 한편으로 약간 주저되었지만, 이제껏 약속을 잘 지켜주었는데 하고는 큰돈을 주었습니다.

3개월 후 어음 날짜에 그 어음을 은행에 입금하였습니다. 그런데 다음날 은행에서 전화가 왔습니다. 그 어음은 효력이 없는 어음이라고 했습니다.

나는 그에게 급히 전화를 걸었습니다. 그 친구는 "아, 이번에 문제가 생겨서 그러니 3개월만 기다려주면 해결해 줄게."라고 했습니다. 3개월이 되어도 그에게서 아무런 연락이 없었습니다. 다시 그에게 전화를 걸었더니 "얼마 되지도 않은데 왜 이리 자꾸 채근하냐? 좀 기다려. 돈이 되면 줄게."라면서 오히려 핀잔했습니다. 그러더니 마지막 말로 "문제 만들지 마라. 네가 나에게 돈을 주었다는 증거 있냐? 그 어음으로는 증거가 안 돼!" 하고는 전화를 끊어버렸습니다. 그에게서는 다시 연락이 없었습니다. 아내가 "그 친구 지나치게 친절하더라니, 결과가 그렇게 되었네요. 사람이 갑자기 지나치게 친절하면 조심하라고 했지요?"라고 했습니다.

얼마 전에 이재명 대표 부인의 비서로 일하던 배모 씨가 있었습니다. 그녀는 똑똑하고 일도 잘했다고 합니다. 김 여사의 법인 카드를 사용하는 주인공이었고 아마 이재명 대표의 회계 노릇도 했었다고 합니다. 요새 떠도는 이야기로는 이재명 대표의 돈 89억을 먹고 튀었다는 말도 들립니다. 너무 똑똑하면 사고를 냅니다. 이 역시 '과유불급'인 사례라고 할까요? 지나치게 똑똑하면 도리어 똑똑하지 않은 것보다 좋지 않다는 말이 아닌가요? 똑똑하고 예쁜 비서들로 인해 망한 사람이 좀 많은가요.

남대문시장

서울의 남대문시장이 언제부터 생겼는지 모르지만, 남대문시장은 오랜 전통과 역사를 지닌 한국의 명소입니다. 미국의 애틀랜타시에도 남대문시장이 있고 우즈베키스탄의 타슈켄트에도 남대문시장이라는 간판을 건 가게가 있었습니다.

서울에는 많은 시장이 있습니다. 동대문시장은 남대문시장보다 훨씬 규모가 큽니다. 남대문시장은 남대문 옆의 남산으로 올라가는 길과 신세계백화점, 퇴계로와 남대문로가 경계여서 한 두어 시간이면 다 돌아다닐 수 있습니다.

동대문시장은 종로4가에서 을지로4가, 길이로도 종로4가에서 동대문을 지나서도 뻗어 있습니다. 동대문시장을 한 바퀴 돌려면 하루 가지고 부족할지도 모릅니다. 옛날 우리 집이 용산구 보광동이어서 삼각지에서 전철을 타면 남대문시장인 회현역까지 가서 전철에서 내리면 바로 남대문시장입니다.

그러다 보니 나는 남대문시장에 자주 다녔습니다. 세브란스의과대학은 서울역 앞에 있어서 남대문시장과는 이웃이었습니다. 그래서 자주 가다 보니 남대문시장의 골목 골목을 환히 알게 되었습니다.

한국을 떠난 지 37년의 세월이 흐르고 나는 다시 한국의 대학병원에서 일하게 되어 서울에서 살게 되었습니다. 서울에 살면서 남대문시장에 자주 드나들었습니다. 와이셔츠 하나에 만 원, 아주 좋은 천으로 만들어진 바지가 만 원이어서 정신없이 사들였고 이렇게 사들인 옷이 큰 상자에 몇 개가 되었습니다. 나중에 미국으로 와서 정리하다가 아내에게 "여보 이 옷을 다 입으려면 300살까지 살아야 하겠으니 어쩌면 좋지요. 300살까지 살게 해 달라고 하나님께 기도하면 하나님이 들어줄까." 했습니다. 아내가 "이놈의 자식 욕심이 놀부 같다고 회초리로 때리시겠지."라고 해서 마주 보고 웃었습니다.

남대문시장에는 음식점도 많습니다. 유명하고 맛이 있는 냉면집도 있고 골목으로 들어가면 갈치조림, 닭조림, 칼국수, 국밥집들이 있습니다. 동쪽 끝으로 나오면 짬뽕과 울면을 잘하는 중국집도 있고 돈가스집도 있습니다. 동쪽 끝에서 길을 하나 건너면 명동입니다. 남대문시장에는 없는 것이 없습니다. 기념품으로부터 군복, 유행하는 모자들, 도깨비시장(수입품 코너)으로 들어가면 미국에서도 찾기 힘든 향수며 로션들도 있습니다. 파인애플이나 멜론 조각을 파는 곳도 있고 스타벅스 커피숍 가격의 삼 분의 일로 마실 수 있는 커피도 있습니다.

몽골과 우즈베키스탄에 갈 때 남대문시장에 와서 고추 조림과 밑반찬을 사서 가지고 가면 한동안 고향의 맛을 누리며 살 수 있었습니다. 큰 길가에는 약국도 많고 안경원도 많아 의사의 처방 없이도 시력 검사를 해주어서 그 자리에서 안경을 맞추어 살 수 있습니다. 아마 남대문시장은 24시간 운영일지도 모릅니다. 물론 많은 가게는 문을 닫겠지만 어떤 곳에서는 다음날을 위하여 밤샘하는 곳도 있지 않을까 생각합니다. 어쩌다 새벽에 남대문시장 앞으로 가는 버스나 택시를 타고 지나가면 해가 뜨기 전부터 시장은 북적거렸습니다.

며칠 전 유튜브에서 남대문시장이라는 프로그램을 보았습니다. 나는 그걸 보면서 그들이 얼마나 열심히 살고 있는지 새삼 감탄했습니다. 한 청년은 하루에 백 개가 넘는 점포에 물건을 나른다고 했는데 일 년에 체중이 20킬로가 빠졌다고 호소했습니다. 자기보다 무거운 보따리를 메고 계단을 이층, 삼층으로 오르내리면서 "살려면 일을 해야지요. 그리고 가족을 벌어먹여야지요."라면서 땀을 닦았는데 '역시 가장은 이렇게 힘이 들게 일을 해야 하는구나.' 생각이 들었습니다. 또 32세라는 한 젊은 여자는 직장에 다녔는데 발전 없는 삶은 안 되겠다고 생각하고 부모님이 하는 사업에 뛰어들었다면서 무거운 플라스틱 백을 두 개나 메고 끌고 다니면서 일하는 중에 잠시 짐을 내려놓고 너무도 힘이 든다면서 물을 마셨습니다.

이렇듯 열심히 사는 남대문시장의 사람들을 보면서 나는 이태원이나 홍대 앞에서 술에 취해, 마약에 취해 어슬렁거리는 젊은이들의 모습을 떠올리면서 분노를 느꼈습니다. 이들은 한결같이 말합니다. 일손이 필요한데 이런 힘든 일을 하려고 하는 사람이 없다고….

그런데 신촌이나 종로의 고시촌에서는 직장을 구할 수 없다고 합니다. 나는 사회의 이런 부조리를 보면서 이래서 좌파들이 생겨나는구나 하고 생각해보았습니다.

옛날 피난 시절에 대구에서 사귄 한 친구가 있었습니다. 나와 동갑이었는데 나는 피난 학교에 다니면서 시계포에서 일하고 있었습니다. 시계점을 하는 작은아버지의 집에서 일하면서 가족의 생계를 떠맡고 있었습니다. 참 똑 똑하고 재간이 있는 친구였습니다. 몇 년을 일했는지 모르나 웬만한 시계는 다 고칠 수 있다고 했습니다. 한 달에 두 번 노는 날이 있었는데 그날은 나와 같이 찐빵도 사 먹고 깨엿도 사 먹었습니다. 그 친구도 서울에 와서 서대문에 있는 시장 앞에 시계포를 열었습니다. 그리고 내가 대학생 때 결혼하고 대학생인 나에게 축사해 달라고 했습니다.

내가 대학 졸업반일 때 어린애를 안고 있는 그의 부인을 만나 보았습니다. 그렇습니다. 그런 친구가 남대문시장의 생활인입니다.

머리가 나빠서가 아닙니다. 나보다 머리도 좋고 재주 있는 친구였습니다. 나는 남대문이라는 유튜브를 보면서 그 친구를 생각했습니다. 이제 헤어진 지 50년이 넘었습니다.

남대문시장의 생활인들. 그들의 말대로 살을 깎아 먹어가며 살아가는 생활인들 존경하며 사랑합니다.

국가흥망 필부유책

'국가흥망 필부유책(國家興亡 匹夫有責)'은 중국 쓰촨성의 비석에 새겨져 있는 글로 '나라가 흥하고 망하는 데는 임금만의 책임이 아니라 국민 모두에게 책임이 있다.'라는 말입니다. 이 말은 왕정의 시대에만 해당하는 말이 아니라 국민이 나라의 주인이라는 민주주의 시대에도 더 말할 나위 없는 진리일 것입니다.

가장 민주국가라던 그리스, 철학과 지식의 종주국이라고 하던 그리스가 망한 것은 국민이 우민으로 바뀌고 소피스트가 나라의 여론과 권력을 잡고 소크라테스 같은 올바른 사람을 죽이고 포에니 전쟁에서 스파르타에 패전했을 때 나라는 망하게 되어 있었습니다. 그리고 그때 망한 그리스는 다시는 아테네의 영광을 되찾지 못하고 영영 2등 국가 3등 국가로 전락했습니다.

이스라엘도 마찬가지였습니다. 다윗왕과 솔로몬 왕 때는 그 지역에서 가장 강한 국가로 군림했습니다. 물론 왕들의 잘못도 있었지만, 국민이 남북 국가로 분단되고 사분오열로 흩어져서 힘이 분산하니 그 주위의 시리아, 이집트, 바빌로니아에서 침략을 당하고 나라를 빼앗기고 나중에는 로마에 의해서 나라에서 쫓겨나고 말았습니다. 그리고 국토는 그들에게는 가장 치욕적인 팔레스타인(블레셋)으로 변하고 말았습니다. 국민이 정신을 차리고 일치단결할 때 나라는 흥왕하고 국민이 사분오열되고 향락에 취하여 실재하지도 않은 평화를 떠들어댈 때 나라가 망했음을 역사는 분명히 보여 줍니다.

일본도 그랬습니다. 작은 섬나라 일본은 국가를 위해서라면 언제라도 명예스럽게 죽겠다는 국민의 단결된 정신이 있을 때 그 작은 나라가 한국을 침략하고 자기 나라의 20배가 넘는 중국을 점령했습니다. 그리고 동남아의 여러 나라를 점령하고는 세계 최고의 강국이라고 하는 미국과 맞짱 떴다가 패전국이 되었습니다.

그런데 일본은 완전 폭망하고서 그렇듯 빨리 일어설 줄 몰랐습니다. 1945년에 패망한 일본이 1950년 한국전쟁 때는 이미 선진국에 진입해 있었습니다. 그리고 10년이 다시 지나자 세계은행에 돈을 가장 많이 가진 나라로, 미국이 두려워하는 나라가 되어 있었습니다. 국민이 정신을 차리고 단결한 덕입니다.

우리는 월남 전쟁을 기억합니다. 지금도 월남전에 참전했던 우리의 동료들이 많이 살아 있습니다. 그때 공산화가 되면 국민이 비참해질 것이라고 역설했습니다. 그런데도 월남 국민은 공산주의자들의 말에 현혹되어 올바른 지도자의 말을 듣지 않았습니다. 1974년 월남은 공산 통일이 되었습니다. 월남이 공산 통일이 된 후 얼마나 많은 사람이 죽었고 숙청당했는지 월남을 여행해 본 사람들은 압니다. 많은 국민이 보트를 타고 외국으로 도망했지만 받아주는 나라가 없어 보트피플로 불법 이민자가 되었습니다. 노인들이 숙청되어 수용소에서 죽었고, 많은 지식인이 죽었고 국민의 자유가 억압되고 있음을 깨달았을 때는 이미 너무도 늦었습니다.

여섯 번의 이스라엘과 아랍의 전쟁이 있었습니다. 600만밖에 안 되는 이스라엘은 몇억이 넘는 아랍 연합과의 전쟁에서 승리했습니다. 이스라엘은 국민이 단결하여 배수의 진을 친 결단으로 전쟁에 임한 덕이었습니다. 전쟁이 났을 때 이스라엘 사람들은 외국에 나가 있다가도 전쟁에 참여하려고 고국으로 돌아갔고 아랍 사람들은 군에 가지 않으려고 도망쳤습니다.

지금 한국은 어느 때보다도 위험한 처지에 있습니다, 외적인 위험보다 내부의 분쟁이 더 위험하기 때문입니다. 우리는 한국전쟁을 경험하고 공산주의가 얼마나 가혹하고 위험한 정권이라는 것을 경험했습니다. 한국전쟁을 경험한 세대들은 소수의 공산주의자를 제외하고는 좌파가 되지 않습니다. 그런데 전쟁을 경험하지 못한 세대는 북한의 정권이 보낸 간첩들에 의해 교육받은 젊은 층과 중년층들이 붉은 사상에 물들었다는 사실입니다.

만일 한국이 공산화되면 우선 65세가 넘은 시니어들은 수용소에 수용되고 일이 년 안에 모두 죽을 것입니다. 기독교인들은 미국 놈들의 앞잡이라고 하여 모두 숙청의 대상이 되고 학교 선생이나 교수들은 위험한 사상을 가진 불순분자로 숙청될 것입니다. 공무원들이나 대기업의 임원들, 사법부의 인사들은 모두 괴뢰정부의 앞잡이로 숙청될 것이고, 재벌들은 해체되어 돈은 국고로 들어가고 지금처럼 물자가 생산되지는 못할 것입니다.

모든 집회는 당국의 허가를 받아야 하고 마음대로 이사도 못 하는 주거 제한을 할 것이며 여행은 경찰서에서 허가한 여행만이 할 수 있을 것입니다. 마음대로 쌀을 사거나 고기를 살 수 없고 배급제도가 되어 여자들이 장을 보며 쌀과 고기를 고르던 시대는 종말을 맞을 것입니다. 외국 여행은 모두 금지되어 옛날의 화려했던 꿈이 될 것입니다. 법원에서 판결을 받고 항고하는 그런 제도가 아니라 단심으로 끝이 나서 징역 2년 형을 받고서도 정당을 만드는 일들은 구경도 못할 것입니다. 노동조합, 전교조는 다시 조직되어 데모했다가는 모두 그 자리에서 체포되어 숙청될 것입니다. 김어준, 김용민 모두 처형될 것이고 이재명, 이인영, 임종석, 문재인도 숙청되겠지요. 박헌영이 숙청당한 것처럼….

그래도 북한이 좋다고요? 옛 선비가 '나라의 흥망이 필부에게 있다'라고 했습니다.

그래도 좋겠습니까? 강남 좌파들이여. 정의 구현 신부들이여.

강남 좌파라고 자처하는 어리석은 국민이여….

끝없는 탐욕

어버이날에 부르는 노래가 있습니다. "높고 높은 하늘이라 말들 하지만 나는 나는 높은 게 또 하나 있지. 낳으시고 길러주신 어머님 은혜 푸른 하늘 그보다도 높은 것 같아…."

그런데 나는 끝없이 높은 하늘보다 더 끝이 없는 게 또 있다고 생각합니다. 인간의 탐욕입니다. 톨스토이 단편 소설에 낚시하다가 금붕어를 낚은 어부의 이야기가 나옵니다. 금고기를 낚은 어부에게 물고기는 말합니다. 나를 놓아주면 소원을 이루어 주겠다고…. 어부는 착한 사람이라 얼른 생각나는 것이 부인이 불평하던 깨어진 함지박이 생각나서 새 함지박이 하나 있었으면 하고 이야기합니다.

어부가 집에 가보니 정말 새 함지박이 있었습니다. 노파가 어찌된 일이냐고 어부에게 묻자 어부는 사실대로 이야기합니다. 노파는 "이런 멍청이 생명을 구해주고 겨우 함지박이야. 다시 가서 우리도 저기 김 대감네 집처럼 큰 집에 하인을 두고 살게 해달라고 해야지."라고 어부를 다그칩니다. 어부는 힘없이 강가에 다시 나갔습니다. 그리고 물속을 들여다보고 있으니 물고기가 나와서 "할아버지 무슨 근심이 있으세요?"하고 묻습니다. 할아버지는 노파의 요구를 이야기합니다. 붕어는 "네, 그럼 집에 가보세요."하고 물속으로 사라집니다. 집에 가니 노파는 비단옷을 입고 거들먹거리며 하인들을 부리고 있었습니다. 집으로 돌아온 할아버지를 보고 노파는 다시 소리를 지릅니다. "아니 이 멍청아, 그대로 돌아오면 어떻게 해 그 물고기를 잡아다 집의 연못에 넣고 필요할 때마다 불러서 심부름을 시켜야지."라고 하면서 내쫓았습니다.

어부는 기운이 없이 다시 물가로 갔습니다. 물고기는 다시 떠올라 "할아버지 무슨 근심이 또 있으세요?" 하고 물었습니다. 할아버지는 노파의 요구를 또 이야기했습니다. 물고기는 이야기를 듣고 잠시 있다가 아무 말 없이 물속으로 사라졌습니다. 할아버지가 집에 가보니 대궐 같은 집은 사라지고 자기가 살던 오막살이 집에 함지박만 새것이 있더라는 이야기입니다. 함지박만 하나 있었으면 하던 욕심은 자라고 자라서 물고기를 잡아서 연못에 기르면서 끝없는 요구를 하겠다는 것이 인간의 욕망입니다.

인도에 어떤 왕의 이야기입니다. 그가 늙어서 99세가 되었을 때 저승사자가 부르러 왔습니다. 이 왕은 '벌써 그렇게 되었는가. 내가 아직도 깨닫지 못한 게 있는데….' 하면서 아쉬워했습니다. 그

걸 보던 어린 손자가 저승사자에게 "할아버지 대신 내가 가면 안 돼요?" 하니 저승사자가 "그래도 되지"라고 하여 어린 손자가 왕 대신에 저승으로 갔습니다. 그런 후 왕은 다시 99세가 되었습니다. 저승사자가 다시 부르러 왔습니다. 왕은 또다시 "내가 아직 하지 못한 일이 있는데…"라고 해 다른 손자가 갔습니다. 이렇게 이 왕은 9번이나 손자들이 대신 저승에 갔습니다. 그리고 그가 다시 99세가 되었습니다. 그는 저승사자에게 아직도 이루지 못한 것이 있다고 버티었습니다. 그러나 그해에는 할아버지를 대신할 손자가 없어서 죽었다는 이야기입니다.

천년을 살아도 아직 다 채우지 못한 욕망으로 인간은 살아갑니다. 우리나라의 재벌들을 봅니다. 물론 재벌이 발전해야 나라가 잘 살고 국가가 발전합니다. 그러나 인간적으로 볼 때 재벌들의 끝없는 욕망을 보면서 '저들은 얼마를 더 가져야 행복할까. 아마 지구를 전부 주어도 만족하지 못할 거야'라고 생각을 해봅니다.

제일 모직에서 시작한 삼성은 이제 세계 굴지의 재벌기업이 되었습니다. 그들은 아직도 돈에 목이 마릅니다. 그래서 돈이 될 수 있는 일은 무엇이나 합니다. 삼성 재벌 그 방계 가족이 손을 뻗치지 않은 사업은 없습니다. 삼성 아파트, 삼성 가전제품, 삼성 르노 자동차, 이마트, 학교, 병원, 영화산업, 백화점, 호텔 하다못해 아이스크림까지 손을 안 댄 곳이 없습니다. 물론 삼성전자의 이재용 씨가 모두 하는 것은 아니지만 그 집안 식구들이 하는 일 아닙니까.

현대도 마찬가지입니다. 자동차, 아파트, 중공업, 조선소, 학교, 병원, 백화점, 호텔, 현대의 물건을 안 쓰고는 살 수 없는 세상이 되었습니다. 나라의 발전을 위해서는 좋습니다. 많은 사람이 그런 큰 기업에 의지해서 살고 있고 나라에서도 그런 큰 기업이 내는 세금으로 운영이 됩니다.

내가 지금 이야기하려는 것은 철학적이라고 할까 종교적이라고 할까. 다만 그 주인의 욕망이 어디까지일까 하는 것입니다. 아마 현대자동차의 회장은 온 세계가 전부 현대차로 덮여도 만족지 않을 것이고 그럼 다른 물품을 생산할 것입니다.

한동안 자동차는 미국의 GM이라고 하던 때가 있었습니다. 미국의 자동차가 세계를 뒤덮고 유럽의 모든 나라들, 심지어 한국에까지 GMC 트럭과 승용차들이 거리를 뒤덮고 있었습니다. 그래서 나더러 GM 주식을 사라고 하던 사람은 GM이 망하면 미국도 쓰러질 테니 이처럼 튼튼한 주식이 없을 거라고 했습니다. 그런 GM이 망했습니다. 아니, 거의 망했습니다. 지금 세계는 고사하고 미국의 거리에는 외국제 차들이 길을 덮고 있습니다. 차를 몰고 길을 가다가 보면 거의 70%가 외제 차이고 미국 차들은 삼 분의 일도 안 됩니다.

나는 이 현상이 욕망의 끝이었다고 생각합니다. 인간의 욕망은 끝이 없습니다. 그러나 하나님은 인간의 욕망을 만족시켜 주지 않습니다. 그 욕망으로 축적한 걸 가지고 갈 수 없게 무자비하게 인간의 생명을 끊으시기 때문입니다. 록펠러도 오나시스도 이병철 회장도 정주영 회장도 갔습니다. 그들은 그들의 욕망을 얼마나 만족시켰을까요.

나의 거처

우리는 살면서 많은 것을 소유합니다. 남대문시장의 뒷길로 해서 서울역으로 들어가는 지하도에는 노숙자들이 있습니다. 그런데 어떤 노숙자는 상자나 이불, 살림살이가 주위를 둘러싸고 있는 것을 봅니다. 또 돈이 없다며 우는소리 하는 사람의 집에 가보면 그의 집에 불필요한 물건이 많이 있습니다.

한국전쟁 중에 피난살이 때는 가진 것이 없어 살림살이가 가족들이 손에 들고 메면 이사 갈 수 있는 짐밖에 없었습니다. 한국전쟁이 끝이 났을 때도 집에는 장이 없이 벽에 못을 박고 큰 이불보를 씌우면 그것이 옷장이 되었고, 사과 상자가 식탁이고 책상이었습니다.

내가 대학을 졸업하고 의사 시험을 볼 때도 밥상을 책상으로 사용하였고 전공의 때조차도 나의 책상이라고는 가져 보지 못했습니다. 아마 나의 책상, 나의 방을 가져 본 것은 미국에 와서 전공의가 끝나고 성형외과 전문의가 되어 내 집을 사고 난 후의 일입니다.

그런데 가만히 생각해보면 지금은 나는 가진 것이 너무 많습니다. 지금은 대학생도 아니고 공부를 그만큼 하지도 않는데 내 방에 나의 책상이 있습니다. 그것도 그냥 책상이 아닌 L자형으로 된 커다란 책상에 회전의자를 돌려 가며 일을 보고 책과 컴퓨터를 같이 쓰는 책상입니다. 그런 서재가 뉴저지의 집에 있고 플로리다의 집에도 있습니다. 이런 나도 과욕스러운 사람이 아닐까 하는 생각을 해봅니다.

지난여름 충청도에 있는 신원사라는 절에 가보았습니다. 절의 대웅전의 건너편에 '다휴당'이라는 카페가 있었습니다. 그 카페의 앞에는 표시가 있었는데 '공수래공수거'라는 푯말이 있었습니다. 빈손으로 왔다가 빈손으로 간다고, 재물에 욕심을 부릴 필요가 없음을 이르는 말입니다.

인간이 모두 가는데 너무 많이 쓰레기를 남겨 놓으면 남아 있는 사람들이 고통스러울 것입니다. 나이가 들면 주위를 정리하라고 합니다. 그런데 내 주위에 제일 많이 남아 있는 게 책입니다. 이사할 때도 제일 많고 무거운 것이 책입니다. 어렵게 구하고 산 책. 지금도 가끔 꺼내 보는 책을 버리기가 너무도 아깝습니다. 그래서 뉴저지 집에 있는 책을 매일 추려서 일주일에 3~4번씩 버립니다.

이 책을 버리지 않고 누구에게 주면 얼마나 좋을까 싶어 교회에도 알아보고 한국문화회관에도 알아보고 도서실이라는 곳에도 알아보았는데 나 같은 사람들이 많이 있는 모양인지 책은 안 받는다고 냉정하게 거절합니다. 어렵게 구한 문학 전집, 기독교 사상 전집, 안병욱 선생님 전집, 김형석 선생님 전집을 버렸고 이어령 선생님 전집도 버리려고 내다가 놓았습니다. 백낙준 선생님의 수필집 『마지막 수업』도 버렸고 친지들이 보내준 수필집도 버렸습니다. 나의 직업인 성형외과 교과서도 많이 버렸습니다. 한 권에 몇 백 불씩 하는 책입니다. 모교에 기증하려고 했더니 학교에서도 그런 책이 우리에게도 있고 보내는 데 운송비가 많이 드니 차라리 운송비를 돈으로 보내달라는 이야기였습니다.

장인이 100세를 2주일 앞두고 소천하셨습니다. 그분은 90이 넘으면서 주위를 정리하셨습니다. 돌아가신 후 정리할 것이 하나도 없었습니다. 나는 그것을 보고 참 도가 통하신 분이로구나 하고 생각했습니다. 나는 법정 스님의 『버리고 가기』라는 책을 읽었습니다. 그리고 정말 우리가 갈 때 남의 신세를 지지 않고 정리하면 얼마나 좋을까 하고 생각합니다. 우리가 존경하는 한경직 목사님도 가시고 난 후 정리할 것이 성경 한 권, 입던 옷 한 벌이 전부였다고 하지 않습니까.

나는 그렇게는 하지 못할 것 같습니다. 아직도 책이 수백 권 남아 있고, 음악 CD도 천 개가 넘고, 쓰다만 원고들이 몇 뭉텅이, 영화 CD도 수백 개, 옷이 몇 상자는 될 것 같습니다. 물론 살던 집도 남을 것이고 타고 다니던 차, 내가 걸어놓은 그림, 은행에 잔고도 남을 것이고, 쓰던 살림들이 남겠지요. 그것을 다 없애고는 하루도 살 수 없으니 언제 갈지 모르는데 미리 다 처분할 수는 없지 않겠습니까. 또 죽으면 나의 육체도 남아 누군가는 정리해 주어야 할 것이고 내 가족도 남을 것이 아닐까요?

얼마 전에 친구들과 만나서 "이를 어찌할꼬"라며 이야기를 나누었습니다. 친구들은 "그렇지요 다 정리하고 떠날 수가 있나요? 그래도 얼마의 돈을 남겨 두고 갈 테니 그 돈을 받는 사람이 정리해야지요"라면서 웃었습니다.

나는 역시 속물입니다. 내가 도인처럼 법정 스님처럼 한경직 목사님처럼 방을 깨끗이 청소하고 떠날 수는 없을 것 같습니다. 오늘도 서가에서 책을 꺼내서 보다가 도로 넣으면서 '그래 내가 이를 두고 가면 이 물건들에 미련이 없는 사람들이 나보다는 버리기 쉬울 것이다. 미련이 없어야 버릴 수가 있지.' 하고 쓴웃음을 웃습니다.

과잉보호(Over parenting)

요즘 젊은 세대는 똑똑하여 부모 세대를 '꼰대'니 '꼴통'이니 하면서 업신여깁니다. 그런데 그들은 독립심이 약하고 생존능력이 구세대보다 많이 떨어지는 것 같습니다. 먹고 놀고 여행을 다니고 행사를 하는 데는 재주가 있지만, 사회생활과 직장 생활에서 적응하는 건 구세대보다 못한 것 같습니다. 잘 먹고 잘 자라서 신체도 구세대보다 크고 운동도 잘하지만, 이 험한 세상에서 살아남는 참을성과 끈기가 부족하다는 말입니다.

한 20년 전부터 회자된 말이지만 대학 입학시험 때 부모들이 따라오고 대학 등록이나 수강 신청을 부모가 해준다는 이야기를 많이 들었습니다. 어느 과목을 들어야 취업이 잘 되고 어느 교수 강의를 들어야 점수가 잘 나오는지를 어머니들이 학생들보다 더 잘 안다고 어머니들이 수강 신청을 해준다는 이야기입니다.

그렇게 자란 그들이 이제는 취업하고 직장 생활을 하는 세대가 되었습니다. 물론 우스갯소리지만 법원이나 검찰청 뒷마당에는 가끔 판사나 검사들이 핸드폰을 들고 '이런 사건이 있는데 어떻게 기소하고 어떻게 판결해야 하는지' 어머니에게 묻는다는 말이 있었습니다. 그래서 참 이상한 판결도 나오고 김×× 판사의 이재명 판결 같은 판결이 나오지 않을까요? 위증을 교사한 사람은 무죄이고 그 말을 따라 위증한 사람은 벌금 500만 원을 내라는 판결 말입니다.

물론 세대도 다르고 가정환경이 다르지만 제가 고등학교에서 대학을 진학할 때 부모님은 내가 어느 대학 무슨 과에 지망하는지 물어보신 일도 없습니다. 그리고 공부를 어떻게 하는지 묻거나 들여다본 일도 없습니다. 우리는 스스로 알아서 우리의 진로를 개척해야 했고 살아남아야 했습니다. 아마 그 시대에 부모님이 수강 신청을 도와주었거나 면접 시험장에 나왔다면 소문이 대단했겠지요.

그러고 반세기가 흐르고 내가 2003년에 한국에서 대학병원의 성형외과 과장으로 있을 때입니다. 지금은 좀 덜 하지만 그때만 해도 성형외과 전공의의 경쟁률이 심했습니다. 가을이 되면 인턴에서 전공의를 선택하는 일이 시작됩니다. 그때, 같은 대학의 교수님 한 분이 자기 애를 성형외과 전공의로 뽑아 달라는 청탁을 해온 일이 있었습니다. 나는 전공의 선택은 인턴 때의 성적, 교수님들의 면접과 교수회에서의 결정에 따르는 것이지 나의 마음대로 하는 것이 아니라고 정중히 거절했습니다. 불행하게도 그 교수님의 자제는 선택이 되지 않았고 그 후 어색한 사이가 되었습니다. 나는 그 교수님이 참 이상했습니다. 대학을 졸업하고 인턴을 마치고 20대 중반인 자식을 위하여 부모가 청탁하고 다니다니….

그런 일이 있고 몇 년 후 대전에 근무할 때입니다. 인턴 생활의 일 년은 고달픈 시기입니다. 병실과 응급실의 온갖 자잘한 일을 모두 해야 하니까요. 그래서 제대로 잠을 자는 일이 거의 없습니다. 밤을 낮으로 알고 일하다가 시간이 나면 어디서나 기대어 한 30분 자고 일어나서 또 일해야 합니다.

어느 날 한 분이 나를 찾아왔습니다. 자기 딸이 지금 성형외과 인턴인데 밤에도 불려 다녀서 잠을 못 자서 신경이 예민해졌으니 좀 봐달라는 것이었습니다. 나는 수석 전공의를 불러 "인턴의 아버지가 나를 찾아와서 이런 부탁을 하니 너희들이 좀 협조해 줘라." 라고 이야기했습니다. 전공의는 "우리 과는 딴 과에 비해서 별로 힘이 든 것도 아닌데요." 하고는 물러갔습니다. 그 인턴이 다른 과에 가서 더 힘이 들었던 모양입니다. 결국 병원을 그만두고 자기 아버지가 가진 건물의 관리를 하러 갔다고 합니다. 이렇듯 부모들이 자녀들의 직장에 전화하여 잔소리하고 부탁하는 일이 부쩍 많아졌다고 합니다.

어떤 보고에 의하면 100대 기업 인사 담당자들을 만나 보았는데 인사 담당자의 35%가 부모로부터 전화를 받았다고 합니다. 그런데 부탁은 우리 아들이 민원부에 있는데 신경이 많이 쓰이고 힘이 드니 부서를 바꾸어 달라, 우리 애가 저녁에 학원에 가야 하는데 야근을 시키면 어떻게 하느냐? 급여에 관한 이야기, 상여금은 언제 얼마 나오느냐? 심지어는 우리 애가 이 회사의 유니폼을 안 좋아하는데 바꾸어 줄 수 없느냐는 이야기도 한다고 합니다.

이런 풍조가 1990년대부터 나타나기 시작했는데 날이 갈수록 더욱 심해지고 있다고 합니다. 이런 부모를 헬리콥터 부모라고 하는데 날이 갈수록 더 심해진다고 합니다.

직장에서도 상사의 괴롭힘이 심하다, 상사가 부당한 일을 시킨다며 부모가 항의 전화를 하고 감찰부나 인사과에 전화한다고 합니다. 그러니 마치 유치원 학생처럼 다뤄야지 잘못했다간 유치원 학생이 부모님에게 "저 선생님이 나에게 눈 흘겼어."라고 일러바치는 것 같은 현상이 벌어진다고 합니다. 그래서 면접 때 부모님이 따라오는 지원자들을 경계한다고 합니다. 이런 헬리콥터 부모는 어머니가 단연히 많아서 78.6%, 아버지기 7.1%라고 합니다. 심지어 인사 담당자에게 아버지가 전화하여 내일 우리 가족이 여행 가기로 했는데 우리 아들 휴가 달라고 한다면 그 전화를 받은 상사는 어떤 마음일까요?

생각할수록 너무 희극적이어서 답이 안 나옵니다. 그럼, 국민을 다스려야 하는 정치인들은 힘이 들까요? 선동만 잘하면 되니까 좀 쉬워질까요.

날자, 날자꾸나

지금은 평등의 시대입니다. 누구나 영웅이 될 수 있고 한참 잘나가던 사람도 순식간에 사라지기도 합니다. 사람들의 눈에 띄려면 특별한 말을 하거나 행동해야 합니다. 그런데 요새 사람들은 하도 자극을 많이 받아 웬만한 자극에는 눈도 깜짝 안 합니다. 남의 눈에 띄려면 자극이 심한 말이나 행동을 해야 합니다.

이제 국회의원 공천이 끝이 나고 선거운동 시간에 접어들었으니 사람들의 인상에 남으려고 막말을 하거나 쌍스러운 욕을 하는가 봅니다. 아마 가장 저질스러운 욕을 말하라고 하면 이재명 의원이 형수에게 한 욕일 것입니다. 나는 그 녹음테이프를 듣고서 사실이 아니라고 생각했습니다. 아무리 형의 권위를 인정하지 않는다고 해도 형님의 부인에게 그런 욕을 할 수 있단 말입니까. 아마 세상의 어떤 여자에게도 그런 말을 할 수 없을 것 같습니다. 그러나 그런 욕을 한 사람은 세인의 각광을 받아 대통령 후보도 되었고 국회의원도 되었고 거대 야당의 대표가 되어 나라를 휘두르고 있습니다.

또 한 예가 있습니다. 나꼼수라는 사람들입니다. 그들은 박근혜 정권 시절 라디오 방송에서 온갖 막말과 저질스러운 쌍욕을 하면서 사람들을 자극했습니다. 나꼼수는 김어준, 주진우, 김용민, 정봉주 4인인데 이들은 체면이나 염치도 없고 그저 막말과 쌍욕으로 사람들을 자극했습니다. 김용민은 부시 정권 때 국무장관을 한 라이스를 잡아다 윤간시키고 죽여버리자, 서울역 앞의 에스컬레이터를 없애서 노인들이 모이지 못 하게 하자는 막말로 주의를 끌었고 한명숙 씨는 그를 공천했습니다. 그러나 그는 실패했고 다시 문재인 전 대통령의 마음에 들어 국회의원이 되었습니다. 그는 국회에서 종북파의 앞잡이로 마치 깡패의 앞잡이처럼 날뛰었습니다. 김어준은 머리를 풀어 헤치고 운전사들이 많이 듣는 라디오 방송에서 보수라면 무조건 폭격하고 진실을 비틀어서 국민을 선동했습니다. 주진우도 마찬가지입니다. 거짓 선동 기사로 신문을 장식했습니다. 전봉주 씨도 막말을 많이 하여 이번 국회의원 공천을 받았다 취소되었습니다. 그것도 막말의 보수 이제명 씨에게 말입니다. 그래서 요새는 사람들의 눈에 들고 기억을 남기려고 마치 TV에 나오는 광고처럼 온갖 짓을 다 합니다.

또 한 부류는 눈치를 잘 봐가며 온갖 기술과 아첨으로 줄은 잘 서는 것입니다. 이준석이라는 사람은 갖은 언변과 젊은이라는 것을 스팩으로 박근혜 전 대통령에 의해 발탁이 되었고, 박근혜 대통령이 불리해지자 배반하고 대통령 탄핵에 앞장섰고 그 세력의 힘으로 당대표가 되었습니다. 그런데 그가 표방했던 보수는 주머니에 꾸겨 넣고 보수의 대통령 후보에게 그렇게 총질하더니 당에서 쫓겨나자 본색을 드러내며 전남 공화국과 손을 잡더니 다시 그를 배반하고 당을 차렸습니다. 선거철이 되면 정치 철새들이 많이 있습니다. 더불어민주당에서 공천 못 받으면 국민의힘으로 가고 국민의힘에서 공천 못 받으면 자유통합당으로 가고, 조국혁신당으로 가니 교통정리가 힘이 들 정도입니다.

조국이라는 사람은 어찌 되었던지 서울대 교수로도 있었고 여기저기 글도 많이 써서 어느 정도의 상식과 양심은 있는 줄 알았습니다. 그런데 그가 쓰는 글과 행동은 맞지 않습니다. 딸의 공문서위조 등으로 징역 2년을 선고받았는데 사법부에서는 그를 구속하지 않았고 대법원에 상고하고 최종 판결을 기다리는 중인데도 조국혁신당이라는 당을 조직하고 비례대표 제2번으로 이름을 올려 끝내 국회의원 배지를 달았습니다.

조국혁신당의 비례대표 1번은 검사 시절 추미애와 짜고서 윤석열 총장을 직위해제 시키려고 난리를 치고 문재인 대통령의 팔짱을 끼고 성희롱했다고 깔깔대던 반정부의 인사입니다. 이렇듯 튀는 행동으로 사람들의 눈길을 사로잡아야 소위 출세한다는 것이 현대의 생리가 되었습니다.

그러다 보니 요새는 노무현 전 대통령의 사저가 있는 봉하마을을 찾는 사람들이 생겼고 권양숙 여사를 찾아뵙는 정치인들도 생겼습니다. 그리고 노무현 대통령의 정신을 운운하면서 정치를 한다고 합니다. 물론 양산의 문재인 전 대통령을 찾는 사람들은 줄섰지요. 마치 옛날 동교동과 상도동이라고 하여 김대중 전 대통령과 김영삼 전 대통령을 찾는 사람들을 생각나게 합니다. 그런데 웬일인지 보수층에는 그런 카리스마와 힘을 가진 사람이 없었습니다. 김종필 선생도 어느 정도 힘이 있었지만, 집이 어디에 있었는지도 모르고 그에게 줄을 서서 국회의원 배지를 단 사람은 별로 보지 못한 것 같습니다. 역시 한국의 좌파는 노동자, 데모 전문 노조원들, 시위 전문가들 계통이어서 대부의 조직이 잘 되어 있는가 봅니다.

나는 며칠 전 봉하마을에 권양숙 여사를 찾아뵈었다고 하는 정치인을 보면서 권양숙 여사가 무슨 말을 해주었을까 하고 생각해 보았습니다.

지금 확실한 줄은 이재명 씨입니다. 대장동 사건의 변호를 맡았던 변호사는 공천되어 국회의원이 되었고, 문재인 전 대통령을 따라다니던 임종석, 노영민 등을 팽 당했습니다. 아마 유효기간이 지난 것 같습니다. 복잡한 사회, 초등학교 시절부터 경쟁하는 사회에서 출세하기란 무척 힘이 든 것 같습니다.

chapter - 2

멀어지는 한국

옆집 노인과 검정 개

우리 집에서 한 여섯 집쯤 내려가면 한 노인이 사는 집이 나옵니다. 가라지 문이 열릴 때 보면 깨끗한 자동차가 두 대나 있고 집도 깨끗하게 정돈된 집입니다. 그런데 그 집에서 이 노인밖에 사람이 들락거리는 것을 보지 못했습니다. 어찌 보면 가족이 있는 것 같기도, 또 어찌 보면 가족이 없는 것 같기도 합니다.

노인은 180cm 될 것 같은데 허리가 약간 구부정합니다. 그런데 이 노인이 끌고 다니는 개가 있습니다. 검정 개이고 크기는 보통이고 노인처럼 구부정한 것 같습니다. 이 노인은 종일 개와 더불어 사는 것 같습니다.

우리 부부는 새벽 5시에 운동을 나갑니다. 우리 동네의 골프 코스를 한 바퀴 돌면 3마일 정도 되는데 길을 약간 돌아가면 아침에 만 보를 걸을 수 있습니다. 우리 부부가 한 40분 정도 걷는 중에 이 노인과 검은 개를 만납니다. 노인은 한 손으로 개를 끌고 한 손으로는 전지를 들고 다니는데 좀 불편한 것은 전지로 길을 비추는 것이 아니라 우리를 만나면 전지로 우리를 비추는 것입니다. 지나가면서 우리가 '굿모닝' 인사하면 노인은 그저 '하이' 하고 지나갑니다. 옆으로 지나가는 개와 눈이 마주치면 개의 눈이 아주 진한 녹색으로 번쩍번쩍 빛이 나서 무섭기도 합니다.

우리 부부가 운동을 끝내고 집에 들어와 아침을 먹고 내 서재에 앉아 있으면 10시쯤에 이 노인이 다시 검정 개를 끌고 우리 집 앞을 지나갑니다. 그리고 점심때가 지나서 오후 2시쯤에 노인이 다시 그 검정 개를 끌고 우리 집 앞을 지나갑니다. 그리고 해가 뉘엿뉘엿 질 때쯤에 이 노인은 또다시 그 개를 끌고 산책합니다.

시선을 끄는 것은 대개 개를 끌고 다니는 분들이 개의 배설물을 담는 주머니를 가지고 다니는데 이 노인은 주머니를 가지고 다니지 않습니다.

밤 9시가 되면 우리 딸이 퇴근하는 시간입니다. 그래서 아내는 딸을 데리러 차를 가지고 나갑니다. 가끔 나도 아내를 따라 차를 타고 나가면 또 이 노인이 검정 개를 끌고 가는 모습을 보게 됩니다. 항상 누구와 인사하는 법도 없이 한 손에 개를 끌고 한 손에는 전등을 들고 다니는데 캄캄한 밤에는 이 전등이 도움이 되는 것이 아니라 무서워지기까지 합니다.

그렇습니다. 처음 만났을 때는 많은 반려견의 주인으로 별 관심을 두지 않았는데 매일 그것도 하루에 네다섯 번 거의 같은 모습의 그 노인과 검정 개를 보니 좀 무서운 연상을 하게 됩니다. 마치 에드거 앨런 포의 소설을 읽는 것 같은 생각이 들고 혹시 엽기 소설에 나오는 장면이 나타날까 봐 기분이 좋지 않습니다.

요새 어디나 다 그렇지만 우리 동네에는 개를 끌고 다니는 사람들이 많이 있습니다. 그러나 컴컴한 밤에 개를 끌고 나오는 사람은 별로 없습니다. 가끔 보기는 하지만 대개 자기 집 앞에서 오줌을 누이려고 나온 개들이 혹시 있지만 매일 아침과 오후, 저녁과 밤에 서너 차례 똑같은 모습의 허리가 꾸부정하고 키도 훌쭉한 큰 노인이 사람들과 인사도 잘 안 하고, 검정 개만을 데리고 다니는 모습은 별로 좋지 않고 사실 좀 무섭습니다.

아내도 신경이 쓰이는지 저 멀리서 불빛이 보이기만 해도 '또 까만 개다'라며 내 손을 잡습니다. 그 개가 지나갈 때까지 겁이 나서 내 손을 꼭 잡습니다. 개는 짖는 법도 없이 지나가는데 가끔 눈이 마주치면 진한 녹색의 눈이 번쩍거려서 어깨가 오싹해집니다.

나는 동물을 별로 좋아하지 않습니다. 어릴 때는 나도 개를 좋아했습니다. 개와 함께 놀고 누워있기도 했습니다. 그런데 개의 입에 솟아 있는 송곳니를 보면 기분이 나빠지곤 했습니다. 한국전쟁 때 폭격이 오면 개들이 미친다고 하여 개를 잡아 없애라는 정부의 명령이 내려왔습니다. 그때 사람들이 꼬챙이와 몽둥이를 들고 개를 잡으러 다녔는데 개가 그들에게 정말 미친 듯이 달려드는 모습으로 본 이후부터 개가 무서워졌습니다.

개와 얽힌 악연도 있습니다. 외과 전공의 3년 차 때 동물 실험실에 3개월간 파견을 나갔습니다. 그곳에서 교수님들이 연구하는 테마에 따라서 개에게 실험하는 일이었습니다. 주로 버려진 개들을 구해서 실험하는데 대개 나중에는 개를 죽여서 부검합니다. 개에게서 나오는 각종 세균을 실험용 개에게 주사하고 매일 개의 동태를 파악하고, 피 검사를 하였습니다. 일주일쯤 지나면 그 실험용 개를 죽여서 그 장기들을 채취하여 보내는 일이었습니다.

개를 다루는 일은 전공의가 하는 건 아니었고 실험실 직원이 주도하는데 전공의들은 그 실험을 통하여 자기의 의견을 부가시켜서 논문을 써내야 했습니다. 나는 마취제를 과량으로 주사하여 개를 죽이는 것과 보좌하는 일도 정말로 하기 싫었습니다. 입을 벌리고 침을 흘리며 죽어가는 개의 모습이 오랫동안 나를 괴롭혔습니다.

아주 오래전 그때 그 기억이 이 노인과 검정 개가 상기시켜주는 것 같아 노인과 검정 개를 볼 때마다 움칠하게 했던 것입니다.

낮에 산책 중에 어떤 이들이 작은 푸들 강아지를 데리고 나오는데 그 작은 개가 꼬리를 흔들며 다가오면 머리를 쓸어주기도 하지만, 이 노인의 검정 개는 나와 접촉이 될까 봐 가능하면 멀리 지나가곤 합니다. 더구나 새벽에 등불이 다가오면 길을 건너 지나가고 노인에게 '굿모닝' 하고 인사하고는 피해 가려고 합니다. 그리고 오래전 실험실에서도 저런 검정 개가 죽었었지, 생각합니다.

오늘은 노인과 그 개를 안 만났으면 하고 산책을 나섭니다.

빈집들

카우보이 영화를 보면 사람들이 다 떠나고 마을 전체가 유령촌으로 비어 있는 곳이 나옵니다. 사람들이 모이고 장사가 잘되는 마을이다가도 악한들이 들어와 사람들을 죽이고 노략질하면 마을 사람들이 모두 떠나가 버리고 마을이 텅텅 비게 됩니다.

클린트 이스트우드가 출연한 영화를 보면 멕시코에 그런 마을들이 많이 있고 그 외의 서부극에도 마을의 사람들이 전부 떠나고 사람들이 살지 않은 유령 마을들이 많이 등장합니다.

한국의 집값은 비쌉니다. 웬만한 사람은 일생을 벌어도 강남의 집 한 칸을 마련하지 못할 정도로 비쌉니다. 몇 년 전에 10억이면 집을 산다던 강남의 집값이 올라 지금은 15억을 주어도 살 수 없다는 이야기입니다. 물론 그보다도 더 비싼 집들이 많이 있지요.

그런데 요새 방송에는 이상한 말들이 떠돌아다닙니다. 빈집들이 등장한다는 말입니다. 물론 집주인이 있고 그 집에 살려면 몇억을 주어야 하겠지만 그전에 비하면 턱없이 값이 내린 집들이 즐비하다는 이야기입니다.

전원주택입니다. 몇 년 전만 해도 TV에 등장하고 지인들을 불러다 파티하면서 마치 부의 상징처럼 등장하던 전원주택이 살다 보니 불편해서 빈집으로 방치한 곳이 많다고 합니다. 서울의 집에서 밥하기 싫어 배달해서 외식하던 양반들이 전원주택에 살아보니 장을 보려고 해도 보통 3～4킬로는 걸어야 하고 물을 한 컵 데워먹으려 해도 자기가 꿈지럭거려야 하니 불편하기 이를 데 없습니다.

집 청소도 그렇고 마당의 잡풀은 일주일만 되어도 허리가 휘어질 만큼 자라나서 뽑아주어야 합니다. 텃밭은 고추 한주먹을 먹으려고 해도 서울 시내에서는 이 삼천 원만 주면 깨끗하게 씻고 다듬은 고추를 사는데 텃밭에서 자란 고추는 크기도 작고 벌레가 많이 먹어 볼품없습니다. 그리고 모기는 덤비고 벌레들이 서부영화에 나오는 인디언처럼 덤벼듭니다. 결정을 잘 못 했구나 싶어 팔려고 하니 나만 그런 것이 아니라 다른 사람들도 똑같은 생각을 하게 되어 이제는 전원주택은 골칫거리이고 망하고 싶으면 전원주택을 사라 하는 소문이 나서 팔 수가 없습니다.

집을 비워두니 집은 망가지고 전기나 수도세 같은 세금이 나오니 집을 아주 싸게라도 팔겠다는 비장의 결심을 하게 되는 것입니다. 그런데 살 사람이 없다 보니 빈집으로 남아 있게 되는 것입니다. 유튜브에 나오는 빈 전원주택들이 있는 곳을 보면 잘 포장되었던 길도 망가져서 도로가 깨지고 언덕이 무너진 곳들이 여기저기 보입니다. 그러니 사치스럽게 잘 꾸몄던 집이 유령이 나오는 마을이 되었습니다.

설악산의 호텔들 형편도 그렇습니다. 한동안 돈을 주고도 예약이 힘들다던 속초와 설악산 호텔들이 손님들이 오지 않습니다. 적자가 누적되어 파산하여 방치하여 그렇게나 화려했던 호텔들이 짐승들의 서식처가 되었습니다. 오래 비워 놓았던 집이라 그 집을 다시 쓸려면 많은 경비가 필요할 것 같습니다. 그러다가 버려진 빈집들이 되었습니다.

일산의 건물들도 문제입니다. 큰돈을 들여서 상가를 만들고 그 옆에 아파트를 지었으나 입주하는 사람들이 없습니다. 미리 분양받은 사람들은 부동산을 투기하려고 사 놓았는데 팔리지 않고 상가가 텅 비어 있어 마치 전쟁이 휩쓸고 간 도시처럼 되었습니다. 집을 오래 비워두니 집이 망가지기 시작했고 무식한 내가 보기에도 사람들이 지금 들어가 살기는 어렵고 많은 돈을 들여 수리해야 할 것 같습니다. 그 손해를 누가 감당할지 모르겠습니다.

미국에도 그런 곳들이 있습니다. 뉴욕시에는 방이 한 개인 아파트도 몇십만 불이 가는데 오하이오의 워렌에는 사람들이 떠나고 그전에 잘 살던 동네가 유령도시로 변한 곳들이 있습니다. 중국 정부가 건설한다고 화려하게 지은 도시가 사람이 전혀 없는 유령도시가 된 곳이 많습니다. 한 큰 도시 전체가 비어 있는데 짓다가 만

건물들도 있고 집을 지어 놓았는데 사람이 전혀 없는 곳도 많습니다. 정부 청사처럼 넓디넓은 정원에 동상들이 서 있는 화려했던 집들이 가을의 나뭇잎들이 바람에 불려 이리저리 흩어지는 것을 보면 이상한 생각이 듭니다.

역시 사람들이 사는 곳은 부자들의 동네이든지 가난한 사람들의 마을이든지 사람들이 모이고 구멍가게라도 성업하고 사람들이 들락거리는 곳이어야 합니다. 아무리 웅장하고 화려하게 지었다고 해도 피라미드에 살고 싶은 사람이 어디 있겠으며 왕들의 무덤인 고분에 살고 싶은 사람이 어디 있겠습니까?

오래전 강원도 산에 가면 작은 초가집들이 폐가가 되어 버려진 집들이 있는 것을 보았습니다. 그런데 아무 집도 없는 것보다 폐가가 우리에게 더 무서움을 주는 것은 어쩐 일일까요. 고양시 일산에 있는 빈 건물들 그리고 그 옆에 사람들이 살지 않는 아파트를 보면 영화에 나오는 유령 집 같아서 더욱 무서움을 느끼게 합니다.

이탈리아 여행을 하면서 본 허물어진 옛 성터들, 성터를 기어 다니는 고양이들을 보면 마치 에드거 앨런 포의 엽기 소설을 읽는 것 같아 머리카락이 곤두섰습니다.

시골에서 보게 되는 비어 있는 전원주택들, 서울 주위 도시에 비어 있는 아파트들, 계룡시에 비어 있는 건물들 등 그렇게 많은 돈을 들여서 만든 흉물이 누구의 잘못인지 모릅니다. 떼돈을 벌어 보겠다는 건축업자의 잘못인지, 도시를 개발하겠다는 도시 정책의 설정인지, 아니면 멋진 자연을 만끽하여 멋을 부려 보겠다던 사람들의 잘못인지 모르겠습니다. 이 비어 있는 흉물들을 어찌하든 처리해 주었으면 합니다.

여인의 나라

한국은 여인의 나라입니다. 남자들보다는 여자들의 기가 세고 남자들보다 확실히 우수합니다.

지난여름에 한국에서 한 달 살았습니다. 지하철을 타면 남자들보다 여자들이 훨씬 더 많이 있었습니다. 아마 여자들의 수가 삼분의 이는 되지 않을까 생각했습니다. 의자에 앉은 사람을 세어 보아도 내 앞의 의자에는 7명이 앉는 의자에 남자 2, 여자 5명이 앉았고 그 옆의 의자에는 여자가 6명이 앉아 있었습니다. 물론 남자가 4명이 앉고 여자가 3명이 앉은 의자도 있지만, 여자의 숫자가 훨씬 많았습니다. 백화점에 가면 남자들은 듬성듬성 보이고 여자들이 대부분입니다. 남대문시장에 가도 여자들이 대부분입니다.

낮에 점심을 먹으러 식당에 가면 여자들이 아마 80%는 되지 않을까 생각합니다. 가족이 와도 아버지 남자와 부인 여자, 딸 둘이 와서 앉은 자리가 많이 보입니다. 혹 가다가 회사원들 같은 남자들이 삼사 명 같이 앉은 좌석이 있기는 하지만 대부분이 여자입니다.

친구의 집에 가려고 버스를 탔습니다. 버스에도 여자들이 남자들보다 많습니다.

강연회에 갔습니다. '서정시가 우리에게 주는 영향'이라는 강의였는데 이 강연장에도 80% 이상이 여자들이었고 남자들은 가끔 보이기는 했지만 한참을 찾아야 했습니다. 음악회에 가도 여자들이 대부분입니다. 그럼, 운동 경기장에 가 봅니다. 여자 배구 시합이나 심지어 남자 배구 경기에 가도 여자가 남자보다 훨씬 많이 있습니다. 아마 남자들이 많은 곳에 가려면 청계천 3가의 철물점이나 순대 해장국집이나 건설 현장에 가야 남자들이 많은 곳을 찾을 수 있을 것입니다.

이번에 묵은 호텔이 명동 입구에 있는 세종호텔이어서 문만 나오면 명동 입구였습니다. 명동에는 말할 필요가 없이 여자들이 대부분인데 상인들도 여자들이 많고 손님들은 여자들이 대부분이었습니다. 남자들이 있다면 포장마차의 요리사나 여자 친구의 짐을 들어 주는 남자 친구인 듯싶은 사람들뿐이었습니다.

요새는 강연장에 가면 여자 연사들이 많이 나옵니다. 그런데 여자들의 강연이 더 알아듣기 쉽고 분명하고 이해하기 쉬웠습니다. 남녀가 같이 공부하는 대학에서는 성적이 여자가 좋은데 1~10등까지는 여자가 대부분이고 남자가 한두 명 들어갈 뿐입니다.

병원에서도 말할 필요가 없습니다. 여자 의사들이 거의 3분의 1

이 되는데 간호사, 약사와 간호보조원은 거의 다 여자들이고 사무원이 대부분 여자여서 병원에서 여성 비하 발언을 했다가는 사직서를 쓰는 것이 훨씬 빠르고 쉬울는지도 모릅니다.

여성 배구단은 국제대회에 나가서 활약하는데 남자는 국제전에 나가기만 하면 외국 선수에게 깨지고 맙니다. 골프는 한국이 여자 골프의 선진국이라고 할 수 있습니다. 어떤 해에는 톱 랭킹 10명 중 한국 여자들이 6명 들어갈 때도 있었습니다. 그리고 한국 여자들이 챔피언이 되어 우승컵을 들어 올리는 장면을 많이 보았는데 남자는 최경주 선수가 그런 장면을 몇 번 보여 주었을 뿐 다른 선수들은 메이저 챔피언이 된 것을 기억할 수가 없습니다. 빙상 경기에 가도 여자들은 개인이나 단체 경기에서 발군의 실력을 보여 주는데 남자들은 별로 성적을 내지 못합니다. 호

불호의 논쟁이 있을 수는 있지만, 이번 노벨 문학상도 여자가 받지 않았습니까. 문인협회나 시인, 수필가의 모임에 가도 여자가 대부분이고 남자는 떡국에 얹힌 실고추처럼 몇 명이 되지 않습니다. 그러니 숫자가 많은 곳에서 좋은 성적이 나오는 것은 당연하지 않을까요?

연세대 문과대학에 남녀의 비율이 어찌 되는지는 모르겠지만 여자들이 등단하여 많은 작품을 내는데 남자의 작가 수는 별로 볼 수 없습니다. 우리가 의과대학을 졸업할 때 우리 반에서 1등을 한 학생이 여자였고 학교 전체의 우등상을 받은 이도 여자였습니다.

교회에 임시 도로 그렇습니다. 여자의 수가 남자의 배는 넘는 것 같고 여자분들의 봉사활동이 남자들보다 비교되지 않게 많습니다. 여자들이 바삐 돌아가는데 남자들은 저 뒤에 서서 서성거리는 것이 전부인 것 같습니다. 물론 남자들에게도 훌륭한 사람이 많이 있습니다. 사회의 리더로 일을 하시는 분이 많이 있기는 하지만 여자들과 비교할 때 많이 미치지 못한다고 할 수밖에 없습니다.

나는 오늘도 방에 앉아 가끔 TV의 채널이나 돌리면서 컴퓨터와 마주 앉아 있는데 아내는 밖에 들락날락하며 차를 타고 들어왔다 나갔다 하며 집안일도 보느라고 바쁩니다. 집안의 고장 난 곳을 고치고 집안일 하는 것이 아내의 손에서 해결이 됩니다.

"그래 나도 한국 남자야. 그러니 여자보다 못한 것이 당연하지" 하면서 아내가 점심을 먹으면서 쑥스럽게 웃었습니다.

쥐

오랑 시에 사는 Dr. 류는 아침에 출근하다가 아파트 저쪽에 죽어 있는 쥐를 봅니다. 그리고 사무실에 갔더니 환자가 옵니다. 그는 '페스트다'라고 직감을 했습니다. 그래서 도시에 방역국에 이 사실을 알리니 방역국은 "그래요" 하고 비웃고 상대해 주지 않았습니다.

카뮈의 소설 『페스트』는 이렇게 이야기가 시작됩니다.

어떤 글에 식당을 하는 주인이 식당에서 쥐를 보았습니다. 그래서 조리실의 곳곳을 살펴보며 쥐가 나올만한 곳을 찾아 처리합니다. 쥐는 나오고 또 나옵니다. 집이나 식당에 쥐가 나오면 큰일입니다. 만일 식당에 쥐가 나와 손님이 방역 당국에 보고하고 신문에 나면 식당은 위생 당국의 검사를 받아야 하고 식당은 문을 닫아야 합니다.

뉴저지의 콘도에 쥐가 나온다면 콘도는 발칵 뒤집혀서 이를 박

멸해야 할 것이고 온갖 조치를 다 해야 할 것입니다. 쥐는 가끔 지하실의 물구멍으로 도망하는 것을 봅니다. 뉴저지의 콘도미니엄에는 쥐 때문에 걱정은 하지 않아도 좋을 정도로 쥐가 없습니다. 플로리다의 빌라는 넓은 초원 위에 세워졌습니다. 가운데 골프장이 있고 크고 작은 연못이 여러 개 있습니다. 여기에는 토끼도 있고 아마데우스도 있고 개구리, 뱀 심지어 큰 거북이가 있습니다. 어떨 때는 악어도 있습니다. 그러니 쥐는 물론 있지요. 아침에 운동하려고 나가면 차에 치여 죽은 동물들이 심심치 않게 있습니다. 많은 것이 토끼와 다람쥐이고 개구리, 두꺼비 드물게 뱀과 쥐가 있습니다.

오늘 아침에 일찍 운동을 나갔는데 길 한가운데 쥐가 넘어져 있었습니다. 아직도 죽지는 않고 움직이고 있는데 마치 서부영화에서 광야를 넘어오다 지쳐 쓰러진 카우보이 같았습니다. 이 쥐를 어떻게 할까 하고 망설였습니다. 운동하러 나갔으니 맨손이고 주위에 돌도 찾을 수 없었습니다. 또 생각했습니다. 내가 이 쥐를 죽인다고 해서 이 동네의 쥐를 섬멸할 수 있는 것도 아니고 아침부터 살생한다는 것도 기분 좋지 않았습니다. 나도 쥐띠인데 그래도 인연이 있지 않겠느냐는 생각도 났고 죽여서 손으로 가져다 버리려면 만져야 하니 그것도 기분이 좋지 않았습니다. 다른 사람들이 나를 비겁하고 겁쟁이라고 하시겠지만 그것이 나입니다. 겁쟁이고 비겁한 인간이지요. "그렇다. 나도 대자대비를 베풀어 살생하지 말고 그냥 두자." 하고 그 자리를 떠났습니다.

아침 운동을 하는데 골프 코스를 한 바퀴 돌면 3마일이고 7,500보 정도 됩니다. 그래서 만 보를 채우려면 한 삼 분의 일을 더 돌아야 합니다. 그래서 그 길을 우리는 꼬리라고 부릅니다. 꼬리를 돌면서 아까 쥐가 쓰러져있던 자리에 멈추어서 쥐를 찾아보았습니다. 그런데 쥐의 모습을 찾아볼 수 없었습니다. "그렇지 숲으로 들어갔구나. 너의 운명을 내가 어찌 알랴. 뱀에게 잡혀서 먹혔는지, 아니면 새에 물어뜯겼는지 아까 너의 상태로는 도망가기도 힘이 들었을 것이다."

오하이오에 있을 때 간혹 집에 쥐가 들어오는 때가 있었습니다. 지하실 천장 형광등 밑에 쥐가 도사리고 있을 때가 있었습니다. 그러면 아내는 우리 집을 리모델링한 앞집 아저씨를 부르고 그 아저씨는 그냥 와서 쥐 꼬리를 잡고 나가곤 했습니다. 들쥐가 수도관 옆으로 들어오기도 하고 집 밖으로 나간 관이 있으면 그 관 옆으로 들어오곤 했습니다. 나무로 막으면 쥐가 나무를 이빨로 갈아서 구멍을 만들고 들어온다고 했습니다. 우리는 은박지를 꽁꽁 새끼줄처럼 엮어서 관 주위를 싸매면 쥐가 이 은박지는 물어뜯지를 못하니까 못 들어온다고 했습니다. 물론 쥐덫도 있습니다. 그러나 쥐덫에 들어간 쥐는 살아 있어서 그 쥐를 처치하는 게 문제입니다. 결국 공원에 가서 쥐를 놓아주는 수밖에 없으니 근본적인 처리는 되지 못합니다. 끈적이도 쓰기는 합니다만 쥐가 끈적이에 붙으면 며칠 동안 살아있고 그것을 치워야 하니 그것도 처리하기 좋지는 않습니다. 할 수 없이 쥐약을 뿌립니다. 우리가 알기는 쥐가 치즈를 좋아한다고 하지만 쥐도 역시 단 것을 좋아한다고 합니다. 과일에 쥐약을 묻히기는 귀찮습니다. 그리고 과일은 금방 상해 버리기 때문에 할 수 없이 치즈에 쥐약을 발라서 쥐가 잘 드나드는 곳에 지뢰를 매복하듯이 여기저기 놓습니다. 그러면 쥐가 먹고는 죽는데 아마 갈증이 심히 나는 모양입니다. 밖의 시궁창이나 하수구 근처에 가서 생을 마감합니다. 그러면 집게로 플라스틱 봉지에 담아 쓰레기통에 버리곤 합니다.

얼마 전 식당을 하는 지인과 이야기하다가 쥐의 이야기가 나왔습니다. 그는 할 수 없이 고양이를 키운다고 합니다. 요새 고양이도 '문명묘(文明貓)'가 되어서 쥐를 잘 잡지 않는다고 합니다. 그래서 쥐가 들어올 만한 구멍을 철저히 막고 남은 음식 관리를 철저히 하고 수시로 살핀다는 것입니다. 만일 쥐가 식당에 나타났거나 손님이 스마트폰에 담아 폭로하고 위생 검사가 나오면 식당은 망한다는 것입니다. 그런데 쥐는 식당을 좋아합니다. 사람들이 먹다 남은 음식 달콤한 과일을 좋아합니다. 물론 지금은 쥐가 나오는 식당을 볼 수는 없지만 만에 하나라도 나온다면 치명적인 서생원들을 어찌 처치해야 할지 문제이기는 합니다.

팁(Tip)

코로나 전염병이 역사를 바꾼다고 하더니 정말 많은 것이 바뀌놓았습니다. 모든 물가가 오르고 직장과 고용인들의 의식과 관계가 바뀌고 병원의 병실 배치가 바뀌고 사람들의 관계가 바뀌었습니다.

그중에는 우리가 늘 접하는 식당 문화도 바뀌었습니다. 많은 사람이 이야기하는 대로 음식의 값이 올랐지요. 그리고 음식의 양이 적어졌습니다. 그러니 음식값은 양면으로 올라 배가 아니라 3배로 뛰었는지 모릅니다. 더 깜짝 놀란 것은 그전에는 음식을 먹고 팁을 15%만 주면 되었는데 이제는 그것 가지고는 말도 안 됩니다. 20%, 25% 심지어는 30%를 붙이는 곳도 있습니다. 그전에는 우리가 알아서 15%를 주었는데 이제는 청구서에 tip이라고 하고는 15%, 18%, 20%가 찍혀 나오고 웬만한 음식점에서는 최하가 20%, 25%, 30%라고 찍혀 나옵니다. 플로리다의 어떤 음식점은 20%, 25%,

35% and more라고 하니 Tip을 얼마나 받겠다는 것인지 모르겠습니다.

어떤 식당에는 청구서를 주는 것이 아니라 테이블에 스크린이 달린 계산대가 있는데 크레디드 카드를 넣으면 음식값은 바로 계산이 되고 tip의 표시가 나오는데 바늘이 20~25% 사이를 오락가락하여 종업원 앞에서 바늘을 끌어 내리려면 한참을 계산기와 씨름을 해야 하니 종업원 앞에서 민망하기도 합니다.

더 황당한 것은 커피집에서입니다. 커피를 시키면 종업원이 컵에 커피를 내려주는 것밖에 없습니다. 그러고는 청구서에 팁을 달라고 요구하는 것입니다. 컵에 커피를 따라주고 팁을 달라면… 만일 팁을 주지 않으면 우리보고 들어와서 커피를 내리란 말인가요?

우버 택시를 불렀습니다. 내가 어디에 있는데 어디로 가니까 요금이 얼마라는 것을 바로 알려 줍니다. 이것은 참 편리하고 좋은데 팁을 얼마를 주겠냐고 묻는 것입니다. 그런데 팁이 10%, 20%가 아니라 어떨 때는 40%까지 나오는 수가 있습니다. 그러면 요금의 반을 팁으로 달라는 말입니까? 우버 택시를 탈 때마다 팁 때문에 기분이 좋지 않습니다.

코로나 전염병 이후에 모든 사업체가 사람을 구하기 힘들어졌습니다. 임금이 올랐습니다. 업주들의 어려움이 있겠지만 식당에서 음식값을 올리고 양도 줄이고 직원의 월급은 안 올려 주고 손님들에게 팁으로 메꾸려는 방법이 아닌가 하여 별로 기분이 좋지 않습니다. 그리고 그전에는 종업원들이 팁에 대하여 그리 신경을 안 썼습니다. 그런데 요새 식당에 가면 종업원이 팁에 대하여 신경을 많이 쓰고 손님들과의 시비가 많이 벌어진다고 합니다. 물론 그렇겠지요. 그것이 싫으면 식당에 가지 말고 집에서 해 먹으면 될 것 아니냐고 하면 할 말은 없습니다.

요새 뉴저지에 팁이 없는 식당이 몇 군데 생겼습니다. 냉면 집에 가면 접수구에서 식권을 삽니다. 그리고 잠시 기다리면 번호가 나오고 손님이 가서 음식을 가져다 먹고는 식기를 돌려주면 되는 식당입니다. 그 식당에 가면 손님들이 항상 만원입니다. 사실 15%나 20%는 그렇게 많은 차이가 나는 것은 아닙니다. 그러나 손님들을 데리고 식당에 가면 5%의 차이는 우리의 기분에 영향을 미칠만한 돈이기도 합니다.

나는 마음이 약해서 식당 종업원과 팁을 가지고 시시비비를 따질 인물은 안 됩니다. 그러나 친구 하나는 "왜 음식값에 세금을 붙이고 또 그 위에 팁을 붙이느냐? 그러면 세금에도 팁을 낸단 말이냐."라고 따진 사람이 있습니다. 정말입니다. 음식값에 몇 % 그 위에 세금을 10% 붙이고 나서의 팁은 차이가 있는 것 아닙니까. Tip이란 말은 to insure promptness에서 유래했다고 합니다. 식당에 가서 오래 기다리지 않고 나에게 특별히 빨리해달라고 주는 것이 팁이었다고 하면 식당에 들어가서 한참 기다리고 주문한 후 음식도 늦게 나오고 물을 좀 달라고 해도 들은 척도 안 하고 냉면을 시켰는데 식초도 겨자도 안 가져다주고 다 먹었으니 청구서 갖다 달라고 해도 못 들은 척 한참 있다가 갖다주고서는 무슨 감사한 일을 했다고 Gratitude란 말로 돈을 더 청구하는 것은 식당의 횡포가 아닌가 생각합니다.

내가 자주 가는 중국집이 있습니다. 혼자 갈 때가 많고 짜장면이나 울면을 먹지만 여기는 청구서에 15%가 찍혀 나옵니다. 실제로 15%나 20%나 돈의 차이는 별로 없지만, 돈을 낼 때 기분이 나쁘지 않습니다. 커피를 내려주고 20% 팁을 달라는 커피집에는 다시는 가지 않습니다. 그렇다고 그 집 커피가 기절할 정도로 맛이 있는 것도 아니고 커피 한 잔을 사서 나오면서 그렇게 감사하게 예의를 차릴 일도 아닌데 20%의 팁을 주면 마치 착취를 당한 것 같은 기분이어서 다시는 가지 않았습니다.

Tip은 한쪽 끝이라는 말입니다. 그런데 20%나 30%를 주고 나면 이건 한쪽의 끝인 Tip이 아니고 야구 방망이의 반을 잘라 준 것 같은 기분입니다.

얼마 전 한국 신문에 이런 기사가 났습니다. 배달의 민족이나 요기요 같은 배달 음식을 하는 사람이 '팁'란에 팁이 두둑하지 않으면 음식을 늦게 배달하거나 음식 배달을 거부한다는 말입니다. 그러고는 그들도 돈을 받고 하는 노동자인데 당연히 거부할 권리가 있다는 것입니다. 물론 맞는 말입니다. 그러나 배달을 하는 사람은 업주에게서 배달료를 충분히 받아야지 손님에게 과중한 팁을 요구해서야 되겠습니까?

하여간 요새 손님들과 식당 사이에 팁으로 인한 갈등이 점점 심해져 가는 것 같습니다. 앞으로 어떻게 결론이 날지 모르지만 나 같이 마음이 약한 사람은 구경만 할 따름입니다.

허리케인 밀턴

지구의 온난화가 우리들의 삶을 위협하고 있음을 점점 더 느끼고 있습니다.

20여 년 전 우리가 플로리다에 집을 살 때만 해도 이곳에 사는 사람들은 허리케인은 보지 못했다고 했습니다. "허리케인이 플로리다를 때린 것이 한 50여 년 전의 일이지요."라고 마치 남의 말을 하듯이 했습니다. 그런데 13년 전에 허리케인 '시라'가 플로리다를 지나 뉴올리언스에 피해를 주더니 2018년 허리케인 '어마'가 플로리다의 중부를 쳐서 우리는 애틀랜타로 피난을 갔습니다. 그 난리를 쳤으니 이제 한 20년은 조용히 살겠거니 하고 안심했습니다. 우리가 너무 안심했던지 3년 전에 다시 폭우와 폭풍이 와서 자동차가 물에 잠겨 새 차를 사야 했습니다.

그런데 금년에 다시 폭풍이 찾아왔습니다. 6월에 폭풍과 폭우로 Fort Myer가 물에 잠기더니, 10월에 다시 'Milton'이라는 허리케인이 공격을 해왔습니다. 금년에 두 번째 겪는 난리였습니다.

기상학자의 이야기로는 지구의 온난화로 캐리비언에 해면이 뜨거워져서 폭풍을 만들어 낸다고 합니다. 그래서 앞으로는 더 많은 허리케인이 찾아올 거라는 이야기입니다. 지인 중 하나는 '이제 폭풍은 지겹다'라면서 집을 팔고 이사 갔습니다.

10월 9일에 플로리다를 때린 밀턴이 큰 피해를 주고 갔습니다. 나는 뉴저지에 있다가 또 허리케인이 온다고 하여 가족이 있는 플로리다로 급하게 왔습니다. 10월 8일 뉴욕에서 출발하는 플로리다행 비행기에는 승객이 3분의 1도 되지 않았고 방송에서는 내가 타고 오는 UA 1522호가 마지막 비행기이고 플로리다의 SWR비행장은 폐쇄한다는 소식이었습니다.

공항에 마중 나온 아내와 같이 집에 오는 길은 아직도 햇빛이 찬란하고 길가의 나무들은 싱그러웠습니다. 방송에서는 우리가 사는 보니타 스프링은 태풍의 눈에서 벗어나 있으나 많은 비가 내리고 홍수가 날지도 모르니 피난 갈 준비를 하라고 했습니다. 폭풍의 눈에서 벗어나 있으니 비는 오지만 괜찮겠지, 생각하고 잠을 잤습니다.

다음날 날씨가 흐려지고 비가 내리기 시작했습니다. 태풍의 중심은 아니지만, 영향권 내에 있으니 피난 가라는 권고 방송이 계속 나왔습니다. 피난을 갈까 말까 하다가 그래도 피하는 게 좋겠다고 생각하고 짐을 쌌습니다. 그러고는 집에서 한 6마일 떨어진 Hertz

Arena라는 하키 경기장으로 갔습니다. 경기장 주차장에는 많은 차가 모여 있고 입구에는 자원봉사자들이 주차를 안내하고 있었습니다. 신분증을 보이고 등록하고 나니 손목에 밴드를 채워주고는 들어가라고 했습니다.

경기장 안에는 정말 영화에서나 볼 수 있었던 피난민들로 가득 차 있었습니다. 이미 많은 사람이 두꺼운 매트리스와 이불을 깔아 놓고 통로까지 가로막고 있었습니다. 그리고 웬 개들이 그리 많은지 그야말로 인산견해(人山犬海)였습니다. 아주 작은 개를 비롯하여 송아지만 한 개, 사람을 보며 입술을 둘러대고 있는 개들이 겁을 주고 있었습니다. 우리는 바닥에 자리가 있다는 봉사원의 안내에 따라 경기장 관중석에 앉아서 사태를 관망하기로 했습니다. TV에서는 지금 바람이 어디를 지나가고 있다고 하고 바람이 지나가는 곳의 사진을 보여 주며 우리를 위협하고 있었습니다.

한 두어 시간 있다가 친절한 자원봉사자를 만나 우리를 경기장 안으로 내려갈 수 있도록 배려해 주었습니다. 그런데 그 바닥이 얼음판인 걸 생각하지 못했습니다. 아이스하키 경기장에 자리를 잡았으니 얼마나 춥겠습니까. 펭귄도 아닌데 얼음판에서 잠을 잘 수는 없지 않습니까? 참 한심했습니다. 한 시간쯤 있다가 다시 관람석으로 올라와서 쭈그리고 앉아서 고행할 수밖에 없었습니다.

저녁 시간이 되었습니다. 밖에서는 콩으로 쑨 죽 같은 것과 치킨을 나누어 주고 커피를 주었지만 먹고 싶은 생각은 없고 그냥 버티기로 했습니다. 시간은 참 더디기도 했습니다. 나는 한 20분마다 내려가서 TV를 보고 상황이 어떻게 변하는지를 관찰했습니다. 언제 걸렸는지 모르는 기침도 나고 온몸이 오싹오싹해졌습니다.

이런 피난도 경험이 있어야 준비하고 자리를 잡고 대처하지, 처음 경험인지라 제대로 준비도 못 하고 입을 옷도 제대로 갖추지 못했으니 고생이 심했습니다. 나는 폭풍과 홍수만 피하면 되지 이렇게 추운 환경에 마주칠 줄은 꿈에도 생각을 못 했었습니다.

밤 12시가 지나고 1시가 되었습니다. 폭풍은 Bonita Springs를 지나서 위로 올라가고 있다는 소식입니다. 우리는 좀 더 참다가 새벽 3시에 Hertz Arena를 퇴소했습니다. 밖으로 나오니 폭풍이 지나간 자리여서 삭막했습니다. 차를 몰고 집으로 향하는 길은 인적도 없고, 가끔 끊어진 신호등으로 신호가 되지 않는 곳도 있었습니다.

집에는 다행히 전기는 들어 오지만 TV Wifi는 작동하지 않고 우리 동네는 크게 변한 것이 없었습니다. 나뭇가지들이 부러진 곳이 있지만 입간판도 날아간 곳이 없고 지붕도 말짱했습니다. 나는 더운물로 샤워를 하여 몸을 덮이고는 타이레놀을 하나 먹고 이불을 덮고 누웠습니다. 이렇게 태풍이 매년 불면 여기에서 어떻게 살지. 나도 집을 정리하고 뉴저지로 옮겨야 할까 하고 생각했습니다.

이제 태풍이 지나간 지 2개월이 되었습니다. 매일 같이 맑은 날씨 따뜻한 일기가 계속되니 폭풍에 관한 생각이 좀 퇴색되어 갑니다. 그리고 내륙 지방에도 토네이도가 오고 천재지변으로 인한 피해가 왔다는 소식을 들으면서 이렇게 사는 것이 인생이 아닌가 하고 생각을 해봅니다.

반 트럼프 시위

미국의 47대 대통령의 선거가 끝난 지 한 달이 넘었습니다. 그리고 근래에 드문 압도적인 차이로 트럼프가 승리했고 상원도 공화당이 다수당이 되었고 하원도 다수당이 되었습니다. 그렇다고 트럼프가 선거운동을 잘했다는 표시는 아닙니다. 사실 선거운동은 해리스 민주당 후보가 국민을 선동도 잘했으며 언론의 지지도 받았습니다.

그렇다면 어떻게 트럼프가 승리했을까요? 이는 지난 4년 동안 민주당 정권이 정치를 잘못했다고 느끼는 국민의 마음이었고 민주당 인사들이 인심을 잃었기 때문입니다. 특히 여자 4인방인 힐러리 클린턴, 낸시 펠로시, 미셸 오바마와 카멀라 해리스의 행동이었고, 오바마 전 대통령의 행보였습니다. 오바마 전 대통령은 마치도 자기가 상왕인 양 행동했고 바이든이 그만두면 자기가 다시 대통령 후보로 나올 듯이 행동했습니다. 또 민주당의 정책 실패도 많았습니다. 불법 이민자들, 경제적인 문제, 인플레이션, 낙태 문제, 외교적인 문제, 우크라이나 전쟁, 이스라엘과 하마스 전쟁 등등.

아무튼 트럼프가 305표 이상을 얻어 대통령이 되었습니다. 그런데 400여 년의 민주주의 역사를 가진 미국에서도 깨끗하게 승복하지 않는 사람들이 있습니다. CNN 방송을 보면 시카고 시장이나 뉴욕 시장은 앞으로 트럼프의 정책을 심사하여 자신들의 생각과 다르면 절대로 승복하지 않을 것이라고 협박하고 있습니다.

대통령 취임식이 이틀 남았는데 워싱턴에서는 트럼프의 대통령을 반대하는 시위가 벌어지고 있습니다. 뉴욕의 검사는 트럼프의 범죄 사건들을 결코 사면해 주지 않을 것이고 그의 대통령 기간에만 연기가 될 것이고 대통령 임기가 끝나면 다시 부를 것이라고 협박했습니다. 몇몇 단체 사람들이 구호를 외치며 트럼프 대통령 물러가라고 시위를 했습니다. 아니 아직 대통령이 취임도 하지 않았는데 물러가라니요. 마치 윤석열 대통령이 취임하기도 전에 탄핵하겠다고 하던 한국의 더불어민주당과 같은 태도입니다.

사람의 인상은 중요합니다. 트럼프 대통령은 사람들이 좋아할 인상은 아닙니다. 험상궂은 모습이 정말 호랑이상입니다. 제가 잘 아는 여자들도 트럼프 대통령이라면 인상부터가 싫다고 합니다.

오래전 조지 부시와 클린턴의 대통령 선거에서 병원의 간호사들이 클린턴에게 투표했다고 하면서 젊은 사람들이 인상이 좋은 사람들에게 투표했다고 깔깔대면서 나라를 대표할 인물인데 인상이 좋아야 하지 않겠냐는 이야기를 했습니다. 그리고 제가 잘 아는 여자 몇 분은 트럼프가 싫다고 저녁을 먹으면서 이야기했습니다. 왜 싫으냐고 했더니 무조건 싫다고 했습니다. 무슨 정책에 대해 반대하는 것이 아니라 그의 분위기가 싫다는 것이었습니다.

트럼프가 젊었을 때의 모습은 그래도 신선하고 보기 좋은 모습이었습니다. 그런데 왜 나이가 들면서 온화한 모습이 아니라 전투적이고 호랑이 같은 모습으로 변했을까요? 나는 그것이 웃음을 잃은 삶을 살았기 때문이 아닐까 하고 생각합니다. 그가 좀 더 웃고 평화스러운 모습을 하며 살았으면 그의 모습도 온화하고 부드러웠을 것이라고 나는 생각합니다. 부정적인 TV 〈You are fired〉라는 프로에 자주 나왔으니 그 프로를 본 사람들 눈에 그가 부정적인 모습으로 각인되지 않았을까 하는 생각을 합니다.

요새는 조 바이든의 부정적인 면들이 많이 방송됩니다. 자기는 절대 그런 사람이 아니라던 바이든이 아들 헌터 바이든의 법적 사건을 사면해 주고 이스라엘과 하마스의 전쟁을 해결하는 것이 아니라 더 확장하려고 이스라엘에 미사일을 공급해 주고 폭격을 유도하는 것을 보고 신문에서는 바이든의 몽니라고 표현했습니다.

마치 문재인 씨가 퇴임하기 전에 많은 정부 기관에 자기 사람들을 임명하고 자기의 월급을 올리고 경호원을 증가시킨 법을 통과시킨 것과 같은 일을 했습니다. 착한 할아버지의 인상을 준 바이든과는 너무나도 거리가 있는 일을 벌인 것입니다.

하여간 트럼프가 대통령이 되었습니다. 큰일이 일어나지 않는 한 트럼프는 앞으로 4년간 미국의 대통령이 될 것이고 미국을 대표하는 사람이 될 것입니다. 워싱턴 광장에서 시위하는 사람들, 트럼프의 잘못을 캐고 다니는 기자님들, 민주당 의원들과 보좌관들도 트럼프를 대통령으로 인정할 수밖에 없을 것입니다. 아니면 4년 동안 크루즈를 타고 세계를 방랑하든가 외국으로 이민 가는 수밖에 없겠지요. 그것도 아니라면 낸시 펠로시처럼 해보는 것인데 대통령 탄핵을 일으키도록 하는 것인데 미국에서는 한국처럼 탄핵을 통과시키기가 거의 불가능하지요.

어제 Fox News에서는 트럼프에 대한 국민의 지지도가 73%로 올라갔다고 합니다. 나는 미국의 국민이 흑인들 히스패닉, 영어도 할 줄 모르는 다민족으로 구성이 되어 있지만 정치 수준은 그래도 높구나 하고 생각해 봅니다. 트럼프도 1기 때보다는 다소 온화한 모습으로 나타나고 좋은 정책을 제시하려고 애쓰고 있는 것 같습니다. 좀 무리한 각료 추천도 했지만 그래도 타협하고 조절하려고 노력하고 있습니다. 역시 대통령은 머리가 좋은 천재가 하는 것이 아니라 국민을 화합시키고 많은 사람의 지혜를 모을 줄 아는 사람이 하는 것이 아닌가 생각해 봅니다.

무임승차

얼마 전 신문에 작년 뉴욕 지하철 무임승차가 전년보다 160% 증가했다는 소식입니다. 지하철 승차료가 오르고 국민의 수입이 적어지면서 무임 승차객이 느는 것은 어찌할 수 없는 자연 현상일 것입니다.

무임승차는 역사는 꽤 오래되었습니다. 한국전쟁 이후 대중 교통수단이 별로 없을 때 우리는 길에서 지나가는 트럭을 잡아타는 것이 교통수단의 하나였습니다. 학교에서 공부가 끝나고 집에 올 때 지나가는 트럭이 좀 속도를 늦추면 먹이를 본 병아리들처럼 트럭에 매달렸습니다. 하도 많이 해본 일이라 책가방을 트럭에 던져 넣고 트럭에 손이 잡히기만 하면 몸이 둥 떠서 트럭 위로 올라가게 마련이었습니다. 그때 가방은 던져놓은 채 트럭을 못 타게 되면 친구에게 "야, 내일 내 책가방 가져와"라고 소리를 지르곤 했습니다.

기차도 마찬가지였습니다. 서울역이나 용산역 근처의 철망에는 구멍이 있게 마련이고 그곳으로 들어가 숨어 있다가 기차가 움직이기 시작하면 뛰어가 손잡이를 잡기만 하면 몸은 둥 하고 떠서 기차에 오르곤 했습니다. 승무원이 차표 조사를 하면 계속 다음 칸으로 도망하고 좌석 밑에 기어들기도 하고 화장실에 들어가 문을 걸고 몇 명이 같이 숨어 있기도 했습니다. 그래서 무임승차로 부산도 가고 대구도 가곤 했습니다.

나는 동작도 느리고 겁이 많아 무임승차를 해보지 못했지만, 친구들이 무임승차를 하고 쉬는 시간에 무임승차 무용담을 하면 열심히 듣는 편이었습니다.

경신고등학교에 위탁생으로 다닐 때입니다. 경신고등학교는 서대문에 있는 피어슨 성경학교 건물을 사용하고 있었습니다. 집은 이태원을 지나 보광동인데 학교에 가려면 걸어서 1시간 20분 정도 걸렸습니다. 이화여고 앞을 지나 서울역으로 와서 서울역에서 5시쯤에 떠나는 강원도로 가는 기차를 타면 서빙고나 한남동 역에서 내릴 수 있었습니다.

나도 하루는 무임승차를 하기로 결심했습니다. 그래서 서울역의 옆문으로 가서 승차하는데 플랫폼에서 멀리 서 있다가 기차가 어느 정도 출발했을 때 뛰어가 기차를 탔습니다. 그런데 내릴 때가 문제입니다. 기차가 정차하고 문을 나오려면 기차표가 있어야 합니다. 그러니 기차가 역에 도착하기 전에 뛰어내려야 하는데 플랫폼이 없는 곳에서 잘 뛰어내리지 않으면 기차 밑으로 빨려 들어갈 수도 있고 넘어질 수가 있습니다. 나도 기차가 서빙고역 근처에 와서 다른 학생이 뛰어내리는 것을 보고 뛰어내렸습니다. 내리는 것도 기술이 있어야 합니다. 기차 문을 꼭 잡고 있다가 몸을 뒤로 재낀 후 차를 밀어젖히면서 뛰어내려야 하는데 원래 둔해서 떨어지면서 넘어졌습니다. 팔이 까지고 무릎이 까졌습니다. 상처가 꽤 넓고 깊어서 일주일 이상 고생했습니다. 물론 부모님에게는 그저 넘어졌다고 했지요. 그 이후로는 무임승차를 절대 하지 않았습니다.

내가 처음 한국에 나갔을 때 2003년에는 65세 이상의 노인들에게는 지하철 무임승차권을 주었습니다. 한 2~3년 잘 타고 다녔습니다. 그러다가 2008년쯤 되니까 무임승차권이 없어지고 동사무소를 통해서 노인들의 무임승차권을 주었는데 외국인에게는 혜택이 없었습니다. 주민등록증이 없는 나는 무임승차가 안 되었습니다. 교통카드를 사서 승차를 했지만, 교통비라는 것이 얼마 되지 않고 내가 감당할 수 있는 것이라서 아무런 불편은 없었습니다.

뉴욕에 와서는 감히 무임승차를 생각도 못 하고 꼬박꼬박 돈을 내고 표를 샀습니다. 이제는 한국이나 미국이나 안정된 사회입니다. 무임승차를 하지 않아도 될 정도로 안정된 사회입니다.

몇 년 전 한국에 살 때 가끔 지하철 출입구를 뛰어넘어가는 젊은이들을 보았습니다. 물론 티켓이 없었겠지요. 그런데 그들을 보면 의복도 잘 입었고 얼굴에 기름기도 흐르고 있는 멀쩡한 젊은이들이었습니다.

뉴욕은 그야말로 무법천지입니다. 청소년들이 백화점을 털어도, Seven Eleven을 털어도 교도소에 가지 않는 무법천지입니다. 얼마 전 살기 위험한 나라가 어디냐고 하는 유튜브의 검색에 미국이 세상에서 몇째 안 가는 나라로 선택된 것은 무리가 아니라고 생각됩니다.

더욱이 최근 들어 밀려오는 불법 이민자들이 범죄를 저지르고 다녀도 경찰이 어찌할 수 없다고 합니다. 예산이 적어 그들을 전부 체포 감금할 수 없다고 합니다. 그래서 웬만한 강도 절도는 경찰서에서 금방 풀어 준다고 하니 그야말로 무법천지입니다. 재작년에 뉴욕 지하철 무임 승차한 사람이 10만 명이 넘는다고 하니 사실 얼마인지도 모른다는 이야기입니다. 작년에는 그 숫자가 160% 증가했다는 뉴욕 경찰의 보고입니다. 참 무책임한 발표이고 무책임한 뉴욕시 당국입니다.

지금도 남쪽 국경에서는 불법 이민자들이 담을 넘어 작은 강을 건너 들어오고 있습니다. 바이든 대통령은 '나더러 어쩌란 말이냐?'라는 정책입니다. 뉴욕 지하철은 예산이 부족하다고 징징거리고 시설은 낙후해 가고 있고 서비스는 점점 더 나빠지고 있습니다. 돈이 조금이라도 있는 미국인은 지하철을 타지 않으려고 하지만 직장과 형편 때문에 부득이 타야 하는 사람들이 있습니다.

한국의 지하철도 마찬가지입니다. 무임승차 정도는 죄로 인정하지도 않습니다. 그 많은 경로우대권, 무임승차를 하는 얌체들, 법을 무섭게 생각하지 않는 사람들, 전과가 많은데도 야당의 대표가 되고 국회의원이 되고 새로운 당을 만들겠다고 하는 철면피들을 없애야 합니다. 그런 범법자가 많아질수록 나라는 어지러워지고 혼란해지고 파탄이 날 것입니다. 바늘 도둑이 소도둑 된다는 속담이 맞는 말이지요.

멀어지는 한국

가끔 사람들이 모이면 한국에 다녀온 지가 언제인가를 이야기할 때가 있습니다. 요새는 발전된 한국, 편해진 교통 덕에 일 년에 몇 번씩 한국을 방문하는 사람들이 많고 복수 시민권이 있는 사람도 많이 있습니다.

그런데 그중에는 한국에 다녀온 지 30년, 50년이 되었다는 노인도 있습니다. 심지어 한국에서 1967년에 미국에 와서 한 번도 안 갔다는 선배님도 있습니다. 지금의 MZ 세대나 알파 세대는 이해하지 못하겠지만 한국이 에티오피아나 미얀마보다 가난할 때가 있었습니다. 그래서 우리가 필리핀 군인을 부러워할 때가 있었고 엽전이 별수 있나 하고 자학할 때가 있었습니다. 그때 미국에 온 선배 중에는 마치 아프리카의 미개국을 탈출하듯이 한국을 떠나왔고 그런 한국을 잊고자 한 사람도 많습니다.

내 친구 중 하나는 학생 때부터 미국을 선망하던 친구가 있었습니다. 그때 이미 팝송을 중얼거리고 한국적인 것을 싫어했습니다. 그는 졸업 후 바로 미국으로 가버렸습니다. 미국에 와서는 백인 여자와 결혼하고 한국 사회와는 단절했습니다. 한국인들 모임에는 물론 나오지 않았고 아는 친구가 전화해도 받지도 않았습니다. 그는 자기가 태어난 한국과 졸업한 학교와 단절을 한 채 살았습니다.

내가 직접 만난 것은 아니지만 또 우리 선배 한 분은 미국에 온지 10년 되자 한국말도 잊어먹고 한국 음식과 한국 습관도 잊어먹었습니다. 병원에서 한국 사람을 만나도 한국말을 전혀 하지 않았습니다.

언젠가 파티에서 그 선배를 만났다고 합니다. 한 친구가 우리 집에 귀한 맛있는 김치 선물이 들어왔는데 혼자 먹기 미안해서 가져왔다고 조금 내놓았다고 합니다. 그 선배님이 "What is it"하고 물었습니다. 옆에 있던 친구가 "It is kimchi. Korean Food. I believe that you are grown with this food"라고 하니까 "I hardly remember it"하고는 아주 조금 맛을 보더니 "Well very hot and spicy I can not eat it"이라고 했다는 것입니다.

정신과 의사 친구가 하는 말이 과거를 애써 잊고 싶어 하는 사람들이 있다고 합니다. 그런 사람들은 조국도 잊고 김치도 잊고 친구도 잊겠지요. 그러나 나와 같은 보통 사람들은 자기가 자란 나라와 부모님과 음식을 잊을 수가 없습니다. 미국에서 사는 친구 대부분이 나와 같을 것입니다.

그래서 우리 친구들은 모여서 파티를 즐기고 헤어질 때면 일어나 손을 잡고 "나의 살던 고향은 꽃피는 산골…"을 부르며 처연해지기도 합니다. 미국의 한국 사람들이 사는 곳마다 한인회가 있고 동창회가 있고 한국 문학을 공부하는 문인회가 있습니다. 그런데 이런 모임을 등지고 살면서 한국을 잊고 싶어 하는 사람들이 있는 것도 사실입니다.

오늘 배달된 신문에 이런 기사가 났습니다. 미국에 사는 한국인 중에 고국의 발전에 기여하려는 의식이 사라져 가고 있다는 것입니다. 그런데 그것은 해석을 잘해야만 할 것 같습니다. 지금은 한국이 잘사는 나랏돈이 많은 나라, 모든 시설이 발전된 나라입니다. 지금은 한국에 가면 "미국에서 얼마나 고생하고 사니?"라는 인사를 받습니다. 식당에 가서 밥을 더 달라고 하면 "미국에서 왔어요?"라고 묻는 처지가 되었고 옷도 시대에 뒤떨어진 옷을 입고 다녀서 "척 보면 미국에서 온 걸 알지"라는 말을 듣는다고도 합니다. 미국에서 아껴 쓰고 저축하여 한국에 보내면 "이까짓 코 묻은 돈을 무엇 하러 보내냐" 하면서 흉을 본다고 합니다.

요새 한국에서 미국에 여행을 오는 젊은이들, 새로 이민 오는 사람들은 50년 전 100불, 200불을 가지고 오던 우리와는 다릅니다. 세상이 달라졌고 한국이 세계에서 아주 잘 사는 나라가 되었으니 한국민의 풍경이 달라졌습니다. 나는 그것이 좋은 일이라고 생각합니다. 그러나 오자마자 큰 집을 사고 BMW를 몰고 다니며 오래전 미국에 와서 고생하며 사는 사람들을 경멸하는 듯한 말을 던지는 사람들을 볼 때 그들에게 상처를 받은 미국 교포들이 한국으로부터 멀어지는 것도 당연하다고 생각합니다.

요새는 한국의 위상이 많이 달라져서 어디를 가나 한국 사람이라는 것이 부끄럽지 않습니다. 그런데 1960년대 한국이 아프리카에 속해 있는 줄 아는 미국 사람들 속에서 살면서 각 병원의 과장이 되고 사회에서 인정받는 사람들이 되고 자식들을 명문대학에 보낸 이민 1세들은 오래전 함경도 물장사를 하면서 자식을 일본 유학을 보내던 그 시대 사람들과 같은 삶을 살았습니다. 크지는 않을지 몰라도 열매를 맺었고 지금의 큰소리를 치는 젊은 세대가 그 열매를 따서 먹는다고 생각합니다. 한국의 MZ 세대와 알파 세대가 한국전쟁 전후 세대를 무시하듯이 요새 이민을 오는 젊은 세대가 6070 세대를 경멸하는 것 같습니다. 나는 오래전 파티에서 김치를 보고 "What is it"이라고 하던 선배의 가슴속 깊이 얼마나 쓰라린 마음을 숙성시켰기에 그런 말이 나왔을까 하는 연민의 정을 느낍니다.

남의 집 식모살이를 하며 자식을 대학을 보냈다는 어머니를 대학 졸업식에서 단상으로 모시며 "나의 어머니십니다. 나를 먹여주고 교육시켜 준 어머니, 자랑스러운 어머니"라고 한 아들이 있는가 하면 "우리 어머니는 오늘 바빠서 못 왔고 저 여자는 우리 집 식모"라고 했다던 아들과 비교해 봅니다. 둘다 가슴이 쓰린 것은 마찬가지였겠지만 하나는 효도로 삶을 아름답게 만들고 하나는 불효로 자기의 영혼까지 썩게 한 아들의 이야기를 들으면서 한국을 싫어하는 한국인, 위아래를 모르며 고개를 꼿꼿이 세우는 이민 온 젊은이들을 보면 모두 연민을 느낍니다.

코로나 백신

2020년 1월 말부터 중국에서 시작한 코로나 전염병이 유럽과 뉴욕에 상륙하더니 정신없이 빠르게 퍼졌습니다. 사람들은 공포에 질렸고 코로나 호흡기병에 걸려 생명을 잃는 사람들이 여기저기 속출하였습니다. 코로나 호흡병에 걸린 사람을 촬영한 흉부 엑스레이를 보면 양쪽 폐가 하얗게 굳어 있었습니다.

나의 지인도 코로나로 병원에서 음압 중환자실에 입원하였는데 문병은 금지되었고 그가 운명한 후에도 가족이 볼 수 없어서 보지도 못한 채 장례를 치렀습니다.

사람들에게 KN 95 이상의 마스크를 착용하라고 하고 사람 사이의 거리는 적어도 2미터를 유지하고 악수도 하지 말고 주먹으로 부디 치는 것으로 하라는 지시가 내렸습니다. 사망률이 20% 이상이라고 하여 우리에게 공포를 주었습니다. 소문으로는 사람들이 너무 많이 죽어 병실이 모자라서 병원의 일반 환자는 받지 않고 코로나 환자를 치료하는 데 전념한다고 했습니다. 사망자가 너무 많아 장례식장이 만원이고 화장장에는 대기하는 시신이 너무 많아서 며칠을 기다려야 하고 시에서는 불도저로 땅을 파고 거기에다 집단 매장한다는 소문도 났습니다.

이런 와중에 백신 소식이 들린 것입니다. 그런데 신문이나 TV에 백신을 준다는 소문이 나면 지원자가 몰려서 백신을 맞기가 힘이 들었습니다. 우리가 사는 보니타 스프링의 초등학교에서 백신을 준다는 소문이 나자 하루 전부터 줄을 서서 기다리는데 의자와 이불을 가지고 와서 밤을 새우거나 작은 천막을 가지고 와서 줄을 서기 때문에 공고가 나면 한 시간 내에 운동장은 만원이 되곤 했습니다.

사람들은 어찌하든 공고를 남보다 먼저 입수하려고 골몰했고, 이메일로 어느 예약날짜와 시간에 전화 예약하라는 공문이 뜨면 온 식구가 대기하고 있다가 시간이 되자마자 전화를 연결하려고 매달렸습니다. 그런데 너무나 많은 사람이 일제히 전화하니 통화가 되는 일이 거의 없었습니다. 나의 한 지인은 플로리다의 올랜도에 전화가 연결되어서 자동차로 4시간 반이 걸리는 올랜도에 가서 밤새 기다리고 있다가 새벽 4시에 백신을 맞았다고 합니다. 그것도 65세 이상 노인들만….

나도 여기저기 전화하다가 나만으로는 안 되어 오하이오에 사는 딸까지 동원하여 전화했으나 당첨이 되지 않았습니다. 그러다가 친지의 도움으로 표를 한 장 얻어 아내가 맞느냐 내가 맞느냐 하는 결정을 하게 되었습니다. 그래도 나는 건강한 편이고 아내가 앓으면 더 곤란하여 아내가 먼저 맞게 되었습니다. 아내는 마치도 타이타닉에서 구명보트를 얻어타는 것처럼 비장한 마음으로 백신을 맞았습니다.

나도 계속 노력을 하여 마이애미에 당첨이 되었습니다. 우리는 아침을 일찍 먹고 점심을 싸들고 마이애미로 갔습니다. 네비게이션을 보고 주소를 찾아 3시간이 넘게 운전하여 경기장으로 갔습니다. 경기장 앞마당은 차로 가득 찼고 진행은 아주 천천히 되었습니다. 집에서 아침에 7시에 출발하여 10시 정도 도착했는데 정오가 지나고 2시, 3시가 되어도 진전이 되지 않았습니다. 그러다가 4시 반 정도 되어서야 주차장으로 차를 몰고 들어갈 수 있었습니다.

창문을 열고 운전면허증으로 확인하고 등록한 다음 팔을 내밀고 주사를 맞고 15분을 대기했다가 집으로 돌아왔습니다. 한 2주 후에 다시 부스터를 맞는데 또 새벽 7시에 떠나서 줄을 서서 기다리다가 이번에는 좀 빨리 12시경 주사를 맞고 돌아왔습니다. 주사를 맞으면 증명서를 해주었습니다. 교회에서 만난 어떤 사람은 코네티컷에서 왔는데 백신을 맞을 수가 없어서 다시 코네티컷에 가서 주사를 맞았다고 했습니다.

그때는 코로나 백신을 맞는 것이 마치도 큰 행운을 만난 듯했습니다. 그리고 시간이 흘렀습니다. 3차 백신을 맞을 때는 예약하지 않고도 가서 기다리다가 맞게 되었는데 화이자를 맞느냐 모더나를 맞느냐로 백신을 맞는 장소가 달라 찾아다녀야 했습니다.

친구 중 고집이 좀 센 사람이 있습니다. 그 친구는 "이렇듯 어려운 백신을 왜 맞느냐? 그냥 밖에 안 나가고 집에 꾹 박혀 있으면 되지, 치사하게 구걸하면서 백신을 안 맞아도 되지 않느냐? 이제 조금만 있으면 맞으십시오. 할 때가 올 텐데…." 하고 맞지 않았습니다.

1년이 지났습니다. 이제는 웬만한 약국에서 백신을 놓아주었습니다. 그것도 보험회사에서 돈을 주니 약국에서는 '어서 오십시오.' 라면서 백신을 주는 시대가 된 것입니다. 불과 2년밖에 안 지났는데 격세지감이 있습니다. 2년 전만 해도 등록해라 예약하라 하면서 마치 미개국에서 쌀 배급을 주듯 하던 백신을 지나가다가 약국에 들러도 "어서 오십시오." 주는 시대가 된 것입니다.

미디어에서 코로나 전과 코로나 후의 문화가 바뀐다고 하더니 정말 문화가 바뀌었습니다. 첫째는 영화관이 문을 닫았습니다. 서울의 그 유명하던 단성사와 피카디리, 대한극장이 문을 닫았고 다른 용도로 건물을 개조하고 있습니다.

이제는 감기 걸린 사람이거나 목이 아픈 사람 이외에는 마스크를 쓰고 다니는 사람도 없습니다. 2022년 크루즈를 갈 때 복사한 주사를 맞은 증명서를 반드시 보여야 했는데 이제는 백신을 맞아도 증명서도 발행하지 않고 보자는 사람도 없습니다. 치사율도 많이 줄어서 친구들이 전화로 "나, 코로나 검사를 하니 양성이래. 한 일주일은 밖에 나가지 말아야겠어."라고 깔깔대고 웃습니다.

새벽부터 자동차를 운전하여 4시간을 달려가서 밤새도록 줄을 서서 백신을 맞았던 일을 생각하면서 '코로나가 우리 사회를 많이 바꾸어 놓았구나.'라고 중얼거렸습니다.

금년 크리스마스

나이가 들면서 크리스마스에 대한 감정도 무디어지는가 봅니다. 소년 시절에는 크리스마스가 최고의 명절이었습니다. 가난한 살림에 누구의 관심을 받아보지 못한 소년에게 크리스마스 때는 서로 인사도 하고 크리스마스 예배를 보고 나오면 교회에서 떡도 한 덩어리씩 나누어 주었습니다.

대학생 때는 연극을 한답시고 몰려다니면서 추위를 잊었고 교회에서 여학생들과 어울려 다니기도 했습니다. 대학을 졸업하고는 크리스마스 때도 당직을 서야 했고 응급실 환자들로 정신없이 보내곤 했습니다. 수련의가 끝나고 전문의가 되고서는 교회의 집사로 크리스마스를 지냈지만, 대학생 때처럼 연극을 하거나 친구들과 몰려다닐 기회는 없어졌습니다.

이제 은퇴한 노인은 크리스마스는 손자 손녀들에게 돈을 넣은 카드를 보내고 전화나 받는 신세가 되었습니다. 몇 년 전에 뉴저지 집에서 크리스마스를 보냈습니다. 그때 뉴욕에서 열리는 음악회에 가보기도 했습니다. 그런데 뉴욕의 링컨 센터나 큰 교회에서 여는 음악회에 가는 일이 여간 고생스러운 게 아닙니다.

추운 겨울, 매우 복잡한 맨해튼에서 주차할 곳을 찾느라 애를 쓰고 또 주차장에서 한참을 걸어 링컨 센터까지 가야 했습니다. 그리고 소중하게 보관한 비싼 표를 내고 들어갔습니다. 대개는 뒷자리거나 이층에서 음악을 들었습니다. 음악회가 끝나면 얼어붙은 길을 다시 조심하면서 주차장까지 걸어가서 차를 몰고 집에 오면 자정이 거의 됩니다. 덜덜 떨면서 더운 차로 몸을 녹이고 자정이 넘어서 잠자리에 들곤 했습니다. 정작 음악은 한 시간 반에서 두 시간을 듣고 오지만 고생은 무지 심하게 했습니다. 이렇게 크리스마스 시즌마다 두어 번 음악회에 가는 게 고작이었습니다.

금년에는 안방에 앉아 크리스마스 뮤직을 듣기로 했습니다. 지금 우리는 좋은 세상에 살고 있습니다. 지금 우리가 보는 TV는 최고의 화질을 자랑하며 실제로 우리가 가서 보는 것보다도 더 선명한 색깔로 볼 수 있습니다. 화면의 크기도 50, 60, 70, 80인치로 옛날 영화관만큼이나 큰 화면입니다. 우리 집의 TV도 화면이 상당히 큰 편입니다. 그리고 채널이 여러 개이고 유튜브로 들어가서 음악 채널을 찾으면 별의별 음악을 다 들을 수 있습니다.

그래서 금년에는 아내와 함께 우아하게 앉아서 티와 과자와 치즈를 들면서 실제로는 매우 비싼 음악회를 관람하기로 하고 화려함이 보장되는 Andre Rieu의 연주회를 보기로 했습니다. 그런데 이 Andre Rieu의 연주회가 유튜브에 수없이 많았습니다. 우리는 우선 비엔나에서 하는 연주회를 감상하고 런던으로 건너갔습니다. 이름도 기억이 안 나는 큰 교회에서 하는 크리스마스 연주회를 보고 나니 3시간이 넘었습니다.

다음 날에도 간단하게 간식을 준비해 놓고 일찍 TV 앞에 앉았습니다. 파리에서 하는 Andre Rieu의 연주회를 듣고 나서 이어서 스페인의 바르셀로나에서 하는 연주회를 감상했습니다. 수많은 관중, 점잖은 신사들 숙녀들이 모여 감상하는 음악회는 그야말로 감동적이었습니다. 여기에는 이념 전쟁도 없고 당파 싸움도 없고 연주자들이나 청중들이 모두 하나가 되어 서로 응원하고 서로 사랑한다는 몸짓을 해가면서 같이 노래를 불렀습니다.

나는 이것이 크리스마스의 정신이 아닐까 하고 생각했습니다. 전쟁이 없는 사회 서로 용서하고 서로 사랑하는 사회가 예수님이 우리에게 부탁하신 일이 아니었던가요? 더욱이 감격스러운 것은 〈아베마리아〉를 부를 때 관중이 눈물을 흘리며 서로를 부둥켜안는 일이었습니다. 서양인들의 큰 눈에 눈물이 가득히 고이고 두 볼로 흘러내리는 눈물을 손바닥으로 닦으며 노래를 따라 부르는 것을 보면서 나도 눈물이 났습니다. 이 눈물은 참회의 눈물일까요, 사랑의 눈물일까요? 이렇게 둘째 날은 크리스마스 음악회를 세 곳을 들르며 감상했습니다.

셋째 날도 우리는 음악 여행을 떠났습니다. 뉴욕의 라디오 시티의 춤과 연극을 보고, 러시아 상트페테르부르크에서의 연주회를 보았습니다. 그리고 마지막에 〈내 주를 가까이 하게 함은〉이라는 찬송을 부를 때였습니다. 정말 많은 사람이 찬송을 부르면서 눈물을 흘렸습니다. 서로 손을 잡고서…. Horn을 부는 여자도 눈물을 흘리면서 나팔을 불고 있었습니다. 지금 우크라이나와 전쟁하고 있는 나라…. 특별한 명분도 없이 푸틴의 말을 듣지 않는다고 전쟁하고 자기의 병력이 모자란다고 세계에서 가장 거친 나라인 북한에서 용병까지 동원하며 전쟁하는 나라의 국민이라고 믿을 수 없을 만큼 눈물을 흘리고 있었습니다. 그중에 노래하는 한 여인은 "어머니는 우크라이나인이고 아버지가 러시아인이다."라면서 눈물을 흘려서 더 많은 사람의 마음을 아프게 했습니다.

3일간 우리는 세계를 누비며 크리스마스 음악회를, 그것도 최고의 명성을 자랑하는 음악회를 골라 다녔습니다. 한 푼도 들이지 않고 집에 있는 과자와 커피를 들면서 우아하게 음악을 감상했습니다. 음악회가 끝나고 잠자리에 들면서 아내가 물었습니다.

"여보, 우리 지난 3일 동안 음악 여행을 했는데 경비가 얼마나 들었을까?" "글쎄, 파리와 비엔나, 런던과 상트페테르부르크, 바르셀로나와 뉴욕으로 음악 여행을 다녔으니 아마 이만 불도 더 들었을 거야. 좌석도 최고의 좌석이지 않아."라면서 우리 부부는 크게 웃었습니다.

뉴욕시의 범죄

나는 가끔 치료를 받으러 뉴욕시에 있는 병원에 가게 됩니다. 그런데 뉴욕시는 복잡한 교통과 혼탁한 공기, 무질서한 거리의 귀가 먹먹한 소음을 경험하게 됩니다. 그래서 뉴욕에 사는 사람들이 존경스러워지기까지 합니다. 또 거리에서 다 해진 넝마 같은 바지를 입고 거리를 누비는 흑인 젊은이들을 보게 되는데 마치 공상과학 소설에 나오는 도시를 연상하곤 합니다.

아주 오래전 선배님이 운전하는 차로 뉴욕에 갔습니다. 아마도 뉴욕시의 동북부 쪽이었을 겁니다. 흑인 소년 몇 명이 자동차의 타이어를 빼고 있었습니다. 그 선배님은 나를 보더니 씩 웃으면서 거리를 우회전하고 다시 그 지점으로 가는 것이었습니다. 그리고 그 소년들의 옆으로 차를 대더니 "How much?"라고 소리를 질렀습니다. 소년이 "30 dollars"라고 하니까, 선배님이 "20 dollars"라고 하고 소년이 OK라고 하고 선배는 차 안에서 트렁크를 여니까

소년들이 타이어 2개를 트렁크에 실어 주었습니다. 선배는 20불짜리를 소년에게 주고는 그대로 운전하면서 "오늘 타이어를 싸게 샀군."이라고 중얼거렸습니다. 나는 속으로 '이것이 소위 장물아비라는 것이구나!'라고 생각하면서 그 선배님이 다시 보였습니다.

아주 오래전 저의 루스벨트 아일랜드에 사시는 장모님이 아프셔서 오하이오에서 차를 타고 뉴욕까지 온 일이 있습니다. 지도를 보고 빨간 연필로 표시하고 또 카드를 만들어 아내가 보면서 인도하는 대로 운전할 때였습니다. 링컨 터널로 뉴욕시로 들어가는데 터널을 지나자 흑인 한 명이 차를 가로막았습니다. 그리고 더러운 수건으로 차의 유리창을 한번 문질렀습니다. 그러고는 창문을 두드리며 "10 dollars!"라고 소리를 지르는 것이었습니다. 나는 모른 척하고 그냥 가려니까 송곳을 꺼내더니 차를 긁으려고 하지 않습니까? 나는 얼른 10불을 내주고 그 자리를 벗어났습니다. 당시 나는 오하이오 작은 타운에 살고 있어서 이런 장면은 보지 못해서 말로만 뉴욕의 험악한 이야기를 듣고 있었을 뿐이었는데 실제로 쓴 경험을 하게 되었습니다.

성형외과의 학회는 몇 년에 한 번씩 뉴욕에서 열립니다. 뉴욕의 힐튼 호텔에서 열리곤 했는데 학회에 참석하려면 비행기를 타고 라과디아 공항에서 택시를 타고 들어오곤 했습니다. 물론 오하이오에서 내 차를 타고 와도 되지만 차를 주차할 곳도 없고 호텔의 주차장에 5일 주차하려면 항공권값보다 더 들기 때문이었습니다.

한번은 라과디아에서 노란 택시를 타고 힐튼 호텔까지 왔습니다. 택시비가 아마 65불쯤이어서 100불짜리를 내밀었습니다. 그런데 기사가 거스름돈을 주지 않고 그냥 달아나 버려서 매우 황당했습니다. 나중에 들으니 차 안에서 돈을 주고 거스름돈을 받아야지 내려서 돈을 주면 그런 일이 흔하다는 이야기를 듣고 '뉴욕은 완전히 불법 도시로구나!' 하고 생각했습니다.

학회에 참석하고 친구들과 같이 저녁을 먹고 어두운 거리로 걸어오는데 한 흑인이 나에게 바짝 다가오더니 "give me some money!"라고 하지 않습니까. 이미 이럴 경우 얼마의 돈을 줘야 한다는 이야기를 들었기에 주머니를 뒤져보니 큰돈 외에는 5불짜리밖에 없었습니다. 그래서 5불을 주었더니 나더러 "You want some trouble?"이라고 하지 않습니까. 나는 할 수 없이 아내의 도움을 받아 10불짜리를 주니까 나를 흘겨보고는 가버렸습니다.

TV에서는 불량소년들과 청년들이 공공연하게 상점에 들어가서 물건들을 들고나오는 장면들을 봅니다. 여러 명이 들어가 물건을 들고나오는 걸 뻔히 보면서도 주인은 어찌할 수 없다는 것입니다. 그리고 한인 가게에서 절도를 당하는 일이 많은데 대항하여서 총에 맞아 희생을 당한 일이 종종 TV에 나오곤 합니다. 만일에 주인이 총을 쏘아 도둑이 상해를 입거나 죽으면 살인으로 취급이 되어 교도소에 가게 됩니다. 또 도둑놈들은 교도소도 안 간다고 합니다.

뉴욕의 경찰들은 그 정도의 도둑놈들은 체포하지도 않으며 체포해도 그들을 가둘 교도소가 없어서 그대로 나온다고 합니다. 한 번 그런 일을 당한 도둑은 복수하려고 더 많은 흑인이 몰고 오기 때문에 그냥 두어야 한다고 합니다. 그러니 뉴욕은 사람들이 살 곳이 아니라 지옥의 입구라고 하는 사람도 있습니다. 지금은 불법 이민자들까지 합세하여 절도범들이 더 사납고 더 많아졌습니다.

얼마 전 뉴욕에서 불법 이민 청년들이 경찰을 때려 중상을 입히고는 그들을 촬영하는 TV 카메라 앞을 지나가면서 가운뎃손가락을 쳐드는 장면을 보여 주었습니다. 그리고 길에는 백화점이나 가게에서 들고나온 물건들이 분명한 상품들을 펼쳐 놓고 흑인 청년들이 팔고 있습니다. 꼭 뉴욕만이 아닙니다. 로스앤젤레스, 시카고에서도 이런 장면들이 많이 보도되고 있습니다. 그런데 이런 소년들이 경찰에 희생을 당하면 인권 변호사들과 시민단체들이 들고 일어나 경찰들의 과잉대응이라면서 경찰이 감옥 가야 하는 이상한 사회가 되고 말았습니다.

나는 미국에 오기 전 미국은 아름답고 깨끗한 문화의 도시인 줄 알았습니다. 지금 뉴욕은 도로가 여기저기 패고 길은 좁고 지저분합니다. 또 마리화나 냄새가 진동한 거리를 트럭들로 길이 막힌 범죄의 도시입니다.

뉴욕의 시장님, 주지사님, 미국의 자랑 뉴욕을 아름다운 문화의 도시로 다시 재생시켜 줄 수는 없을까요?

미국 속의 한국 정치인

세계의 관심을 끌었던 미국의 선거가 끝났습니다. 제일 관심사는 대통령 선거였겠으나 상 하의원, 주지사, 지방의원들의 선거도 지방에 따라 많은 관심사였습니다.

가끔 신문이나 출판물에서 한국인 같은 이름들이 많이 나와 있는데 중국이나 동남아 사람들의 이름이 비슷하여 혼란을 빚기도 합니다. 여자 골프 선수 중에서 한국인 2세들의 이름을 보면 한국인인지 아닌지 잘 알 수가 없습니다.

한국 사람들이 뛰어나다는 것은 여러 면에서 이야기되고 있지만 정치에도 예외는 아니어서 이번 선거에서 많은 한국 사람이 지방의원으로 진출했습니다. 중앙 정치에 나선 사람도 여러 명 있습니다. 상원의원에 당선된 뉴저지 출신 대니엘 김(뉴저지, 민주)과 하원으로 당선이 된 데이브 민(캘리포니아, 민주), 메릴린 스트릭 랜즈(워싱턴, 민주), 영 김(캘리포니아, 공화), 미쉘 박 스틸(캘리포니아, 공화) 등이 중앙 정치에 이름을 올렸습니다.

미국에 사는 한국인 통계로 보아서는 상당히 많은 숫자입니다. 그런데 더 많은 한국인이 지방의회 의원이나 작은 도시의 시장으로 나와 있습니다. 정말 축하할 일입니다.

나의 얼토당토않은 기우이겠지만 이분들이 정말 이 나라를 위해 깨끗하고 옳은 정치를 구현해 주기를 바랍니다. 많은 사람이 이야기하지 않습니까? 한국은 과학, 교육산업은 선진국이지만 정치는 아프리카나 남미의 후진국보다 못하다고…. 지금 한국의 국회가 하는 짓을 보면 이것은 아무리 생각해도 정상적인 국가는 아닌 것 같습니다.

미국도 딥 스테이트에서 벌어지는 부패와 부정은 썩었다고 이야기하고 이번의 트럼프는 이런 썩은 정치를 쇄신한다고 주장하면서 'Make America Great Again'을 구호로 내세우지 않았습니까? 그러나 미국은 사법부가 아직도 한국처럼 부패하지는 않았다고 생각합니다. 물론 전직 대통령들의 비리를 손에 쥐고 권력을 누려온 후버 FBI 국장 같은 분이 있기는 합니다. 그래도 '위증자는 유죄이고 위증교사자는 무죄'라는 판결을 내는 판사는 아직 없는 것 같습니다. 지난번 트럼프 재임 기간에 낸시 펠로시가 리드하는 미국 하원에서 트럼프 탄핵을 통과시켰지요. 물론 통과되지 않으리라는 것을 뻔히 알면서도 낸시 펠로시는 두 번이나 통과시켰습니다. 그러나 오래전 닉슨 대통령 때 애그뉴라는 부통령은 약 20만 달러의 부정에 걸려서 부통령을 사임했지요. 그리고 우리가 살던 오하이오의 하원의원도 5만 불의 부정 사건에 휘말려서 사임했습니다. 그러니까 한국처럼 불체포 특권을 방탄조끼로 삼고 부정을 저지르는 한국의 국회의원보다는 낫지 않을까 생각합니다.

국회의원에 당선만 되면 그날로 특수계급에 속하는 한국의 국회의원들보다는 미국의 국회의원은 특권을 누리지 않습니다. 얼마 전 뉴저지의 상원의원도 부정에 걸려 사임했고 그 자리에 한국인 대니 킴이 들어가 상원의원이 되었습니다.

미국 내에서 한국인의 세력은 만만치 않습니다. 뉴저지의 버겐 카운티에는 한국인들이 카운티 의원에 많이 진출해 있고, 파리세이드팍의 시장은 한국 사람들끼리 경쟁하는 처지입니다. 한국인 2세들이 언론에도 진입하여 한국인들의 목소리가 만만치 않습니다.

물론 이 정도의 한국인 정치인들이 미국이 한국에 대한 정책을 세우는 데는 큰 힘을 발휘하지 못할 것입니다. 유대인들이 이스라엘에 대한 미국의 정책을 좌지우지할 정도의 영향력을 발휘할 만한 정도는 아니니까요. 그런데 가끔 한국인들의 정치에 아름답지 못한 소리가 들리기도 합니다. 특히 한인회장 선거나 한국인 모임의 선거에서 서로 고소하고 한인회장 직무 정지 등의 판결이 내리는 것을 보면 마치 지금 한국 국회의 모습을 수입한 것 아닌가 하고 부끄럽기도 합니다.

나는 이런 한국 정치인의 폐습은 들여오지 않기를 바랍니다. 지금 당선된 다섯 사람의 성향을 보면 좌파적인 분들과 우파적인 분들로 나뉘어 있어서 통일된 의견을 못 낼지도 모르겠습니다. 그러나 나라가 절체절명의 위기에 처하면 의견을 합하여 목소리를 낼 것으로 생각하면 힘이 되기도 합니다.

이번 아이비리그의 대학 입학전형에서도 아시아 학생들이 아주 좋은 성적을 냈다고 합니다. 물론 그중에는 한국의 젊은이들이 많이 들어 있지요. 각 대학에서 좋은 성적을 내는 한국 학생들이 많다고 하니 앞으로 한국인 젊은이들이 정치에 입문해서 정치인들이 많이 나왔으면 합니다. 한국인의 지능은 세계에서 2위로 분류가 됩니다. 이런 지능을 가진 민족이 앞으로 미국 사회를 이끄는 민족이 되어 이 나라를 발전시키고 한국처럼 발전이 된 살기 좋은 사회로 만들어주었으면 합니다.

그러나 단 하나 한국의 정치는 수입하지 마십시오. 특히 한국의 민주당 같은 조폭 집단은 본받지 마십시오. 한국인들이 관여하는 정치는 아름답고 공명하고 정직한 한국의 정치인이라는 평을 받아 더 많은 한국인이 하원의원과 상원의원이 되고 지방의 의원들이 될 수 있도록 길을 만들어주시기를 바랍니다.

트럼프 대통령

2024년 제47대 미국의 대통령 선거가 끝났습니다.

NYT, Washington Post, Wall street Journal, New York Post를 보는 분들은 당연히 Mrs. Kamala Harris가 승리할 것으로 생각했습니다. 한국의 신문과 방송에서도 해리스가 모든 주에서 압도적으로 이긴다고 했고, CNN과 MSNBC에서도 해리스가 이긴다고 했습니다. 선거 하루 전에도 모든 방송은 해리스가 이긴다고 했고 경쟁 주 7주에서도 해리스가 리드하고 있다고 했습니다. 가끔 Fox News에서 트럼프가 우세하다고 이야기를 했지만, 그 소리는 너무도 미미했습니다.

많은 사람이 트럼프에 관하여 이야기합니다. 그가 사업을 하면서 많은 사람에게 손해를 입혔고 많은 범죄에 연관이 되어 있고 뉴욕 법정에 선 거 얼마 전까지도 출두했습니다. 그에게는 적들이 많습니다. 공화당의 대통령이었던 부시 대통령도 그를 비난했고, 열

열한 공화당원인 배우 슈바르츠도 트럼프를 비난하며 차라리 해리스에게 투표하겠다고 TV에 광고를 냈습니다.

트럼프가 1기 대통령 임기 때 그의 주위에 있던 많은 사람이 그를 떠났습니다. 내가 아는 많은 여자도 그를 혐오합니다. 그리고 그가 눈을 부릅뜨고 앞을 바라보는 형상은 호랑이 형상이어서 도저히 좋은 인상이라고는 할 수 없습니다.

대부분 여론 조사에서는 해리스가 승리했고 선거 당일 출구 조사에서도 이기는 듯했습니다. 그런데 선거 당일 밤부터 전세가 바뀌더니 새벽에 일어나 보니 트럼프가 이기고 있었습니다. 이겨도 많은 차이로 이겼습니다.

그런데 여론 조사에서 앞서던 해리스가 어째서 졌을까요. 얼마 전 어느 분석가가 말하기를 여론 조사를 할 때 조사원은 지기가 원하는 데이터를 만들어 삽입시키기 때문에 여론 조사를 믿을 수 없다고 했습니다. 여론조사원이 전화할 때 트럼프 지지자는 답을 하지 않거나 다른 답을 해버린다는 것입니다. 그래서 트럼프 지지자는 조사에 나온 것보다 20%나 더 나왔다고 분석했습니다.

나는 트럼프 대통령이 이겼다는 것보다는 해리스 부통령이 스스로 졌다고 생각합니다. 그렇게 뜨거운 여론의 지지를 받고 재벌들의 도움을 받은 민주당이 패배한 것은 지난 바이든 대통령이 정치를 잘 못 했기 때문이라고 생각합니다. 2불 하던 석윳값이 4불을 넘어 5불 가까이 올랐고 물가가 거의 배가 올랐던 4년 동안 국민은 바이든을 많이 원망했습니다. 그런데다가 지난 2~3년 동안 불법 이민자들이 몰려들면서 미국 국민을 불안하게 했습니다. 자기 나라 국민의 여론은 무시한 채 불법으로 들어온 이민자들에게는 그렇게 자비로울 수가 없었습니다. 국경만 넘으면 먹여주고 입혀주고 재워주고 치료도 해주었습니다.

오하이오의 어떤 도시에는 주민들보다 불법 이민자들이 더 많다고 합니다. 불법 범죄자들이 상점에서 강도질하고 경찰을 폭행하고 살인까지 하는 등 도시를 마비시켰다고 합니다. 바이든 정부에서는 동성애자들을 옹호하여 성전환 수술비를 국가에서 담당하겠다고 했습니다. 이렇듯 국민이 원하지 않는 정책을 밀어붙이고는 표를 달라고 했으니 옛날 이스라엘의 르호보암과 같은 왕이 아니었을까 생각합니다.

선거는 끝이 났습니다. 그러나 문제가 완전히 해결된 건 아닙니다. 트럼프 대통령에게 호감이 없는 많은 국민, 또 첨예하게 분열된 국론을 어떻게 수습하느냐가 문제입니다. 그러나 트럼프 당선인은 이번에도 포용 정책을 쓰기보다는 불도저처럼 자기의 생각을 밀어붙이겠다는 모양입니다. 그가 선택한 각료는 거의 예스 맨들인 것 같습니다. 그러니 트럼프가 대통령으로 재직하는 동안 미국을 떠나 살겠다는 사람들과 차라리 이민 가겠다는 사람들이 있다고 합니다.

얼마 전 신문에 트럼프 도피 크루즈의 광고가 났습니다. 빌라비

레지덴스 회사에서 트럼프 도피 크루즈를 발표하였는데 1년짜리 도피는 7만 9,999불, 2년짜리는 중간 선거 후에 집에 돌아오며 3년짜리는 집만 빼고 어디든지 간다는 광고이고, 4년짜리는 도약이라는 이름을 붙였으며, 140개국의 425항구를 가는데 2028년 11월에 돌아온다고 합니다. 비용은 방 하나는 25만 5,999불, 방 둘은 31만 9,999불이라고 합니다. 모든 식사는 제공하고 침대 시트도 일주일에 한 번씩 갈아 준다고 합니다. 그런데 이 여행을 신청하는 사람들이 있다고 합니다.

트럼프 대통령은 MAGA를 슬로건으로 내걸었습니다. Make America Great Again입니다. 대통령이 싫어서 이민을 가고 대통령이 미워서 4년 재임 동안 나라를 떠나 있겠다는 국민이 있다면 그것이 Great America가 될 수가 있겠습니까?

이제는 호랑이 얼굴을 풀고 국민과 반대당을 포용해 주십시오 눈을 부릅뜨고 성난 표정을 짓지 말고 웃는 얼굴로 바꾸십시오, 주먹을 쥐지 말고 손을 펴십시오. 그래서 다음 선거 때도 공화당이 압승하는 정치를 하십시오. 그래서 국민이 단결하여 You are fired가 아니라 We, all make great America again을 만들어 봅시다.

불법 이민자

미국은 이민자의 나라입니다. 콜럼버스가 처음 미국을 발견한 이후 이 천국 같은 땅에 이민자들이 몰려들기 시작했습니다.

서유럽의 백인들이 먼저 이 땅에 와서는 원주민을 몰아내면서 주인 행세를 했습니다. 그때는 미국의 시민권이나 여권이 없었고 미국 땅에 들어오기만 하면 시민이 되었습니다. 미국만 그런 것이 아닙니다. BC 1400년 전에는 팔레스타인도 이집트에서 탈출한 이스라엘 유목민족이 원주민을 몰아내고 말뚝을 박았습니다. 세월이 가면서 국가의 개념이 생기고 나라와 나라 사이에 경계가 생기면서 그 땅에 살 권리를 인정하는 시민권이 생겼습니다.

아마 한일강제 병합이 되기 전까지 한국에도 국민임을 증명하는 서류가 없었을 것입니다. 그러다가 일본 정부 밑에서 쌀 배급을 타기 위한 증명서가 생겼고, 광복되고 북한에는 공민증이라는 게 생겼고 공민증이 없는 사람은 체포하는 제도가 생겼습니다. 한국전쟁이 나서 북한에서 피난을 오니 아무 서류를 가지지 못했고 피난민 사무소에서 내가 진술하는 대로 이름과 나이를 적어주는 증명서를 만들어주었습니다.

사회는 점점 더 발전되어 주민등록증이라는 것이 만들어지고 학생은 학생증, 의사는 병원 직원 증명서, 군인도 신분증을 만들어주어 서류가 더 만들어지고, 시민임을 증명하는 서류가 고착화되었습니다.

내가 1970년 미국에 올 때는 이야기가 달랐습니다. 알래스카의 앵커리지 공항에서 사진을 찍고 파란 영주권이라는 증명서를 만들어주었는데 그때는 몰랐지만, 나중에 그 서류가 그렇게 중요한 영주권이라는 것을 알게 되었습니다. 이 영주권이라는 것이 없으면 미국에서 쫓겨나고 직업도 가질 수 없고 은행 계좌도 가질 수 없었으니까요. 그때 미국 시민이 되기 위한 교육을 받았는데 미국 인구가 2억 5천만 정도 되고 미국의 인구증가를 위하여 일 년에 이민자를 약 100만 명씩 받는다고 했습니다.

내가 이민 신청을 하고 미국에 올 때는 법이 참 까다로웠던 것 같습니다. 죄를 지은 전과가 없어야 했고 신원조사를 경찰서에 가서 했습니다. 또 내가 근무할 병원에서 보증도 해주어야 했습니다. 5년 있다가 시민권을 받을 때는 몇 사람이 신원 보증인만 필요했고 미국 역사에 관한 시험을 치르면 되었습니다.

지금 미국에서는 불법 이민에 대한 논의로 떠들썩합니다. 물론 미국은 아직도 이민을 받는 나라입니다. 내가 미국에 온 1970년 인구가 2억 5천만이었는데 지금은 3억 5천만 정도 된다고 하니 매년 100만 명 이상이 늘어난 셈입니다.

지금 세계의 많은 나라가 경제적으로, 정치적으로 어지러워지니까 많은 사람이 미국으로 몰려오고 있습니다. 그리고 미국에만 오면 아무런 제재 없이 살 수 있다고 합니다. 그래서 미국에 관광 비자를 가지고 공항에 와서 사는 사람, 멕시코나 캐나다에서 들어오는 자동차 속에 숨어서 들어오는 사람, 텍사스와 멕시코 사이의 작은 강을 건너 미국으로 들어오는 사람도 많습니다.

몇 년 전 플로리다의 우리 마을에도 풀을 깎는 사람들이 많이 있었습니다. 뜨거운 날 땀을 흘리면서 일하는 게 참 딱해서 코크와 치킨을 대접한 일이 있습니다. 그때 아내가 그들과 이야기를 해서 알게 된 사실입니다. 멕시코에서 왔는데 한 시간에 12불씩 받는데 하루에 수입이 100불이 좀 넘는다는 이야기였으며 이 돈이면 멕시코에서 한 달을 살 수 있다고 했습니다. 이곳에서 영주권을 얻으면 사회 보장을 신청할 수 있어 Welfare에서 주는 700~800불을 받게 되는데 그 돈이면 멕시코에서 화려한 생활을 할 수 있다, 몇 년만 고생하면 잘 살 수 있어서 참고 일한다고 했습니다.

클린턴 대통령 때입니다. 힐러리 클린턴은 남미에서 오는 히스패닉 사람들을 무조건 받아들이고 그들에서 선거권을 주면 그 사람들은 모두 민주당 지지자들이 될 것이니 민주당은 100년 동안 집권 정당이 될 수 있다고 발언했습니다. 참 놀라운 발상입니다. 그에게는 나라의 장래는 안중에 없고 오로지 정권만 쥐고 치부를 하면 된다는 이야기가 아니겠습니까.

그때 미국의 정치와 경제의 혼란은 점점 더 심해지고 불법 이민은 더 심해졌습니다. 2016년에 대통령이 된 트럼프는 불법 이민자가 들어오지 못 하게 하겠다면서 멕시코 경계에 담을 쌓기 시작했습니다. 그런데 그 담이 완성되기 전에 그의 임기가 끝났고, 2020년 대통령 선거에서는 실패했습니다.

대통령에 당선된 민주당의 바이든 대통령은 그야말로 무차별로 불법 이민을 눈감아 주었습니다. 그의 집권 4년 동안 1천만인가 2천만의 불법 이민자들이 들어왔다고 합니다. 나라에서 그들을 받아들이고 그들이 거처할 숙소를 마련한다고 뉴욕시에서는 호텔을 증축하고 학교를 증축했습니다. 그들의 생활비, 의료비 등을 나라에서 지급하고 자동차 면허증을 주고 이번 대통령 선거에서는 많은 주에서 불법 이민자들에게 선거권을 주었습니다. 물론 그런 그들이 민주당에 투표했다고 합니다.

그런데 불법 이민자 중에는 전과자나 범죄자가 많다고 합니다. 그들이 뉴욕의 상점에서 강도질하고, 경찰을 폭행하고 심지어 경찰을 살해도 했습니다. 경찰에게 폭행하던 젊은이가 자기를 촬영하는 TV에 가운뎃손가락을 치켜 보이며 비웃기까지 했습니다. 그들은 강도, 절도, 마약 유통, 성매매에 관련하여 경찰들의 애를 먹인다고 합니다. 민주당 정치인에게 코멘트를 청하자 교황은 하나님은 인간에게 어디에서나 살 권리를 주셨다고 대답했습니다.

미국의 민주당도 한국의 민주당처럼 나라를 걱정하는 것이 아니라 자기들이 정권만 잡으면 나라에 무슨 일이 일어나도 된다고 하는 사람들인 것 같습니다.

미국 대통령 선거

요새 TV를 틀면 대통령 선거에 관한 이야기를 많이 합니다. 4년마다 벌어지는 대통령 선거이지만 세월이 하 수상하여 그런지 선거가 진행될 때마다 더 소란스럽고 심각해지는 것 같습니다.

말썽이 없이 순조롭게 진행된 선거는 아이젠하워 대통령 선거와 레이건 대통령 선거가 아니었을까 생각합니다. 심각하고 말썽이 많았던 선거가 앨 고어와 조지 부시의 선거였는데 플로리다에서 수개표를 다시 할 정도로 심각했고 플로리다에서 부시가 승리함으로 대통령이 되었습니다. 그리고 2020년 바이든과 트럼프의 선거였습니다. 이 선거에서는 부정 선거라고 할 수 있는 요소가 많이 있었지만, 민주당의 주지사들이 트럼프의 반대편에 있었기 때문에 부정 선거 의혹이 있었는데도 가려내지 못하고 트럼프가 패배했습니다. 상원의회에서 마지막 결판이 날 것인데 부통령이며 상원의장인 마이크 펜스가 바이든의 손을 들어주는 바람에 트럼프는 패배했습니다.

오래전 지미 카터 대통령은 끝없이 좋은 사람이었습니다. 그러나 대통령직으로서 정치는 잘 못 했습니다. 카터 대통령 때 경제는 추락하여 은행 이자가 17%까지 올랐고, 이란의 호메이니도 카터 대통령을 얕보아 인질을 붙들고 미국을 괴롭혔고, 쿠바와 캐리비안 등지에서 감옥의 죄수들을 미국으로 보내는 나쁜 짓을 했습니다. 마이애미는 범죄의 도시가 되었고 인플레가 하늘로 치솟았습니다.

조 바이든 대통령도 비슷합니다. 그는 상원의원을 20년 가깝게 했고 오바마 대통령 때 부통령을 했습니다. 정치 경험도 많아서 정치를 잘할 줄 알았습니다. 그런데 그가 대통령이 되고 보니 나이 탓이었을까 중국이 미국을 얕보고 문제를 일으키기 시작했고 경제가 붕괴되어 인플레이션 조절 불가로 되었습니다. 트럼프 대통령 때는 레귤러 가솔린이 1불 75전까지 내려갔었는데 바이든이 대통령이 되고 한창 비쌀 때는 5불까지 치솟고 지금은 3불 70전을 호가하고 있습니다. 웬만한 물가는 배로 올랐다고 해야 할 것 같고 앞으로도 물가를 잡을 기미가 보이지 않습니다. 그런데도 이 마음 좋은 아저씨는 외국으로 갈 때마다 몇억 불씩 주고 오는 인심 좋은 아저씨가 되었습니다. 적대 관계에 있는 이란에도 몇백만 불씩 주고 오고 우크라이나에는 전쟁 비용을 거의 전부 대출 정도로 주고 있습니다.

바이든 대통령은 카터 대통령처럼 불법 이민자를 받아들여서 미국과 멕시코 경계에서는 한 달에 몇만 명씩 강을 건너고 담을 넘어 미국으로 들어오고 있습니다. 이 불법 이민자를 뉴욕으로 데려와서 호텔에 수용하고 이들 중에는 범죄자들도 많아 경찰을 때리고 강도질하고 심지어는 살인까지도 자행합니다. TV 앞을 지나며 가운뎃손가락을 치켜올리며 '엿이나 먹어라' 미국을 조롱하고 있습니다. 그래도 대통령은 아무 말도 못 하고 미소만 띠고 있습니다. 카멀라 해리스 부통령을 Second President라고 하는가 하면 옆에 있는 여인을 부인이라 하는 등 망령된 일을 벌입니다. 발을 헛디디어 넘어지기도 한 그가 재선에 도전한 것입니다.

민주당에서는 그에게 대항할 만한 사람이 없어서 그런지 절대다수로 그를 밀고 있습니다. 잘은 모르지만, 공화당의 어떤 사람은 오바마 전 대통령이 뒤에서 Shadow Governning을 한다고도 하고 어떤 이는 힐러리 클린턴, 낸시 펠로시, 미셸 오바마가 정책을 세운다고 야단인데 미국에 그렇게 사람이 없어서 바이든처럼 4년간 정치를 잘못한 사람을 다시 뽑아야 한단 말입니까?

트럼프 공화당 후보에게도 문제는 있습니다. 그의 독선적인 행동, 많은 사람을 적으로 만드는 행동, 국제 사회에서의 고립 등이 문제가 안 될 수 없습니다. 그러나 4년 전 트럼프 행정 시대에는 경제는 지금보다 훨씬 좋았습니다. 중국도 지금처럼 나대지는 않았습니다. 그러나 그는 거칠었습니다. 그는 마치 독재자 스타일이었습니다. 조금만 마음에 안 들면 잘라 버렸고 보좌관들과 장관들이 트럼프를 비난하며 떠나갔습니다. 그의 최측근이었던 볼턴도 스티브 배넌도 그를 비난하며 떠나갔습니다. 그는 적이 많아졌습니다. 하원, 상원, FBI, 법원에 많은 적이 생기고 재임 기간 탄핵 발의가 2번이나 되었습니다. 나토의 국가들이 벌벌 떨었고 유럽의 많은 정상이 그를 두려워하고 싫어했습니다. 그러니 그의 하는 일마다 언론은 시비를 걸었고 비난했습니다. 심지어는 코로나에 걸려 그가 받은 치료까지 시비를 걸었습니다. 그가 절체절명의 순간에는 마이크 펜스 부통령까지 그를 버렸습니다.

이제 그가 다시 출마했습니다. 그리고 바이든의 치하에서 경제적인 어려움을 겪은 국민, 불법 이민자 정책, 흐릿한 외교 정책에 속이 상한 국민이 트럼프를 지지하고 있습니다. 지금의 상태라면 아마 트럼프가 당선될 가능성이 큽니다.

나도 트럼프의 정책을 지지합니다. MAGA(Make America Great Again)을 지지합니다. 미국의 대통령이 자기 나라의 문제를 해결하지 않고서 벽만 쳐다보고 있는 것은 문제입니다. 미국을 지키다가 부상을 당한 가족수당의 7배를 불법 이민자에게 나누어주는 대통령이 문제인 것은 확실합니다.

그러나 한편 트럼프가 대통령이 된 후 국제문제와 우리 고국의 문제는 걱정이 되지 않을 수가 없습니다. 많은 국민이 이러지도 저러지도 못하고 걱정하는 대통령 선거입니다.

소훼난파(巢毁卵破)

소훼난파(巢毁卵破), 새의 둥지가 망가지면 알이 깨지지 않겠느냐는 말입니다. 퇴직하고 나니 백수가 되어 가끔 아내와 더불어 장을 보러 가게 됩니다. 아내는 계란을 살 때 꼭 곽을 열어보고 계란이 깨지지 않았는지를 검사합니다.

"왜 남 보기 창피하게 곽을 열어보느냐?"

"당신은 그러기 때문에 살림을 못 하는 거예요. 우선 상자가 상했는지를 보고 속의 깨진 계란이 있는지를 확인해야지, 그냥 가져가면 깨진 계란이 더러 있거든요."

내 핀잔에 아내가 반박합니다. 정말 그렇게 검사하고 왔는데도 계란 한 개의 끝이 조금 깨어진 것이 있었습니다. 곽이 온전한 데도 깨진 계란이 있는데 쭈그러진 곽이나 찢어진 곽은 말할 것도 없을 것입니다.

나무 위에 있는 새 둥지가 상했으면 그 속에 있는 알이 온전할 수 없겠지요. 이 말은 우리에게 많은 걸 시사합니다. 집이 온전해야 그 안에 사는 사람들이 온전할 수 있으며 나라가 온전해야 국민이 온전할 수 있다는 말입니다. 옛날에는 국가 간에 전쟁이 있으면 침입한 군사가 패한 나라의 국민을 모조리 죽이거나 노예로 잡아간 일이 허다했습니다. 성경에 나오는 대로 여호수아라는 지휘관은 '여리고'라는 성을 침입할 때 그곳에 있는 주민을 하나도 남기지 말고 죽이라고 명령합니다. 단지 남자를 알지 못하는 처녀들만 살려 두라고 했는데 이것은 잡아다 여종을 삼으려는 생각이었습니다.

BC 586년 바빌론의 느부갓네살 왕이 유대를 침략해서 유대의 성벽과 성전을 허물고 귀중품을 전부 약탈해 갔는가 하면 많은 국민을 포로로 잡아갔습니다. 농사짓는 사람들만 남겨 두었습니다. 또다시 AD 70년 디도스 장군이 예루살렘에 침입해서 성벽을 모두 허물고 스룹바벨과 느헤미야가 건설한 성전도 허물어버렸습니다. 헤롯 왕이 40년을 들여 새로 건축한 성전은 AD 150년경 다시 이스라엘을 침공한 로마군에 의해 허물어지고, 이스라엘 국민을 모두 국외로 추방하고 일 년에 한 번 통곡의 벽을 방문할 수 있게 하고 영토 이름을 팔레스타인으로 바꿔버렸습니다. 그래서 이스라엘 민족은 디아스포라로 세계를 방황하며 천대를 받고 독일 히틀러에 의해 집단 학살을 당했습니다. 나라가 망하니 국민이 천대를 받고 둥지가 깨어지니 알이 전부 망가진 예라고 할 수 있지 않을까요?

조선이 일본에 의해 망하고 국민은 일본에 땅도 빼앗기고 압제가 심해지자 견디다 못한 사람들이 북간도로 이주했습니다. 그들은 아직도 연해주에서 고려인으로 살고 있으며, 중국에 사는 사람들은 한국 국민도 아니고 중국인도 아닌 조선족이라는 이름으로 살고 있지 않습니까. 요새는 한국의 정세를 이야기할 때 사람들이 참으로 예민하게 반응합니다. 지금 22대 국회의원 선거가 끝이 나고 친북 세력이라고 하기보다는 종북 세력이라고 불러야 할 더불어민주당과 그 세력들이 190석을 차지했습니다. 겨우 108석을 차지한 국민의힘은 아직도 정신을 못 차리고 자기들끼리 싸우고 있습니다. 이재명이 원하면 대통령 탄핵은 식은 죽 먹기로 쉬울 것이고 개헌하여 김정은과 고려연방제를 할 수 있을 것입니다. 그러면 고려연방제에서 선거하면 북한에서는 김정은이 99.99% 표를 받을 것이고, 남한에서도 40% 이상 받을 것이니 김정은이 대통령이 될는지 수상이 될는지는 모르나 한국의 통치자가 될 것은 당연한 일이 아닐까요?

몇 년 전 어느 논객이 쓴 글에 의하면 북한 주도의 통일이 되면 남한의 돈이 있거나 연줄이 있는 천만 명은 해외로 도피할 것이고 60세 이상의 노인들, 기독교인들, 지식인들, 반동의 사상을 가진 천오백만은 수용소에 보내서 2~3년 안에 처리하면 이천오백만 정도 남으니 북의 인구와 같아져 통치하기 쉬울 것이라고 예상했습니다. 그러니 둥지가 깨지니 알이 깨어지는 것이 아니겠습니까?

1974년 월남이 월맹 주도로 통일이 되니 많은 사람이 죽고 숙청되어 죽어서 자연 도태되고 많은 국민이 죽었습니다. 지식인들, 기독교인들이 숙청되고 노인들이 죽었습니다. 실제로 내가 2006년 월남을 여행하였는데 하노이, 치앙마이에는 노인들의 모습을 보기가 힘들었습니다. 월남이 공산당에 의해 통일되고 나라의 구조조정을 하면서 지식인들, 기독교인들, 노인들을 숙청해 버렸습니다.

월남의 호찌민은 민족주의자였습니다. 그가 살던 집에 가보면 검소하기가 산골의 나무꾼보다도 검소했습니다. 옷도 단벌옷이고 책상 하나 식탁 하나가 전부였습니다. 그런 지도자 밑에서도 그렇게 많은 사람이 죽었는데 탐욕스럽고 무자비하고 폭군인 김정은이 통치자로 된다면 정말 공포가 몰려올 것입니다. 지금의 북한은 70년 동안 자리가 잡혔지만, 자본주의, 개인주의에 살던 한국 국민이 북한의 정치체제를 감당할 수 있을 것 같지 않습니다.

얼마 전 점심을 먹으면서 한국의 정세를 걱정하는 이야기들을 했는데 어떤 분이 이런 말을 했습니다.

"나라가 망해도 정권이 망하는 것이지 국민은 바뀐 정권 밑에서 그대로 살아가는 거예요. 물론 약간의 변화는 있겠지만 …."

나는 아연했습니다. 지난 70여 년 동안 우리가 본 북한의 실정을 어린애들도 알지 않습니까. 그 많은 탈북자가 우리에게 해준 이야기를 그 사람들의 타령이라고 듣고 이재명과 문재인의 이야기만 진실로 들었다는 말입니까? 지금 나라가 삐꺽거리고 있습니다. 삼

풍 백화점이 무너지기 전 벽에서 이상한 소리가 나고 벽에 금이 갔다고 했습니다. 그때 조치를 했다면 그 많은 인명이 다치지 않았겠지요. 지금 한국의 삐걱거리는 소리가 들리지 않습니까.

소훼난파(巢毁卵破), 사자성어를 한번 생각해 봅시다.

chapter - 3

진흙 속의 보석

추수 감사 여행

미국은 기독교 정신에서 세워진 국가여서 공휴일이 기독교 축제일이 많습니다. 미국의 전국적인 공휴일은 신년, 현충일, 독립기념일, 노동절, 추수감사절과 크리스마스입니다. 물론 미국의 모든 명절에는 교통량이 많지만, 노동절과 추수감사절에 교통량이 제일 많은 것 같습니다.

노동절은 여름의 마지막 휴일이어서 놀러 가는 사람들이 많지만, 추수감사절에는 가족이 모두 모여 단합하고 일년 동안 받은 은혜를 감사하는 날입니다. 그래서 감사절이 가까이 오면 공항에는 사람들이 사장 바닥처럼 많이 모여들고 비행기도 연착 연발이 되고 취소가 되는 비행기도 많게 됩니다. 고속도로에는 주행 차량이 많아서 감사절이 지나면 금년에는 자동차 사고가 몇 건이고 사상자가 얼마라고 하면서 아나운서들이 입에 침을 튀깁니다.

나도 추수감사절에는 가능한 한 운전하지 않으려고 합니다. 그러나 세상일이 마음대로 됩니까? 애들이 학교에 다닐 때는 추수감사절 하루 전날 가서 데려오고 추수감사절이 지나 주말에 학교에 데려다주어야 하니까 운전을 안 할 수가 없습니다.

우리는 오하이오에 살고 있을 때는 아들은 앤 아버의 미시간대학에 다니고 딸을 콜럼버스의 대학에 다니니 추수 감사 때는 운전하게 됩니다. 그게 힘이 들어서 아들에게 대학 1학년 때 차를 사주고 딸은 3학년 때 차를 사주었습니다. 물론 그들이 운전하여 우리 집에 오고 또 갈 때는 마음이 초조해서 전화를 기다리느라고 머리가 하얘질 지경이었지요. 그런데 추수감사절은 대개 11월 25일에서 30일 사이에 떨어지는데, 이때의 일기가 나쁘기로 정해져 있나 봅니다.

11월 중순까지도 날씨가 좋다가 추수감사절이 되면 눈보라가 치고 눈이 쌓입니다. 또 병원의 응급실도 바빠서 나는 병원을 떠나지 못하는 때가 많아서 그 어려운 운전을 아내가 담당했습니다. 젊고 무식하면 용감하다고 눈이 쌓인 길을 아내가 운전하도록 내버려둔 나도 용감하고 눈길을 헤매며 딸을 데려다준 아내도 용감했습니다.

아내는 지금도 나를 공격하고 싶으면 "그때 그 눈보라가 치는데 내가 딸을 대학교까지 데려다주라고 한 당신이 무슨 생각을 했어? 내가 죽으면 얼싸 좋다, 새장가 갈 생각이 많았지?"라고 공격합니다. 사실 나도 무식했으니까 그랬지, 지금 같아서는 어림도 없는 용기였습니다.

나는 자식들이 대학을 졸업하면 추수감사절의 여행이 없을 줄 알았습니다. 그런데 딸이 출산하고 얼마 있다가 추수감사절이 되었습니다. 그리고 딸이 첫애를 데리고 추수감사절을 지키자고 연락이 왔습니다. 딸네 집이라야 자동차로 3시간 정도로 가면 되는 거리라서 허락하고 추수감사절 아침에 집을 나섰습니다. 3시간만 가면 되니까 하고 아침은 가다가 맥도날드에 들러서 커피나 한잔 마시지, 하고 그 전날 응급 수술로 약간은 피곤해진 몸으로 운전을 시작했습니다. 오하이오의 로컬길이라 교통은 나쁘지 않은 데 가다가 커피라도 마시겠다고 생각했는데 길가의 음식점이 모두 문을 안 열었습니다. 그날은 맥도날드도 문을 안 열었습니다.

나는 피곤하고 시장도 하여 좀 가면 있으려니 좀 더 가면 있으려니 하고 찾았으나 콜럼버스에 들어갈 때까지 음식점은 찾을 수 없었습니다. 딸 집에 들어가니 음식한다고 수선인데 배고프다고 할 수도 없고 커피만 한 잔 얻어먹고는 저녁이 준비될 때까지 꼬르륵 굶었습니다. 추수감사절은 음식을 많이 먹어 체중이 올라간다는 날에 종일 굶은 생각이 납니다.

또 한번은 멤피스 테네시에 있는 아들 녀석이 이번 추수감사절은 양쪽 가족이 모두 모이기로 했으니 꼭 와달라고 협박해서 비행기 표를 샀습니다. 그런데 밤중에 전화가 왔습니다. 우리가 타고 갈 비행기가 취소되었는데 공항에 나오면 Waiting List에 올려서 다른 비행기를 마련해 줄 테니 오라는 것이었습니다. 그래서 클리블랜드 공항으로 갔습니다. 그러나 이 Waiting List에 있는 자리는 될지 안 될지도 모른 채 기다리다가 겨우 맨 뒷자리를 배정받았습니다.

그리고도 중간에 애틀랜타 조지아에서 다른 비행기로 갈아타야 하는데 연결이 안 되는 것이었습니다. 항공사 직원이 전화를 붙들고 30분이나 되어서 waiting list에 올려 주었는데 이 비행기가 저녁 늦게나 들어간다는 것이었습니다. 성질이 급한 나는 여기저기 알아보았으나 항공사 직원은 '대기표라도 마련해 주었으면 됐지, 뭘 어쩌란 말이냐?'는 듯 아주 태평이었습니다. 결국 늦게서야 갈아탄 비행기로 추수 감사가 끝난 후에야 아들의 집에 도착한 기억이 있습니다.

이런 경험을 한 이후에는 가능하면 추수감사절 여행은 내가 하지 않고 애들에게도 시키지 않습니다. 이제는 손주들이 대학에 다니니 아들딸도 추수감사절에는 자기 식구들 챙기느라고 우리한테 오라고 하지, 자기들이 올 생각은 못 합니다. 그래서 지난 몇 년 동안 추수감사절에는 우리 동네 클럽하우스에서 친구들이 모여서 만찬하는 것으로 때우곤 합니다. 그것이 훨씬 편하고 간단하고 돈도 적게 듭니다. 그리고 추수감사절에는 잘하면 화상 전화로 손주들과 이야기를 하는 세대로 전락했습니다.

추수감사절 다음날 TV에서는 연례행사처럼 공항은 얼마나 붐볐고, 고속도로는 또 얼마나 차량정체가 심했으며 사고가 얼마나 나고 사람들이 얼마나 다쳤다는 방송을 하고 있습니다.

그래도 Face Book과 카톡에는 할아버지 아들 딸 손자 손녀들이 모여 찍은 사진을 올려놓고 즐거워하는 모습들이 많이 봅니다. 그렇습니다. 사람들은 역시 복잡하고 고생하여 온 가족이 모여서 짧은 시간 만나서 웃고 떠드는 것이 행복한가 봅니다. 그래서 눈이 쌓인 고속도로를 달리고 공항의 복잡하고 고생스러운 여행을 감내하는 것 같습니다.

추수감사절 날 클럽하우스에서 몇 집이 모여 만찬을 하고 헤어져 아직도 대낮인데 집에 들어오면 알 수 없는 외로움이 어깨를 짓누르는 것은 웬일인지 모르겠습니다. 내년에는 핑계를 만들어서라도 아들이나 딸의 집에 꼽사리로 끼어서라도 북적북적하게 추수감사절을 지내고 아들이나 딸의 집 객실에서 자고 올까 생각 중입니다.

해우소

지난여름 한국 방문 때 송기숙 교수의 안내로 충청남도 공주 부근의 신원사를 찾았습니다.

새벽 일찍 출발했으나 아침을 먹을만한 곳도 없고 준비하다 보니 절에 도착한 것은 10시 반이 지나서였습니다. 주차장에서 절은 멀지 않았지만 절 주변을 돌고 나니 다리도 좀 피곤하고 목도 마르고 화장실도 가고 싶었습니다. 그런데 화장실을 찾을 수 없었습니다. 우선 눈에 띄는 곳이 다휴실이라는 카페였습니다. 아니 절에 무슨 카페 하면서 들어가니 정말 깔끔하게 차려 놓은 한식집에 서가가 둘러싸여 있고 책들이 전시되어 있었습니다. 그것도 내가 읽고 싶은 책들이었습니다. 나는 레몬차를 한 잔 시켜놓고 뽑아 든 책을 보면서 아주 천천히 차를 마셨습니다. 여행이 아니라면 배를 깔고 엎드려서 마냥 책을 읽고 낮잠도 자고 싶은 분위기였습니다.

차를 마시고 나오면서 "화장실이 어디 있지?"라며 둘러보니 송

교수가 “저기 있어요”라고 하면서 ‘해우소(解憂所)’라고 표시된 집을 가리키는데 화장실이라고 하기에는 너무도 죄송하게 잘 꾸며져 있는 한옥이었습니다. 그곳에서 수돗물을 확 틀어 놓듯이 배설하고 나니 정말 근심 걱정이 모두 사라지는 듯했습니다. 이제 어디 가든지 좋다고 말하고 싶었습니다. 사실인지 아닌지는 모르지만 엘비스 프레슬리가 배설을 못 하는 게 문제였는데 그가 죽은 후 배설물이 배에 꽉 찼더라고 하는 말을 들었습니다. 배설을 못 하는 고통은 말로 표현하기 힘들 만큼 고통스럽습니다.

오래전 한국에 갈 일이 생겨서 뉴욕에 사는 장인 장모님을 모시고 점심 식사를 나갔습니다. 그리고 한국 음식점에 가서 처음 먹어보는 음식을 먹고 선물을 산다고 백화점에 들렀는데 배가 아프면서 변의가 생겼습니다. 백화점의 계단을 간신히 오르며 화장실을 찾았는데 줄이 길게 늘어서 있었습니다. 나는 정말 배가 아프고 옷에 실수할 지경이어서 문 앞에 줄을 서 있는 사람에게 “죄송합니다. 지금 너무 배가 아파서”라고 간신히 말을 건넸습니다. 줄을 서 있는 사람이 웃으면서 자리를 양보해 주어서 큰 실수를 하지 않고 먼저 허락된 새치기를 하여 화장실에 들어갔습니다. 허리띠를 풀자마자 폭음과 함께 쏟아지는 배설물, 그리고 사라진 복통과 평안함 그것이 바로 해우였습니다. 몇 년이 지났는데 아직도 그때의 고통과 해방감을 잊을 수가 없습니다.

전공의 때 간혹 밤에 소변을 배설하지 못하여 고통받는 환자가 있었습니다. 물론 그때는 단잠을 깨운 환자에게 불평해대며 병실에 가곤 했지요. 그러나 그런 경험을 한 이후로는 배뇨 환자를 볼 때면 얼마나 힘이 들었을까 연민의 정을 느끼곤 합니다.

한국은 화장실 시설이 잘되어 있습니다. 지하철에는 거의 200m마다 화장실이 있는가 봅니다. 그리고 깨끗이 청소되어 있습니다. 고속도로에 가면 거의 30분 거리에 휴게소가 있고 화장실이 있는데 정말 깨끗하고 꽃들도 진열된 곳도 있습니다.

얼마 전 전라남도 영광이라는 곳에 다녀왔습니다. 해변에 산책로가 있고 화장실이 있는데 얼마나 깨끗한지 거짓말 좀 보태면 앉아서 책을 읽고 싶을 정도였습니다. 화장실도 깨끗하고 휴게소에 파는 감자구이, 옥수수, 오징어구이들이 맛이 있어 정말 휴게소를 즐겼습니다. 그리고 보통 길에서 보지 못하는 상품 등을 구입할 수도 있었습니다.

한국에서 근무할 때 버스나 차를 타고 여행할 때면 중간에 서는 휴게소를 좋아했습니다. 불가에서는 질문에 선문답으로 답을 해주는 일이 많이 있습니다. 친구 중 화장실에 들어가면 한 시간을 앉아 있는 친구가 있었습니다. 그 친구는 화장실에 들어갈 때 일간 신문을 가지고 들어가 신문을 다 읽어야 나왔습니다. 다음 사람이 밖에서 발을 동동 굴러도 이 친구는 먼저 들어간 권리를 마냥 누리며 신문을 다 읽어야 나오곤 했습니다. 뒤의 친구가 무슨 일을 그렇게 오래 보느냐는 질책에 "화장실에 앉아 있는 게 얼마나 평안한

데…. 화장실에 앉아 있으면 나를 괴롭히는 사람이 없어….” 태평하게 웃곤 했습니다. 나는 말참견하느라고 “화장실에 오래 앉아 있으면 치질 생겨!”라고 편을 들었지만, 그 친구에게는 안 먹혔습니다. 그 친구가 90이 가깝게 살고 있지만, 치질을 앓았다는 소식을 듣지 못했습니다.

불가에서는 선문답을 합니다. 어떤 일을 물으면 어느 정도 방향을 가르쳐 주지만 정답은 주지 않습니다. 자기 스스로 해석하라는 뜻일 것입니다. 그러니 해우소에 들어가 앉아 세상의 근심을 털어버리라는 말은 우리에게 시사한 바가 큽니다.

예수님도 우리에게 사람의 입으로 들어가는 것이 죄가 아니라 그 입에서 나오는 것이 더러운 죄라고 가르쳐 주셨습니다. 입으로 들어가 숙성이 되고 부패한 것이 더러운 죄가 된다는 것입니다. 그래서 제때 버리지 못하는 것이 더러워지고 부패해지는지도 모릅니다. 버릴 때는 버려야 근심이 없어지고 평안을 얻는다는 불가의 가르침이 해우소의 가르침이 아닐까요?

나는 휴게소의 화장실에 해우소라고 붙여놓으면 좋지 않을까 생각을 해보았는데 역시 관리들의 머리는 도를 구하는 불승들의 머리를 따라가지 못하는가 봅니다.

인간은 변할까

‘사람은 잘 변하지 않는다’라고 합니다. 그 말은 상당히 타당성을 띠고 있습니다. 왜냐하면 사람들이 태어날 때 가지고 나온 유전자를 그대로 가지고 살기 때문입니다.

우리가 의과대학생 때 교수님이 종종 “그냥 얼굴이 예쁘다고 폭 빠지지 마. 유전자 검사해서 집안 내력으로 유전되는 병이 있는지 알아보고 연애를 시작하란 말이야. 유전병이 있는 사람과 결혼하면 자기만 고생하는 것이 아니라 자자손손 고생하거든.”이라고 말씀하셨습니다.

생물학에서는 유전학을 공부합니다.

유전자(Gene)는 최초의 단백질로 만들어지는데 이것은 약 20개의 아미노산으로 구성되었고 여기에 7개는 필수 아미노산이라고 합니다. 이들이 세포를 만들며 여기에 DNA(Dioxylibo nucleic Acid)가 기초 물질이 되며 약 2만 개의 유전 인자가 형성된다고 합니다. 그러니 이 유전 인자를 전부 살피는 것은 힘이 들겠지요. 다운신드롬이는 선천성 병, 당뇨병, 몇 종류의 심장병 등을 유전시키는 유전자는 찾아냈지만, 신경질이 있다든지, 자면서 코를 곤다든지, 성질이 포악하다든지 하는 유전자를 찾아냈다는 말은 아직 들어본 일이 없습니다. 그러니까 성질이 고약한 유전 인자를 타고 난 사람을 검사하여 찾아내기란 힘이 들고 그 사람과 사귀는 동안 직접 체험으로 알 수밖에 없습니다.

지금 한국 사회에서는 아주 머리가 좋은 사람이 화제가 되고 있습니다. 바로 이재명이란 사람입니다. 그는 불우한 가정에서 태어났고 정규교육을 받지 못하고 소년공으로 일을 하다가 검정고시 시험을 보고 중앙대학교 법학대학에 진학하였다고 하니 정말 머리가 좋은 수재입니다. 조국 교수 같은 사람도 서울대학교를 졸업하고 몇 번 도전했다가 실패하여 포기했다는 사법고시를 이재명 씨는 그냥 패스했습니다. 그리고 성남시장에 출마하여 당선되고, 또 경기도지사에 출마하여 당선되고 드디어 대통령에까지 출마하였습니다.

그런데 문재인 씨가 대통령 때 실정하여 그 당의 인기가 떨어져 그랬는지 몰라도 대통령 당선에는 실패하였습니다.

김대중, 김영삼 전 대통령들이 여러 번 출마한 끝에 대통령이 되었으니 그가 앞으로 대통령이 될지는 모릅니다. 그는 하여간 머리가 좋은 사람입니다. 지금은 다수당인 더불어민주당의 대표이고 그가 나라를 쥐고 흔든다고 해도 과언이 아닙니다. 그의 당이 인기가 없자 차기 방탄 국회의원을 하려고 비례대표로 국회의원을 하다가 그래도 체면이 있지, 하고 계양 을구에 출마를 선언했습니다. 그런데 알고 보니까 지난번 선거할 때 민주당의 표가 많이 나온 지역을 계양을구로 빼 오고 지난번 자기에게 표를 적게 준 지역은 다른 선거구로 털어 보냈다는 이야기입니다. 그러니 그의 머리가 다른 사람들을 추월하는 것은 사실입니다. 그의 생각하는 방식은 그가 소년공으로 일할 때나 성남시장일 때나 경기도지사를 할 때나 전혀 변하지 않았다는 것입니다. 그러니 그는 대통령이 되어도 변하지 않을 것입니다.

우리는 조세형이라는 도적을 기억합니다. 고관의 집에 들어가 물방울 다이아몬드를 훔쳐서 유명한 사람이 되었고 도적놈은 훔쳤다고 하는데 피해 본 사람은 도적맞은 물건이 없다고 하는 재미있는 이야기를 만들어 낸 사람입니다. 그런데 그가 회개했습니다. 전도사가 되어 교회마다 다니면서 자기가 회개하여 전도사가 되었다고 선전하고 다녔습니다. 한때는 경찰의 자문위원으로 어떻게 도적을 맞지 않을 것인가를 강의하고 다녔습니다. 그러나 얼마 후 그는 다시 도적질하다가 체포되었습니다.

그러고 보면 사람은 변하지 않는다는 말이 맞는 것 같습니다.

삼국지에 나오는 여포라는 명장이 있었습니다. 그를 이기는 장수는 없었습니다. 그는 세 명의 아버지를 섬겼습니다. 처음에 정원을 아버지로 섬겼으나 동탁에게로 가서 그 아버지를 배반하고 살해했습니다. 그러고는 동탁을 아버지로 섬겼는데 초선이라는 여자 때문에 동탁을 배반하여 살해하고 왕윤에게로 갑니다. 얼마 후 왕윤도 배반합니다. 여포의 포악성과 배은망덕은 변하지 않습니다. 그가 조조에게 포로가 되어 다시 조조를 아버지로 섬기겠다고 했을 때 조조는 그런 그를 믿지 않고 사형에 처합니다. 역시 여포도 변하지 않았습니다.

사람이 아무리 수도에 정진하고 열심히 지식을 쌓아도 그 사람의 깊은 곳에 숨어 있는 성격은 여간해서 변하지 않는다는 말입니다. 어느 정도 진실이기도 합니다. "만물은 유전한다. 변하지 않는 것은 이 세상에 없다."라고 한 그리스의 철학자 헤라클레이토스의 주장이 깨지는 일이어서 섭섭하겠지만 말입니다.

어떤 스님이 그의 주지를 열심히 관찰하면서 공부했습니다. 그 주지는 세상에서 포악한 죄를 짓고 탈속하여 수련하며 올바르게 살려고 수도하는 사람이었습니다. 그런데 그 주지 스님 삶 속에서 가끔 예전의 포악한 성격이 튀어나오곤 했습니다. 비록 나쁜 일을 저지르지는 않았지만, 가끔 튀어나오는 그를 보면서 "역시 사람은 완전히 변하지는 않는구나"라고 생각하였다고 합니다.

형수에게 입에 담지 못할 욕을 한 사람. 네 번이나 범죄를 저질렀던 사람. 이제는 착한 사람이라고 떠들고 다니는 사람. 이번 선거에서 자기에게 좋지 않은 사람을 그렇게도 싹둑 잘라버린 사람. 그 사람이 착한 사람이 되어 선정(善政)을 베풀 수 있을까요.

진흙 속의 보석

세계의 선진국인 한국, 세계 10대 도시에 들어간다고 하는 서울, 그 도시의 한복판에 현대이기를 거부하고 반세기가 넘게 퇴락한 채로 살아가는 곳이 있습니다.

그곳은 을지로 2가에서 6가까지 그리고 청계천에서 종로 근처까지가 그 지대입니다. 작고 지저분한 골목은 두 사람이 함께 걸어가기에도 좁은 골목으로 가끔 오토바이나 작은 짐차가 다니기도 합니다. 높은 건물에서 내려다보면 불규칙적으로 늘어선 집들이 몰려있고 양철 지붕과 낡은 기와로 덮인 낮은 지붕들이 그야말로 뭉쳐 있습니다.

중심가에는 세운상가가 있습니다. 1960년대 중반에 세워진 세운 상가는 한때 백화점처럼 화려한 시절도 있었습니다. 내가 처음 미국으로 갈 때 세운상가를 돌아다니며 크리스마스와 미국에서 쓸 물건들을 쇼핑하던 기억이 납니다. 지금은 화려한 가게들은 모두 떠나고 퇴락했다고 할까 하여간 오래된 건물들이 옹기종기 모여 있습니다.

지금은 전자제품 기계 수리점, 중고 물품 가게들이 들어차 있습니다. 화장하고 이쁜 옷으로 치장한 젊은 여자들과 신사복으로 치장한 회사원들은 잘 들어오지 않는 지대입니다. 약간만 망가져도 버리고 새로 사는 현대의 젊은이들에게는 무엇을 하는 곳인지도 모를 것입니다. 1960년대의 TV, 축음기, 손때가 묻은 그러나 진품인 기타나 음악 기구, 옛날 시계, 중고 냉장고들이 건물 앞마당까지 진열되어 있지만 없는 것이 없고, 못 고치는 것이 없는 희한한 공업 지대입니다.

골동품, 버리기 아까운 물건, 역사가 담긴 물건을 들고 오면 다시 움직이는 물건으로 재생시켜주는 병원들이 들어차 있습니다. 이름도 옛날 상호 냄새가 물씬 나는 대성 전기, 평일 금속 방정공사, 열일 전업 같은 이름이 적힌 작고 때 묻은 간판이 한쪽에 걸려 있습니다. 안에 들어가면 50~70대의 아저씨들이 기름 묻은 옷을 입고 물건을 처리하느라 정신이 없습니다. 아마 젊은 신혼부부라면 갖다 버렸을 냉장고가 여기를 거쳐서 가면 신제품 냉장고가 되어 몇십만 원에 팔려 가기도 합니다.

우리나라에 와서 사는 외국인들, 우즈베키스탄이나 몽골, 고려인들이 여기에서 냉장고도 사고 세탁기도 사 간다고 합니다. 우즈베키스탄 사람들이 몰려 사는 어느 식당에서는 식당 용품들을 전부 사 갔다고 하면서 웃는 것을 보았습니다. TV도 요새 나오는 벽걸이 TV가 아니라 뒤에 어린애를 업은 튜브식 TV가 여기서는 잘 보이는 TV로 둔갑하기도 합니다.

그런데 작업장을 보면 20대 30대의 젊은이들이 일하는 것도 보였습니다. 나는 그들의 학력을 모릅니다. 그러나 그들의 기술은 한국 최고를 자랑하는 그 누구보다 뛰어나다고 생각합니다.

그 기술자들이 하는 말에 의하면 카이스트의 교수들이 자문을 오고 외국 과학자들이 가끔 찾아온다고 합니다. 그들은 고장 나면 부분을 버리고 새로 사서 끼우는 것이 아니라 그 부분을 수리하는 기술자들입니다. 그들도 컴퓨터를 놓고 진단하고 수리하는데 제작 공장처럼 정밀한 작업을 한다고 합니다. 스웨덴의 전시회에도 출품했으며 독일의 공장에도 수출했고 덴마크의 공장에도 출품했다고 합니다. 우리에게 허락만 해주면 총과 탄약 대포까지 만들어 줄 수 있다고 기염을 토합니다.

허름한 건물의 3층에 올라가면 보통 방처럼 되어 있고 간판도 아주 작게 거짓말 조금 보태서 명함만 한 이름표만 적혀 있습니다. 문을 열고 들어가면 20대 여인이 한쪽은 작업실에서 컴퓨터에 마주 앉아 무엇인가 작업하고 방 밖의 큰 방에서는 젊은 사람들이 컴퓨터를 놓고 무엇인가 하고 있습니다. 32세라고 하는 여사장이 하는 말이 이 집을 빌려서 작업하며 친구가 찾아오면 커피나 음료수를 만들어주다가 친구들이 많아져서 카페를 차렸고 아름아름 찾아오는 사람들이 많아져서 이제는 전문 카페가 되었다고 합니다.

큰 방에 가득 찬 상에는 빈자리가 없을 정도로 많은 젊은이가 컴퓨터를 들여다보거나 작은 물건을 앞에 놓고 씨름하고 있습니다. 옛날에 백남준 씨도 이곳에 왔었고 한국의 유명한 동호인들이 많이 거쳐 갔다고 합니다. 손님이 적을 때 여사장은 자기 방에서 디자인도 하고 영상도 만들어 낸다고 합니다. 이 카페에 오는 젊은들 중 많은 사람이 컴퓨터를 들고 다니면서 무엇인가를 하는데 일할 공간이 필요하고 낮에 커피라도 마시면서 남의 눈치를 보지 않고 작업할 장소를 찾다가 여기에 와서 일한다고 합니다.

함석지붕의 낡은 작업장으로 들어가 보면 철판에 용접하느라고 안경을 쓰고 용접기에 매달려 있습니다. 나는 이 지역이 발전되어 현대식 건물로 바뀌고 그들에게 좀 좋은 연구소 작업장으로 바뀌면 얼마나 좋을까 하고 생각합니다. 카이스트나 대학 연구실에 있는 젊은이들도 많이 찾아와 마치 연구실이나 실험실 같기도 합니다. 나는 이곳이 대학 연구실 못지않게 많은 신제품이 만들어지고 새로운 발명품이 나올 산실이라고 나는 확신합니다.

이 지역을 가끔 지나다니면서도 무심했는데 이제는 다시 보게 되었습니다. 그리고 많은 젊은이가 와서 시니어들에게 그들의 가진 기술을 배우고 또 자기들의 기술을 발전시키면 얼마나 좋을까 생각합니다.

선생님

나는 이 세상을 살면서 여러 호칭으로 불렸습니다.

중 · 고등학교에 다닐 때는 동네 할머니나 아주머니들이 학생이라고 불렀습니다. 물론 이름을 아는 사람은 이름을 불렀지만.

고등학교를 졸업하고는 '선생님'이라 많이 불렸습니다. 고등학교를 졸업하고 대학생이 되면서 교회 주일학교 선생이 되었기 때문입니다. 그래서 교회에서 학생들도 나를 선생님이라고 불렀고, 곧 가정교사를 시작하니 내가 가르치는 학생들과 학부모로부터도 선생님이라고 불렸습니다. 교회의 학생회나 청년회에서도 선생님이라고 불렀고 여학생들이나 청년회 회원들도 나를 선생님이라고 불렀습니다. 교회 목사님도 '하이, 이 선생' 하고 불렀습니다. 대학을 졸업하고 병원에서 일하면서는 'Dr Lee'라고도 불렸지만, 환자들은 '선생님'이라 주로 불렀습니다.

군의관으로 입대했을 때는 '이 대위', 진급이 되고는 '이 소령'이라고 불렀지만 나는 '이 선생'이라고 불리는 것이 더 좋았습니다. 불렀습니다. 교회에서 청년회나 학생회 회장을 할 때 회장님이라고 불렀지만 그건 임시 호칭이었고 나는 또 호칭에는 별로 관심도 없었습니다. 나이가 들고 교회 장로가 되니 '장로님'이나 '박사님'으로 불렸고, 대학에서 교편을 잡으니 '교수님', 병원에서는 과장이 되니 '과장님'이라고도 불렀습니다. 물론 병원에서 일할 때도 많은 환자님이 나를 그냥 '선생님'이라 불렀습니다.

나는 이 '선생님'이라는 호칭은 나를 평안하고 친근하게 해줍니다.

우리는 성경에서 예수님을 '랍비여'라고 부른 대목을 많이 봅니다. 그 랍비가 '선생님'이라는 뜻이 아닙니까. 세상을 살아오면서 나도 많은 사람을 선생님이라고 불렀습니다. 그리고 그 선생님이라는 호칭이 학장님, 박사님, 총장님이라고 하는 것보다 나에게는 친근함을 주었습니다.

오래전 대학생 때 나는 세브란스의 김명선 선생님께 편지를 쓴 일이 있습니다. 그때도 나는 '김명선 선생님께'라고 편지를 썼습니다. 그게 의료원장님, 부총장님, 원장님하고 부르는 것보다 친근감이 생기고 부르기가 좋았습니다.

호남 사람들에게 김대중 씨는 '선생님'이었습니다. 민주당 대표, 평민당 대표, 대통령이라고 부르는 것보다 선생님이라고 부르는 것이 평안하고 친근감이 있기 때문일 것입니다. 지금도 김대중 전 대통령이 가신 지 여러 해가 되었지만, 광주나 목포 사람에게 김대중 씨는 아직도 '선생님'으로 남아 있구나 하는 걸 여러 번 느꼈습니다.

이제 나는 모든 직에서 은퇴했습니다. 그러니 나는 교수도 아니고 Dr Lee도 아니고 장로님도 아닙니다. 전 교수님, 전 장로님으로 부르면 모를까 그대로 교수님, 장로님, 박사님이라고 부르는 것은 엄밀한 의미에서 옳지 않을지 모릅니다. 그런데 '선생님'이라고 불리는 건 그래도 내가 선비로서 살아온 사람이니 그렇게 불려도 좋을 것 같고 내 일생에서 가장 오래된 호칭이고 많이 불려서 그런지 친근감을 불러 줍니다. 물론 내가 처음 사귄 여자가 나를 '선생님'이라 불러 주었기 때문이기도 하지만….

내 나이가 80이 훨씬 넘으니 웬만한 사람보다도 비교적 나이가 많으니 '선생님'이라고 불려도 부담이 없을 것 같습니다. 제가 존경하는 이어령 선생님도 교수님, 장관님, 회장님하고 부르는 것보다 이어령 선생님이 좋았을 것이고 존경하는 김형석 선생님도 교수님, 박사님, 장로님, 교무처장님하고 부르는 것보다 그저 '선생님'이 좋을 것입니다.

나도 예수님은 '아도나이'라고 부를 수 있으면 좋겠습니다만 그것은 외람되다고 할지 모르겠습니다. '보리밭 사잇길로 걸어가면 뉘 부르는 소리 있어 발을 멈춘다'라고 합니다. 나는 길을 가다가 누가 나를 부를 때 그냥 '선생님'이라고 불러 주면 좋겠습니다.

우리나라는 유교적인 바탕이 있어서 그런지 직함을 넣어 불러

주는 관습이 있습니다. 그것도 그 사람의 생애에 가장 높이 올랐던 직함을 일생 가지고 다닙니다. 계장, 과장, 국장을 하다 장관이 되면 그는 일생 장관입니다. 비록 3개월밖에 못한 장관이었더라도.

평생 정치만 하던 김영삼 전 대통령이니 김대중 전 대통령도 박사 학위를 여러 개 받았습니다. 박사는 그 방면의 학문을 연구하고 어떤 새로운 이론을 만들어 냈거나 공적이 있는 것을 논문을 써서 박사가 된 것인데 한국의 박사는 교실에서 주기 때문에 그런 항목을 만족시켰는지 모르겠습니다.

오래전 박정희 대통령에게 누가 박사 학위를 주겠다고 제안한 일이 있었습니다. 박정희 전 대통령은 파안대소하면서 "내가 그 방면에 무슨 기여를 했는데 나는 어울리지도 않소."라고 거절했다고 합니다. 그런데 대통령 경호실장을 하던 차지철 씨는 국회에서 발언하면서 "나도 정치학 박사를 받은 사람이지만은…." 하고 이야기하여 많은 사람이 실소했다는 이야기를 들은 일이 있습니다.

한국에는 교수가 되려면 박사 학위를 받아야 한다는 규칙이 있습니다. 대학을 졸업하면 학사, 대학원을 졸업하면 석사, 박사는 녹록하지 않아서 어느 교수가 지정해 주는 테마 대로 논문을 쓰는 도중에도 물심양면으로 정성을 보여야만 박사를 딸 수 있다는 소문도 있습니다. 그리고 일생 '박사님'이라고 불린다고 합니다.

나는 교수님이나 박사님보다는 '선생님'이라고 불렸으면 좋겠습니다. 나의 삶 속에서 선생님이라고 불린 시간이 더 많았으니까요.

쇠퇴하는 기독교

인도의 간디는 이런 말을 했다고 합니다.

"나는 예수님을 좋아한다. 그러나 기독교인은 싫어한다. 왜냐고? 그들은 예수님을 하나도 닮지 않았기 때문이다."

우리 아버님도 "교회는 온 세상의 가식주의자들이 다 모인 곳이다."라는 말씀을 하셨습니다. 아버님은 평양 기독병원에 근무하셨습니다. 기독병원은 직원 대부분이 교회에 나가는 사람들입니다.

그런데 아버님이 근무하시는 서무과에 골치 아픈 일을 들고 와서 갑질하는 직원은 거의 교회의 집사 장로들이었다는 것입니다. 기독교는 본래 가난한 사람들에게서 태생하였습니다. 예수님은 가난한 사람들의 친구였고 가난한 사람들을 돌보시는 분이었습니다. 어떤 사람이 제자가 되겠다고 하였을 때 "여우도 굴이 있고 새도 깃들일 곳이 있건만 나는 머리 둘 곳이 없다."라고 말씀하셨습니다. 시장하셔서 무화과나무 열매를 잡수셨고 그의 제자들은 배가

고파 보리 이삭을 손으로 비벼서 먹었습니다. 베드로도 바울도 부자가 아니었습니다. 바울은 제자에게 내가 거기 둔 겉옷을 가져와 달라고 편지를 할 정도로 두 벌 옷이 없었습니다.

그러나 그때 기독교는 부흥했습니다. 교인들이 늘었고 핍박을 받으면서도 예수님은 믿는 교인들이 많아졌습니다. AD 312년 콘스탄틴 대제는 밀라노 칙령을 통해 “이제는 기독교인들을 핍박하지 마라. 나도 기독교인이다.”라고 선포를 했습니다. 황제가 기독교인이니 많은 사람이 기독교인이 되었습니다. 관리들과 군의 상급자들, 귀족들이 기독교인이 되었습니다.

AD 385년 테오도시우스 황제는 기독교를 로마의 국교로 정했습니다. 이제는 기독교를 믿지 않는 사람들이 죄인이 되는 세상으로 변한 것입니다. 그렇게 되니 가짜 기독교인들이 많이 생겨나게 되었지요. 교회의 직분을 갖게 되고 교회의 직분에 세력이 있는 사회가 되었습니다. 교회는 부패하기 시작했고 나쁜(?) 교인들이 교회에 많아지게 되었습니다. 우리는 역사적으로 중세의 가톨릭교회가 얼마나 부패했었고 많은 죄를 지었는지를 역사책에서 볼 수 있습니다.

저는 이탈리아의 종교 박물관에 가서 교회에서 죄인을 고문하고 죽이는 고문대를 보고서 놀란 일이 있습니다. 사람을 십자가에 매달아 죽이는 것은 신사적이고 사람의 가죽을 벗겨서 죽이는 일, 송곳들이 박힌 판자 위에 사람을 굴리는 일 등을 보면서 차라리 눈을 감았습니다.

거기에 반대하여 마틴 루터는 1816년 종교개혁을 하였습니다. 그리고 만인 제사장을 주장했습니다. 하나님과 우리 사이에 누구도 끼어들어서는 안 된다고 했습니다. 나의 잘못을 직접 내가 기도로써 하나님께 고하고 용서를 받는다는 것입니다. 하나님의 구원이 사제에게서 오는 것이 아니라 하나님이 직접 우리에게 주신다는 가르침이었습니다.

그렇게 해서 개신교가 탄생했습니다. 그런데 책을 읽어 보면 개신교의 창시자인 캘빈 선생도 이교도를 화형 시켰고 종교 재판을 하였다는 기록이 있습니다. 한국의 기독교는 서양 선교사들에 의하여 성장했습니다. 물론 기록에는 임진왜란 때 가토 기요마사와 고니시 유키나가가 기독교인이어서 선교했다는 기록이 있지만, 그 분들이 교회를 세우고 종교 집회를 가졌다는 이야기는 없습니다. 선교사를 보낸 나라는 서구의 발전된 나라였습니다. 기독교인들 즉 선교사와 가까웠던 분들이 교육을 받고 사회의 지도층 권력을 가진 일이 많은 것도 사실입니다. 그래서 한국교회는 하나의 권력 기관으로 성장했습니다.

서울대학교는 일본 관리들이 성장시켰고 서울대학교 출신들은 사회에서 출세했고 연희대학, 숭실대학을 나오면 미국 유학을 했습니다. 그러면서 우리나라에도 대형 교회들이 많이 생겼습니다. 지금 한국의 대형 교회 목사에게 “대통령이 되겠느냐?”고 묻는다면 대형 교회 목사를 그만두고 5년 단임의 대통령이 되겠다는 사람은 없을 것입니다. 대형 교회 목사는 임기 없이 평생직입니다. 은퇴할 때면 자기 자식들에게 계승시키거나 자기의 진실한 심복에게 넘겨주어 자기의 여생을 보장받습니다. 물론 우리나라에서 당시 제일 컸던 영락교회에서 은퇴하고 안양의 작은 초막에서 사시다가 성경책 한 권과 옷 한 벌을 남기셨다는 한경직 목사님 같은 분이 있기는 하지만 대부분의 대형 교회 목사님은 황제가 부러워할 위치에서 사셨고, 사시고, 살게 될 것입니다.

어떤 목사님은 교회를 은퇴할 때 은퇴금을 받아 그 돈으로 아들에게 큰 교회를 세워주어 새로운 기업을 만들어 준 목사님도 계십니다. 그가 고급 승용차인 벤틀리를 타고 다니는 것을 보고 기자가 묻자 "나는 하나님을 믿으면 하나님이 이렇게 복을 주신다"라는 것을 알리기 위하여 이 차를 탄다고 말씀하셨다니 궤변이 민주당의 모 대표처럼 말을 잘하시는구나 하고 생각하게 됩니다.

어떤 목사님은 학력 위조 경력 위조로 재판에서 목사의 자격 문제로 선고를 받자 우리는 하나님의 법을 따르지, 세상의 법을 따르지 않는다고 그 자리에 말뚝을 박은 목사님도 있습니다. 교회를 자식에게 물려주지 않는다고 공언했던 M교회의 K 목사는 교회를 자식에게 물려주고 아직도 교회에 와서 설교하고 교회를 통치하고 있습니다.

지금 교회가 쇠퇴해 간다고 야단입니다. 유럽의 교회는 비어서 박물관이나 술집으로 팔려나갑니다.

왜일까요? 죄로 가득한 교회에서 교인들이 떠나고 하나님이 교회를 버리시기 때문이라고 생각합니다.

천하도처유상수(天下到處有上手)

천하도처유상수(天下到處有上手)는 아는 이야기일 것입니다.

어느 마을에 바둑을 아주 잘 두는 사람이 있었습니다. 그 사람은 집 앞에 '천하제일 고수'라고 써 붙이고는 자기에게 도전하는 사람에게 내기 바둑을 두어서 돈을 따고는 했습니다.

하루는 어떤 허름한 선비가 나귀를 끌고 와서는 "선생이 바둑을 잘 둔다고 소문이 나서 한 수 배우러 왔습니다."라고 했습니다. 이 주인은 아주 우쭐하여 "그럼 한판 두시지요. 그런데 나는 그냥 바둑은 두지 않습니다. 무엇이라도 걸어야 긴장감이 있지 않겠어요." 라고 말합니다.

선비는 "그러지요. 그런데 지금 저는 가진 것이 저 나귀밖에 없습니다. 그러니 나귀를 걸겠습니다." 주인장은 좋아서 "그럽시다." 라고 하고는 바둑판을 내놓고 두기 시작했습니다. 정말 주인의 뜻대로 주인이 바둑을 이겼지요. 그래서 선비는 나귀를 주인에게 빼앗기고 돌아갔습니다. 주인은 나귀를 잘 먹이고 씻겨서 나귀가 기름이 번지르르 돌게 가꾸었습니다.

한 달 정도 있다가 선비가 다시 나타났습니다. "주인장 우리 다시 한번 바둑을 겨뤄 봅시다. 만일 내가 지면 우리 집의 논뙈기를 걸고 이기면 저 나귀를 주시면 좋겠습니다." 주인은 지난번에 이긴 경험이 있는 터라 "그럽시다" 하고 호기 있게 대답하고 바둑을 두었습니다. 그런데 어찌 된 영문인지 이번에는 선비가 어찌 잘 두는지 나그네가 불계승으로 이겼습니다. 나귀를 빼앗겼지요. 주인이 나귀를 끌러 주면서 "아니 그렇게 바둑을 잘 두시면서 어째 지난번에는 바둑을 그렇게 두셨습니까?"라고 하니까 선비가 웃으면서 "지난번에는 내가 마을에 벼슬아치를 찾아가는데 나귀를 타고는 못 갈 곳이라 나귀를 맡길 곳이 없던 차 '천하제일 고수'라는 간판을 보고 바둑을 두어 나귀를 맡길까 하여 바둑에 진 것이지요."라고 했다고 합니다. 이 말을 듣고 주인장은 '천하제일 고수'라는 간판을 떼어 버렸다고 합니다.

은행은 정확합니다. 수억을 계산하면서도 숫자가 1이 틀려도 다시 하고 다시 합니다. 대출을 받으려면 반드시 담보물이 있어야 합니다. 담보물의 가치가 대출받는 금액보다 많아야 하고 확실해야 합니다. 어떤 날 은행에 멋있게 차린 여자가 왔습니다.

"제가 여행을 가는데 갑자기 현금이 없어 대출을 받으러 왔습니다."

“얼마가 필요하십니까.”

“네, 한 만 불 정도 필요합니다.”

“그럼, 담보는 무엇을 하시렵니까?”

여자가 가리키는 담보물은 롤스로이스 최신형이었습니다.

“담보로 충분합니다.”

은행에서는 롤스로이스를 담보로 그 여자에게 돈을 빌려주었습니다. 워낙 비싼 차여서 은행 측에서는 혹시 잘못될까 봐 정성을 다해서 잘 보관하였습니다. 한 달쯤 있다가 여자가 대출금을 갚으려고 왔습니다.

“여기, 원금 만 불과 이자를 가져왔습니다.”

“여기 차를 잘 보관하였습니다.”

은행에서 차를 내주었습니다.

“보아하니 여행하시더라도 만 불 정도는 문제가 안 될 것 같은데 어째서 은행에 대출을 신청하셨습니까?”

“여행하려고 했더니 차를 맡길 데가 마땅하지 않아서 은행에 맡기려고 그랬지요.”

여자가 웃으며 대답했다는 이야기입니다. 아무리 정확하고 가장 똑똑한 사람이 운영하는 은행이라도 더 똑똑한 고수가 있더라는 말입니다.

우리는 살면서 꼭 정면으로 맞충돌하지 않고도 웃으며 승기(勝

機)를 잡는 사람들을 많이 봅니다. 아마 이런 기술을 가장 많이 활용하는 사람들이 외교관일 것입니다.

얼마 전 읽은 카톡의 글입니다. 대학원까지 마친 여자가 시집을 갔습니다. 그 집의 시어머니는 성질이 사납기로 소문이 나 있고 며느리가 대학을 나왔으면 내가 참교육을 시키겠다고 벼르고 벼르는 여자였습니다. 동네 호기심 많은 아주머니가 "저 대학원을 마친 며느리가 시집살이 한 달도 못 하고 보따리를 쌀 것이다."라며 수군댔습니다. 그런데 이상하게도 한 달이 지나고 두 달이 지나도 집안이 조용하기만 합니다. 그러더니 시어머니가 며느리에게 껌뻑 죽더라는 것이 아닙니까. 동네 여인들은 궁금하기 짝이 없었습니다. 시어머니를 꾀어서 알아봤더니 며느리가 시어머니보다 고수였습니다.

"야! 그건 그렇게 하는 게 아니다. 너는 대학에서 무얼 배웠니?" 라고 하면 며느리가 "네 맞아요. 요새 대학에서 가르치는 게 신통치 않아요. 어머님처럼 생활에서 배운 지식이 참지식이죠. 어머님 가르쳐 주세요."라면서 노트와 펜을 들고 달려드는 거예요. 김치를 담가도 "어머님, 요새 학교에서는 김치 담그는 법도 안 가르쳐 주고요, 책에서 배우는 것도 별로예요. 어머님이 가르쳐 주세요."라면서 노트와 펜을 들고 달려드는 거예요. 매사 이러니 시어머니가 두 손을 들고 만 거예요.

"심리전으로 승기를 잡은 며느리에게 완전히 백기를 들었지요."

라고 시어머니가 실토했습니다.

나는 한국에서 외과 전문의가 된 후 미국에 와서 다시 인턴과 외과 전공의를 했습니다. 수술실에서 수술하면서 칭찬을 들었지요. 그런데 수술을 내게 맡기고 눈여겨본 교수님이 가르침을 주시곤 했습니다.

"That is very good. but I will show you another way, that might be better."

그런 교수님들이 생각납니다. 젊어서 오만했던 내가 고개를 숙이고 '천하도처유상수'로구나 하고 고개를 숙이고 가르침을 받곤 했습니다.

율법

율법이란 말은 법률과 통합니다. 이 말은 BC 1400여 년 전 모세가 시내산에서 하나님이 인간이 지켜야 할 도리를 돌판에 새겨 모세에게 주셨습니다. 첫 번째 돌판은 모세가 들고 시내산에서 내려오다가 이스라엘 민족이 죄짓는 장면에 분노하여 돌판을 그들에게 던져버렸습니다. 그 후 다시 가져온 것이 두 번째 돌판입니다.

사도 바울은 율법이 생긴 후 죄라고 정의되었다고 말합니다. 정말 율법이 생기기 전에는 그 행위가 죄가 되는지 안 되는지 몰랐기 때문에 범죄 행위가 정해지지 않았을는지도 모릅니다. 그 당시는 율법이 없었기 때문에 윤리가 법이 되었겠지요. 야곱이 형을 속이고 무서워서 도망한 것도 법 이전에 윤리가 존재했던 것 아닐까요?

모세가 가져온 열 가지의 율법만 가지고는 충분하지 않았던지 새 법이 생기기 시작했습니다. 출애굽기, 레위기, 민수기, 신명기를 따라 내려오면서 많은 새 법이 생기기 시작했습니다. 사람들이

해야 할 법 248조, 하지 말아야 할 죄가 365조 총 613조가 생겼습니다. 해야 할 248조는 하지 않으면 죄가 됩니다. 그러니 613조는 모두 죄가 되는 법입니다. 십계명 중 '안식일을 거룩히 여기라'라는 법은 새로 생긴 법이며 또 규칙으로 안식일에는 불도 켜지 말고 음식도 데우지 말고 하루에 600m 이상 걸으면 안 된다는 법입니다. 물론 장사도 해서는 안 되고 물건을 사도 안 됩니다.

구약에 보면 안식일 날 산에 가서 나무를 하던 사람을 돌로 쳐 죽이는 장면이 나옵니다. 거짓 증거하지 말란 조항도 있으니 법정에서 거짓말하면 돌로 쳐 죽여야 할 것 아닙니까. 하루에 600m 이상 걸어도 죄를 지은 거니 죽여야 하고, 부모를 공경하라고 했으나 부모에게 반항하고 대들면 돌로 쳐 죽여야 하지요. 실제로 성경에 부모님에게 욕하는 자는 돌로 쳐 죽이라고 명령했습니다. 아마 그 법이 시행된다면 서울 시내에 살아남을 사람이 몇이나 될까요? 형제를 미워하고 욕해도 처벌하고, 동성애를 해도 처벌하고, 하나님을 비방해도 돌로 쳐 죽였습니다. 구약에는 하나님을 비방했다고 하여 돌로 쳐 죽인 사람들이 있습니다.

613조도 모자라서 새 법에 또 새 법을 만들어서 바리새교인 같은 사람들은 이 율법을 다 잘 지키면 산다고 자랑스럽게 떠벌리고 다녔습니다. 정말 그들이 대단한 의인들이거나 거짓말하는 사람 중 하나였을 거로 생각합니다. 그런데 나는 그 613조를 도저히 지키지 못할 것 같습니다. 나는 벌써 범법을 수십 번 수백 번 하고도 남았을 것입니다. "너희는 여인을 보고 음심을 품으면 눈을 뽑아 버려라. 두 눈을 가지고 지옥에 가는 것보다 한 눈으로 천국에 가는 것이 낫다."라고 말씀하셨습니다. 그러니 나 같은 사람은 눈을 다 빼 버려서 성년이 되기 전에 소경이 되었을 것 같습니다.

"네 손이 죄짓게 하거든 잘라 버려라. 두 손을 가지고 지옥에 가는 것보다 한 손을 가지고 천국에 가는 것이 좋으니"라는 죄에도 걸려서 나는 진작에 두 손, 두 눈을 모두 잃었겠지요.

지금은 법이 더 많이 생겼습니다. 그래서 육법전서라는 아주 두꺼운 책에 가득 기록되어 있고 민법, 사법, 가정법, 재산법, 상속법 등 우리가 알지도 못하는 법들이 많이 생겼습니다. 그 머리 좋은 사람들이 머리를 싸매고 몇 년을 공부해도 사법고시에 합격 못 할 정도로 너무 많습니다. 법정에서는 관계법이 없어서 판결 못 한다고 하고, 판례를 찾아봐야 한다고 하니 법이 복잡하기는 한가 봅니다. 아마 율법의 613조만 가지고 한다면 한국의 젊은이들이 사법시험에 합격하지 못하는 사람들이 없을 것이고 아마 수험생의 어머니들도 모두 합격할 것 같습니다.

국회에서는 그 법도 부족하다고 하여 모이기만 하면 법을 만들어 냅니다. 그래서 한국에는 전과자들이 많은가 봅니다. 사실인지 아닌지는 모르겠지만 한국에 전과자가 천이백만 명이 넘는다고 하니 네 명에 한 명은 전과자가 아닙니까. 해마다 수백만 명씩 기념일마다 사면하지요. 사면하면 전과기록이 없어지는지 모르겠지만 국민 4분의 1이 전과자라는 것은 놀라운 일입니다. 그렇게 범죄자, 전과자가 많다 보니 징역 2년의 판결이 난 사람이 조국혁신당을 만들어 내고 국회의원에 출마하지 않습니까. 또 전과 4범에 여러 가지로 혐의를 받고 재판 중에 있는 사람이 당의 대표가 되어 국회의원에 출마하고 대통령 후보까지 되지 않았습니까.

얼마 전 한국의 국회의원 중 46%가 전과기록을 가지고 있다고 하니 세계 최고이고 기네스북에 오르지 않았나 하고 생각합니다. 나는 위선이라도 좋으니 한국 국회의원들이 전과가 없고 군 복무를 마친 사람이었으면 합니다. 아무리 위선자들이라고 해도 사람들 앞에서는 근엄한 척하고 자비스러운 표정을 지을 테니까요. 한국의 국회의원들은 남이 보든 안 보든 막말하고 부끄러움을 모르는 사람들 같습니다. 하기는 어떤 목사님은 학력 위조, 건축법 위반으로 재판에 넘겨져 패했는데 교회법이 사회법보다 위라고 하고는 그대로 눌러앉은 사람이 있지 않습니까. 육법전서를 없애고 율법으로 돌아가 613조만 지키라고 하면 전과자들이 줄어들까요.

상사화

전라남도 영광에는 불암사라는 절이 있습니다. 불암사를 감싸고 있는 산자락에는 붉은 꽃이 피어, 마치 붉은 밭을 이룬 것같이 절 양쪽 산자락을 덮습니다.

그런데 이 꽃대에는 잎이 없습니다. 붉은 꽃만이 대 끝에 피어 절의 입구와 양옆의 언덕, 절을 감싸고 있는 언덕이 붉게 덮습니다. 바로 상사화로 꽃이 필 때는 잎이 나오지 않고 꽃이 지고 난 후에 잎이 나와 꽃과 잎은 서로 만나지 못한다는 안내인의 말입니다. 꽃과 잎은 서로가 피 맺힌 그리움의 한을 품고 있어 '상사병이 든 꽃'이라고 하여 '상사화'라고 부른다고 합니다. 같은 줄기에 태어났으나 만나지 못하는 꽃과 잎의 운명이 너무도 기구하여 피 맺힌 듯 붉디붉은 꽃이 숲을 이루면서 절을 둘러싸고 있습니다. 절을 중심으로 양쪽 산자락에 꽃들이 피맺힌 울음과 같고 산을 돌아 불어오는 바람은 피 맺힌 원한의 바람 소리 같다고 설명합니다.

상사병이라는 게 있습니다. 유명한 기생 황진이를 사랑한 이웃집 총각이 있었습니다. 이 총각은 말도 못 하고 황진이만을 생각하다가 병에 들었습니다. 그의 부모가 아들의 처지가 하도 딱하여 황진이의 아버지 황 진사를 찾아가 우리 아들이 황진이를 한 번만 만나게 해달라고 간청했습니다. 그러나 황 진사는 끝내 허락하지 않았습니다. 총각은 시름시름 앓다가 죽었습니다. 장례를 치르는 날 총각의 상여가 황진이의 집 앞에 다다르자 멈추어서 움직이지 않았습니다. 황진이가 속적삼을 갖다가 그 관 위에 놓고 이제 한을 풀고 평안히 가라고 하자 비로소 상여가 움직였다고 합니다. 이렇게 상사병은 죽음에 이를 정도로 심각한 병입니다.

오래전에 본 책의 이야기입니다. 한국의 어떤 젊은이가 ≪흑수선≫이라는 영화를 보았습니다. 진 시몬스가 수녀로 나오는 영화였습니다. 이 청년은 진 시몬스에게 홀딱 반했습니다. 그리고 이 청년은 진 시몬스를 공부했습니다. 그녀의 출생부터…. 그는 하나님께 "하나님, 제가 진 시몬스와 만나게 해주시옵소서. 결혼하게 해주시옵소서. 만일 진 시몬스와 만나지 못한다면 나의 생명을 가두어 주시옵소서"라고 기도했다고 합니다. 물론 그 기도는 이루어지지 않았겠지요. 진 시몬스가 한국 남자와 결혼했다는 이야기는 들어보지 못했으니까요.

메릴린 먼로가 자살했을 때 여러 명의 남자가 그녀가 없는 세상은 살기가 싫어졌노라고 자살했다고 합니다. 메릴린 먼로가 여러 남자와 염문을 뿌리니까 혹시 나에게도 기회가 올지 몰라 희망을 품었지만, 이제는 그 희망이 사라졌다고 유서를 남긴 사람도 있다고 하니 정말 상사병이라는 것은 터무니없고 황당하다고 이야기할까요.

오래전 내가 소년이었을 때 우리 동네에 참 이쁜 처녀가 살고 있었습니다. 대개 이쁜 여자가 차갑듯이 그녀도 얼음 공주였습니다. 그런데 동네 청년 하나가 계속 따라다녔습니다. 학교 공부는 어찌 되었든지 새벽부터 그녀 집 앞에서 서성거리며 밤새도록 쓴 편지를 전해주고 만나 달라고 했습니다. 그녀는 처음에 그냥 거절했으나 청년이 집착하니까 오빠와 아버지가 학교를 데려다주고 데려오고 하며 집안에서 꼼짝도 하지 않았습니다. 결국 그 청년은 실망하여 어린 나이 자원입대하고는 영영 사라져버렸습니다. 우리가 그 동네를 떠날 때까지 그 청년은 나타나지도 않았습니다.

나는 고등학교에 다니다가 여학생을 사랑한 나머지 공부도 등한시하고 학교생활을 제대로 하지 못해 대학입시에도 실패하고 인생을 망친 친구를 몇 명 알고 있습니다. 이들이 모두 소위 상사병이라는 것이라면 틀린 말일까요? 춘향전도 마찬가지 아닐까요. 남원에서 춘향에게 반한 이 도령은 공부할 나이에 공부를 등한시하다가 아버지의 준엄한 명령으로 한양으로 갑니다. 다행히 그는 공부를 열심히 하여 과거에 급제합니다. 만일 이몽룡이 한양으로 가지 않고 남원에 계속 살았더라면 춘향이에게 빠져 과거에 합격하지 못했을지도 모릅니다.

상사병을 앓다가 뜻을 이루지 못하고 인생을 망친 사람도 많습니다. 고등학교, 대학생 시절에 연애하다가 성공하지 못하고 인생을 엉망으로 산 사람들도 있고, 상사병으로 자살한 사람도 여러 명 보았고, 전공의 때 약을 먹고 응급실에 실려 온 젊은 사람들도 보았습니다. 이 사랑병에 언제 걸리느냐 하는 것이 우리 인생길에서 중요한 몫을 하고 어떻게 걸리느냐 하는 것도 아주 중요합니다.

지금의 Z세대나 MZ는 이런 상사병이 심각하지 않다고 합니다. 개방주의 시대여서 자기의 마음을 표시도 잘하고 사귀기도 잘하고 헤어지기도 그리 힘들지 않게 합니다. 자연 상사병을 지나간 세대처럼 앓지 않고, 만났다 찢어져도 그만이고 금방 파트너를 바꿀 수가 있기 때문입니다.

얼마 전 유튜브에 '평생 사랑의 파트너를 몇 명 가질 수 있느냐' 라는 문제가 나왔는데 한국 사람들이 5~6명이라고 합니다. 그러니 상사병을 앓는 일이 별로 없으리라고 생각합니다.

전남 영광의 불암사의 산길을 걸으면서 산자락에 넓게 피진 붉은 상사화를 봅니다. 그리고 시대에 뒤떨어진 꽃이라고 핀잔을 주고 싶어집니다.

"갈면 되지 왜 못 갈아?"

"다른 파트너를 찾으면 될 것 아니야?"

천지 지지 아지 여지(天知 地知 我知 如知)

역사에 보면 청백리가 많이 있지만, 그중에 자주 거론되는 사람이 황희 정승입니다.

그는 세종 때 영의정을 18년이나 했다고 합니다. 그런데 그가 말년에 아프다는 이야기를 듣고 왕이 집으로 찾아갔더니 멍석을 깔고 누워있더라고 합니다. 왕이 깜짝 놀라 어찌 된 일이냐고 물으니 "소신이 등이 가려워서 가끔 긁는데 등이 가려운 데는 멍석만 한 데가 없습니다."라고 둘러댔다고 합니다.

그런데 황희 정승이 건강했을 때 하인이 고향 사람이 찾아왔다고 전갈했습니다. 황희 정승은 청렴하고 집안이 가난했습니다. 고향 손님을 누추한 집에 들어와 이런저런 이야기를 하다가 우리 아들이 초시에는 합격했으나 아직 출사를 못 하였는데 우리 아들을 작은 고을의 원님이라도 시켜 달라면서 돈을 내밀면서 "이 돈이면 얼마의 땅을 살 터이니 궁색을 면할 수 있지 않겠나."라고 했습니다.

황희 정승은 "나는 한 번도 뇌물을 받고 정사를 시행한 일이 없으니 도로 가지고 가게."라고 했습니다. 친구가 "이 사실은 아무도 모르지 않는가"라고 했습니다. 황희 정승이 "아닐세. 이 사실을 하늘이 알고 땅이 알고, 내가 알고, 자네가 아는데 아무도 모른다니 무슨 말인가.(天知 地知 我知 如知)"라면서 물리쳤습니다.

이조의 역사는 외적의 침입보다도 양반들의 가렴주구가 백성들을 더 못 살게 하였다고 합니다. 비겁한 양반들은 중국의 사신들이나 중국인들이 오면 쩔쩔매고 온갖 것을 다 내주면서 백성에게는 가혹하기만 했습니다. 고을 원님이라도 되면 온갖 이름을 다 부쳐서 세금으로 포탈하고 곡식이 모자라 농사를 못 짓는 사람들에게 고리 대금업으로 땅을 빼앗고 집을 빼앗고 처녀나 아낙네까지도 빼앗았습니다. 백성들은 도적이 되고 땅과 집을 버리고 심야 도주했습니다. 장사를 하거나 돈을 좀 번 사람들은 양반직을 돈으로 사는 매관매직을 하여 벼슬을 사고 그 밑천을 다시 찾기 위하여 백성들을 탄압했습니다.

야사들을 읽어 보면 일제의 탄압보다도 양반들의 횡포가 더했다는 이야기들도 있습니다. 그런 전통을 가지고 있어서인지 한국의 사법부는 항상 깨끗한 별명을 가지지 못하였습니다. 물론 청렴한 법관들도 있는 것은 사실입니다. 김병로, 민복기같이 얼음처럼 투명하고 냉철한 분들이 있기는 하였습니다. 그러나 좌파 정부가 임명한 법관들은 정말 부끄러운 오명을 남겼습니다. 지금 말썽이 되는 이재명 씨의 대장동 게이트에서 돈을 받고 이재명에게 무죄를 선고하고 50억을 받아 챙긴 권순일 대법관, 박근혜 대통령 때 탄핵에 앞장서서 살기 등등하게 방송국 기자들에게 브리핑하며 3대를 멸족시키겠다고 하던 박명수 특검장도 50억을 받았습니다. 김수남 검찰총장도 50억을 받았고 정의편에서 정치한다던 곽상도 의원도 50억을 받았습니다. 그들은 모두 불의를 심판한다고 장담하던 사법부의 지도자들이었습니다. 그리고 그 사실이 들통났는데도 자기는 결백하다고 윤석열 정부에서 표적 수사를 한다고 큰소리를 치고 있습니다.

그들이 돈을 받을 때 하늘과 땅이 알고 당신과 내가 안다는 사실을 몰랐을까요? 전에 읽은 기사가 생각이 납니다. 오래전 박정희 대통령에게 미국 군수물자 판매원이 면회했다고 합니다. 그리고서 100만 불을 박정희 대통령에게 주면서 자기 공장의 카빈총을 구입해 달라고 했습니다.

대통령은 "그래요. 그럼 이 돈을 나에게 주는 겁니까?" 군수업자가 "네"라는 대답에 "그럼 이 돈을 내가 어디다 써도 괜찮은 거지요? 그럼 이 돈 만큼의 총을 더 보내주시오."라고 했다고 합니다.

박 대통령이 총격을 받고 병원에 갔을 때 박 대통령을 진찰한 군의관은 구멍이 난 러닝셔츠, 헐어서 비틀어진 허리띠를 보고 어떤 사람인가 하고 의아했다고 합니다.

우리나라 대통령을 하고 나면 대개 감옥에 간다고 합니다. 대개의 죄목은 부정 축재입니다. 참 부끄럽다고 생각합니다. 미국의 대통령도 마찬가지입니다. 클린턴, 오바마 대통령은 대통령 시절 많은 재산을 모았다는 소문이 있습니다. 힐러리 클린턴은 말을 잘하여 여러 곳에 초청받아 강연하며 한 번의 강연비가 50만 불~100만 불을 받아 축재하였다고 합니다.

사람들이 "대통령도 기술직이다. 그 사람의 인품을 보는 것이 아니라 얼마나 기술적으로 정치를 하느냐가 문제이다."라는 사람들이 있습니다. 전과가 아무리 많고 사기꾼의 기질이 있어도 말을 잘하고 선동을 잘하여 정치(?)만 잘하면 대통령감이 된다고 하는가 봅니다. 그래서 사법 리스크가 많고 전과 4범인 이재명 씨가 대통령 후보가 되고 야당의 당수가 되어도 그를 지지하는 '개딸'들이 국민의 30%가 되는가 봅니다.

이제는 사람들의 얼굴 가죽이 점점 두꺼워져서 밀실에서 돈을 주고받는 것이 아니라 국회에서 돈 봉투를 돌리는 시대가 되었고 누가 얼마를 먹었다고 해도 '다들 해 먹는데 뭘' 하고 놀라지도 않은 국민이 되었습니다. 국회의원도 정치 기술자이고 대통령도 정치 기술자이니 그들의 인품이 중요한 것이 아니라 얼마나 거짓말을 잘하고 아돌프 히틀러처럼 얼마나 국민을 잘 선동하느냐가 중요한 사회가 되었습니다.

"하늘이 알면 어때 땅이 알면 어때 모두가 다 아는데…. 그래도 내가 말만 잘하면 되지 뭐…."

테니스계의 세대교체

지난 10여 년 동안 남자 테니스계는 빅 3가 제패해 왔습니다. 로저 페더러와 라파엘 나달, 노박 조코비치가 바로 그들입니다.

그들이 그랜드슬램을 거의 모두 가져가다시피 했고 가끔 의외의 인물이 나타나기는 했지만 아주 드물었습니다. 그 밑으로 메드베데프가 2위의 자리를 지키더니 요새는 젊은 세대에게 많이 패하는 것 같습니다. 그 밑으로 알렉산더 즈베레프, 치치파스, 도미니크 팀이 나섰지만, 빅 3에는 미치지 못하는 것 같습니다.

빅 3도 나이가 들어 로저 페더러는 은퇴했고, 나달은 잦은 부상으로 많은 경기에 불참하여 앞으로 전망이 밝지 않습니다. 조코비치는 작년 윔블던에서 우승하여 그랜드슬램 23차례 우승을 하여 세계 최고의 기록을 가지고 있습니다. 그러나 윔블던을 우승하고는 성적이 지지부진하여 젊은이들에게 패하더니 어제는 이탈리아의 신인 루카 나르디에게도 패했습니다.

조코비치는 강한 선수를 만나면 아주 잘 치고 약한 선수를 만나면 저 사람이 세계 랭킹 1위인가 생각할 만큼 성적이 부진합니다. 몇 년 전에는 US Open에서 한국의 정현이라는 선수에게도 패했습니다. 그런데 조코비치에게 승리한 정현 선수는 기고만장하여 TV에 출연하고 연예 프로그램에 출연하더니 몇몇 경기에 나와 1회전에 패하더니 요새는 모습을 볼 수 없습니다.

한때 제2선의 치치파스, 즈베레프, 팀이 떠오르는 신예들이지만 그들이 빅 3가 되기는 어려울 것 같습니다. 요새는 스페인의 알카라스, 이탈리아의 시너가 나타났습니다. 알카라스가 두각을 나타내고 있지만, 그도 자주 패하곤 하는데 신예들의 출현이 놀랍습니다. 그래서 남자 테니스계는 춘추 전국시대이고 삼국지의 전쟁판 같습니다.

나는 오랫동안 조코비치를 좋아했습니다. 남들은 이상한 복장을 하고 나오지만, 조코비치는 깃이 달린 테니스복을 입고 나왔고 상대방이 잘 치면 칭찬해 주고 예의 바르게 행동했습니다. 그런데 그도 여러 번 우승하고 돈을 많이 벌게 되니 성격이 많이 변해가는 것 같습니다. 한 이삼 년 전 US Open에는 공을 쳐 여자 Line umpire의 목을 쳐서 퇴장당했고, 오스트리아에서는 코비드 주사를 맞지 않는다고 출전을 금지당했습니다. 또 자기에게 불리해지면 신경질을 부리고 라켓을 때려 부수기도 합니다. 언젠가는 우승하고 유니폼을 찢어 알몸이 되기도 하여 보는 내가 민망했습니다.

내가 그렇게 생각해서 그럴까요? 조코비치가 그랜드슬램에 우승하고 나면 다음 경기에는 신예에게 패배합니다. 그의 경기를 보면 무명 선수나 하위 선수들과 경기할 때 온 정성을 쏟지 않고 꺼떡거리는 것 같습니다. 그러다가 한 세트를 빼앗기고 나면 그다음은 예민해지고 화가 나서 자신을 잃어버리게 되는 것 같습니다. 아마 빅3중 하위 선수나 신인에게 가장 많이 패한 선수일 것입니다.

라파엘 나달은 어떤 게임이든지 온 정성을 다하여 경기합니다. 상대방을 깔보고 방심하는 경기를 볼 수가 없는데 조코비치는 자기보다 급수가 낮은 선수에게 방심하고 건들건들하다 패배합니다. 우선 경기를 하면서 열심히 뛰지를 않습니다. 키가 커서 코트를 잘 커버할 수 있는데 열심히 뛰지 않습니다. 오늘 경기에도 나르디 선수는 열심히 뛰어 코트를 커버하지만, 조코비치는 몸이 무거운지 왼쪽 구석에 갔다가 공이 오른편으로 오면 뛰어가지를 않고 긴 손으로만 커버하려고 합니다.

나는 그 경기를 보면서 조코비치가 이기기는 틀렸다 하고 생각했습니다. 나는 앞으로 조코비치는 빨리 쇠퇴할 것 같습니다. 물론 나이도 36세면 테니스에서는 고비의 나이이기도 합니다. 새로운 역사를 쓰려면 초심으로 배고픈 신인처럼 온 정성을 다하여 달려들어야 합니다. 그런데 그는 많은 기록을 세울 만큼 성공하였고 돈도 많이 벌었고 명성도 많이 쌓았습니다. 이제 일이 년이라도 초심으로 돌아가 열심히 경기하든가 아니면 좋은 기억을 남겨 주며 은퇴하던가는 그의 생각에 달려 있습니다. 열심히 하지도 않으면서 경기장에서 심판에게 대들고 라켓을 부숴 가며 나쁜 인상을 주고 은퇴하는 것은 좋은 일이 아니라고 생각합니다.

로저 페더러는 빅 3중에 그랜드슬램을 가장 적게 기록했습니다. 그러나 그는 많은 사람에게 좋은 인상을 남겨 주었고 이제 현역은 아니지만, 아직도 많은 사람이 그를 챔피언으로 기억하고 있습니다. 그는 현역으로 테니스 할 때 신사적으로 경기했고 일상생활에서 많은 좋은 일을 했으며 경기장에서 라켓을 부수고 관중과 싸움하는 일은 하지 않았습니다. 비록 그에게 우~ 하고 방해했지만, 그는 그것 또한 감수했습니다. 그러니 관중들이 그를 좋아하게 되었고 다음 경기에는 더 많은 관중이 그를 응원했습니다.

조코비치도 처음에는 그렇듯 신사적인 경기를 했습니다. 나는 그런 그를 좋아했습니다. 그의 단정한 옷맵시, 좋았던 코트 매너, 상대방을 칭찬해 주는 배려, 그의 경기력을 좋아했습니다. 그런데 그가 가졌던 모든 것이 허물어지고 있습니다. 그가 과거에 이긴 것은 이긴 것이고 오늘의 경기에서 그는 왕도 아니고 황제도 아닙니다. 그저 상대방을 좋은 경기력으로 이겨야 하는 선수일 뿐입니다. 누구도 그에게 가산점을 주지는 않습니다.

"오만한 자세를 버리세요. 그리고 겸허한 모습으로 관중의 호응을 얻으세요. 그대는 이제 물러날 때 좋은 인상을 남겨야 한다는 것을 마음에 두시고 열심히 남은 날을 장식하기를 바랍니다."

문학상

지금 한국에는 한강이라는 작가가 쓴 맨부커상을 받은 ≪채식주의자≫와 ≪소년이 온다≫로 받은 노벨상이 큰 화제를 일으키고 있습니다. 물론 한국 사람으로서 또 동양 여자로서 처음 받은 상이니 당연히 화제가 되고 관심의 대상이 될 것입니다.

노벨 문학상은 대단한 것입니다. 상금만 해도 10억이 넘는다고 합니다. 그리고 유명세가 있어서 노벨문학상을 받으면 그 유명세만으로도 일생 먹고 살 수 있을 것입니다. 다른 상도 그렇지만 노벨 문학상은 심사대에 오르려면 작품을 영어로 번역해야 합니다. 그런데 번역을 제2의 창작이라고 하지 않습니까. 번역을 잘해야 심사위원의 감동을 이끌어낼 수 있으니 번역이 아주 중요합니다.

이번 한강 작가의 소설을 번역한 데버라 스미스는 영국의 케임브리지대학 영문과 출신으로 런던대학에서 한국학으로 박사 학위를 받은 사람입니다. 그런 데버라 스미스 여사가 심혈을 기울여 한

강의 작품을 번역했다고 합니다. 물론 한강 작가의 작품이 데버라 스미스의 관심을 끌어낼 정도로 훌륭했기 때문이기는 하지만 만일 한강 작가에게 데버라 스미스가 없었다면 그의 노벨상 수상의 쾌거도 없었을지도 모릅니다. 그렇다고 한강 작가의 작품을 폄훼하는 건 아닙니다. 또 한강 작가의 작품이 세계에서 가장 뛰어나다고 아첨을 떨 생각도 아닙니다.

나는 문학상에 대해 좀 떫은 생각이 있습니다. 한국에는 문학상이 약 350개 정도 있다고 합니다. 그래서 문인들을 소개할 때 무슨 상을 받았다는 이야기를 안 하면 격이 떨어지는 것 같은 느낌이 듭니다. 공인된 문학상이 아니고 각 문인동호회나 지방에서 주는 것까지 합하면 그 수는 더욱 많을 것입니다. 미국에도 한국문학상들이 수두룩하니까요.

대개 이 문학상은 신청해야 합니다. 작품을 써서 사람들의 평을 받아 심사에 오르는 것이 아니라 각 신문사나 잡지사에 원고를 보내서 심사를 받아야 한다는 말입니다. 가령 ××신문사의 신춘문예에 당선작이 되려면 한 달 전까지 원고를 내야 합니다. 그런데 심사위원은 몇 명이 그 응모작들을 다 읽어야 한다는 것입니다. 그래서 나는 여기에 운이 많이 따라야 한다고 생각합니다. 신문사의 시부분에 응모작이 3천~5천 편이 들어왔는데 5명의 심사위원이 천 편씩 나누어서 읽는다면 심사위원이 천 편의 시를 다 읽어 볼까요? 또 시를 한 번 읽고서 현대 시의 난해한 뜻을 가려낼 수 있을까요? 또 좋은 시라고 해도 심사위원의 입맛에 맞을 수 있을까요? 붉은색을 좋아하는 심사위원이 푸른 색깔의 시를 읽었다면 아무리 우수한 작품이라도 선택하지 않겠지요? 그리고 5명의 심사위원이 다 좋아하는 시를 쓸 수 있을까요?

이런 의미에서 당선자는 큰 행운이 따라야 하고 심지어는 심사위원들이나 응모한 사람 모두 스승의 영향이 있지 않았을까 하고 생각을 해봅니다. 실제로 당선작을 읽은 소감은 '나 같은 사람이 동의할 만한 작품이 아니구나' 생각할 때가 많았거든요.

고흐의 작품이 좋으냐? 고갱의 작품이 좋으냐? 피카소의 작품이 좋으냐? 선택하여 시상한다면 그건 모순이 된다고 하겠지요. 또 톨스토이의 작품이 좋으냐? 도스토옙스키의 작품이 좋으냐? 라는 물음도 개인적인 취향의 차이일 뿐 거기에 등수를 매길 수가 있겠습니까? 도스토옙스키의 작품이 사하로프의 작품보다 못하다, 그래서 도스토옙스키는 상을 못 탔다고 하는 사람이 있다면 정말 문학을 모르는 문외한일 것입니다. 실제로 셰익스피어도 톨스토이도 푸시킨도 괴테도 단테도 노벨 문학상을 타지 못했습니다. 그렇다고 그들이 노벨상을 받은 작가들보다 못하다고 한다면 정신이 없는 사람이겠습니다.

우리나라에도 훌륭한 작가들이 많습니다. 춘원 이광수, 최남선 이태준 같은 작가는 한국의 어떤 사람보다 훌륭한 작품들을 썼지만, 번역이라는 문화가 생기기도 전이었기 때문에 감히 노벨상은 생각하지도 못했습니다. 그리고 황순원, 이범선 같은 작가도 번역가만 잘 만났으면 노벨상에 도전해 볼 수도 있는 훌륭한 작가들이라고 생각합니다.

그래도 노벨상은 정말 대단한 상입니다. 노벨상 심사에 오르기만 해도 대단하게 명예스럽습니다. 하마 한 십여 년 전입니다. 당시 노벨상 심사에 올랐다고 하는 고은이라는 시인이 있었습니다. 그의 시가 교과서에도 오르기도 하고 몇 년 동안 노벨상 수상자의 심사에 올랐다고 했는데 그는 그것만으로도 오만하기가 하늘을 찌를 듯했습니다. 뉴욕에서 한번 본 일이 있는데 뉴욕의 문인회에 나와서 강연을 했습니다. 그리고는 자기를 둘러싼 많은 문인을 마치도 제왕이 신하를 다루듯이 오만하게 대했습니다. 나는 그의 오만함에 질려서 그 다음에는 모임에 참석할 수 있었지만 나가지 않았습니다. 그런 그가 나중에 아주 부끄러운 성희롱 논란에 휩싸여 무대를 떠났습니다.

지금 한강 작가에 대해 많은 논란이 있습니다. 그의 작품 ≪채식주의자≫와 ≪소년이 온다≫가 역사의 진실을 왜곡했다느니 아주 진한 좌파적인 사상에 젖어 있다느니 하고 심지어는 작가의 작은아버지까지 논란에 휩싸이게 되었습니다. 나도 이 좌파적인 사상을 좋아하지 않지만, 작가가 말을 했듯이 픽션이고, 5·18에 관하여 그렇게 주장하는 많은 사람 중의 하나라고 생각하면 되지 않을까요? 이 작품이 많은 영향을 끼치겠지만 이 작품이 교과서도 아니고 이 작품 말고도 이런 작품들이 한국 사회에 많이 떠돌아다니는 데 이 작가만 가지고 지나친 비판을 하는 것은 좀 편협하다고 생각합니다. 그런 종류의 영화나 소설이 얼마나 많이 나왔습니까? 그저 '한국의 한 여성작가가 이런 작품을 썼구나. 그리고 상을 받았구나. 장하다.' 하고 생각해 주면 안 될까요?

한국교회를 비판하는 분에게

요새 유튜브나 신문의 글에서 또는 강연에서 한국교회를 비판하는 분이 많이 있습니다. 교회 내의 비리나 목사님의 비행을 비판하다가 진전되어서 기독교 자체를 공격하는 분도 많습니다. 물론 교회 내에 비판을 받을 요소가 많이 있고 목사님들 중에 비판받을 행위를 하는 분들이 많이 있습니다만 마치 집안 내의 잘못을 온 동네에 다니면서 떠들어대는 것과 같아서 듣기가 민망한 것도 사실입니다.

오래전 사랑의 교회 오정환 목사의 문제가 일어났을 때 재판에서 오 목사는 패소했습니다. 오 목사는 우리 교회의 법이 세상의 법보다 상위법이므로 따를 필요가 없다면서 담임목사의 자리를 지켰고 결국은 승리했습니다. 명성교회의 김삼환 목사님도 아들 김한나 목사에게 교회를 넘겨주었습니다. 김한나 목사는 "성경 어디에 아들이 아버지 목사를 계승하면 안 된다는 법이 있느냐? 아들이 자격이 있으면 아버지의 기업을 물려받는 것이 당연하지 않냐?"라고 반박했습니다. 사실 성경에는 제사장 아버지의 유업을 아들이 물려받아 제사장이 되는 게 당연했습니다.

레위 지파인 아론의 자손들이 제사장이 되는 것이 너무도 당연했고, 솔로몬 시대에도 제사장 사독의 자손들이 대를 이어서 제사장이 되는 게 당연했습니다. 그래서 사독의 자손들이 제사장이 되는 것을 주장한 교파들이 사두개인 교파라고 하기도 합니다.

어려서부터 아버지의 경건한 삶을 본받고 교회 운영을 배운 아들보다 더 적격자가 없을 것이기 때문에 아버지의 교회를 물려받아 목회하는 것은 일견 당연하다고 할 수 있습니다. 그런데 문제는 있습니다. 지금 명성교회나 사랑의 교회는 한국의 웬만한 재벌보다는 더 많은 재산을 소유했습니다. 그리고 대형 교회 목사님의 생활은 옛날 황제보다도 화려하고 사치스러운 분도 있긴 합니다. 그런 의미에서는 그 재산을 아들에게 세습한다면 그것은 교회의 목적에 어긋난다고 할 수 있습니다. 그러나 아버지가 아프리카나 몽골에 가서 선교하고 아들이 아버지의 유업을 받아 몽골이나 아프리카에서 선교한다면 아버지의 유업을 물려받은 훌륭한 선교사라고 하지 않겠습니까? 교회에 돈이 너무 많은 것이 문제가 아니겠습니까.

나는 한국에 한 달 동안 가 있는 동안에 대형 교회에 나가 예배를 보았습니다. 제가 묵고 있는 호텔에서 10분만 걸어가면 되는 교회에서 예배를 보았습니다. 이 교회는 교인이 많아 일요일 5부 예배를 보는 교회로 하루의 헌금이 7~10억이 들어오는 교회였습니다. 교회가 생긴 지 100년이 가까워 100주년 기념행사를 하기 위한 헌금이 110억을 넘어섰습니다.

지난 10월 1일 국군의 날 행사를 하면서 행사비가 79억이 들었다고 야당 국회의원들이 일어나 정부를 공격했습니다. 물론 이 공격은 정부를 트집 잡아 대통령을 끌어내리려는 야당의 트집이었습니다. 마치 예수님의 머리와 발에 향유를 부은 여인을 트집 잡은 가롯 유다의 트집과 같은 것입니다. 한 나라 국군의 날에 비행기가 하늘을 날고 탱크나 미사일이 수십 대가 행진하고 수천 명의 군인이 시가행진 행사에 79억이 든 겁입니다.

거기에 비하여 한 교회의 백 주년 행사비가 현재 모인 것만 110억은 넘는다니 한국교회가 얼마나 돈이 많은지는 짐작할 수 있을 것입니다. 이렇게 돈이 많은 교회를 자식에게 물려준다는 것은 자기의 거룩한 책임을 물려 준다기보다는 그 큰 재산을 물려준다는 속마음이 더 큰 것이겠지요. 그래서 내용을 아는 교회 지도자들이 반박하고 문제 삼고 소리 내어 비판하는 것이 아닐까요? 교회 승계 문제로 목사님이 진 적은 없습니다. 물론 목사님이 이런 말썽을 피우기 싫어서 그 교회 대신 그와 비슷한 교회를 새로 지어 아들에게 물려준 일이 있습니다. 그리고 이런 문제를 사회에 끌고 나와 싸움하여 덕을 본 쪽이 없습니다. 모두 피차에 망신하고 사회의 조롱거리가 되었지요.

어떤 교회에서는 담임 목사님이 새로 왔는데 담임 목사님이 마음에 들지 않는다고 교회 앞에 현수막을 붙이고 트럭에 확성기를 달고 와서는 주일마다 떠들어댄 일이 있습니다. 그런 일을 그 목사님이 담임하는 동안 내내 시행했습니다. 그러나 목사님은 물러나지 않고 자기의 임기를 다 마치고 그 교회의 원로 목사가 되고서 은퇴했습니다. 목사님의 반대파는 성공했을까요? 아닙니다. 망신만 하고 말았지요. 교회는 한 가족이라고 생각합니다. 교회 안의 말썽은 교회 안에서 해결해야 한다고 생각합니다. 유튜브에서 신문에서 떠들어대고 법정으로 끌고 나와서 싸워 보았자 자기 얼굴에 침을 뱉는 일이라고 생각합니다.

목사님들도 비리가 많은 것이 사실입니다. 어느 대형 교회 목사님은 왕국의 황제와 다름없습니다. 목사님이 교회에 가려고 집을 나서면 모니터링이 실시간 진행됩니다. "목사님이 집을 나가셨습니다. ××로터리를 지나고 계십니다. 교회 문에 들어오셨습니다." 라고. 그리고 목사님이 차에서 내리면 장로님들이 도열해 깊게 머리 숙여 인사합니다. 마치 영화에 나오는 조폭들의 모임 같습니다.

사랑의 교회 목사님의 말씀대로 세상 법보다 무서운 하나님의 법이 있습니다. 엘리 대제사장의 아들 홉니와 비느하스가 어찌 되었나요? 엘리는 어떻게 죽었는지 목사님들께서 반면교사로 삼아야 하지 않을까요?

국회는 국해(國害)인가

국회는 국민의 모범이 되는 지식이 많고 존경받는 사람들이 모여 나라를 올바로 이끌어 가고 나라의 좋은 법을 만들어 정부를 감시하고 돕는 기관일 것입니다. 그런데 지금 많은 국민은 국회가 그런 곳이 아니라 국해(國害)이고 차라리 없애버렸으면 좋겠다는 의견을 가지고 있는 것이 사실입니다.

오래된 농담이지만 국회의원과 수영을 못하는 노파가 한강에 빠지면 노파보다 국회의원을 먼저 건져야 하는데 그것은 한강이 오염이 되어 많은 사람이 해를 입을 것이라는 이야기입니다.

초등학교에서 한 학생이 거짓말을 잘하고 규칙을 어기고 말썽을 부리자 선생님이 "너는 커서 무엇이 될래?" 하고 물으니 "국회의원이 되겠습니다."라고 했다고 합니다. 이렇게 존경받아야 할 국회의원들이 국민의 조롱거리가 되고 천시하는 시대가 되었고 국회의 존립 목적이 매우 부정적으로 된 것이 사실입니다.

지금 22대 국회의원 선거가 진행되고 있습니다. 야당인 민주당은 국민의힘 보고 검찰 독재라고 야단입니다. 그 말은 어느 정도 수긍이 가기도 합니다. 왜냐하면 더불어민주당과 그 위성 정당은 모두 전과자, 피의자, 범죄자들의 모임이기 때문에 그들이 검사를 싫어하는 것은 당연하지 않을까요. 더불어민주당의 이재명 대표는 전과 4범에 지금 재판을 받는 혐의가 수도 없이 많아서 어디선가는 걸릴 것 같고 조국혁신당의 대표인 조국 씨는 징역 2년의 선고를 받고 1심, 2심에서 모두 징역이 확정되었으며 대법원의 확정만 기다리고 있는 중입니다. 또 감옥에 있는 더불어민주당의 전 대표 송영길 씨도 지금 감옥에 있으니 이런 사람들이 다수당이 되어 만든 법이 어떤 법이겠습니까.

검수완박법, 문재인 전 대통령 연금 올리고 세금 안 내기, 세월호 비방 금지법, 5·18 비방 금지법, 마약 단속 완화법, 대공 간첩 수사 완화법 같은 것이 아니겠습니까? 이런 법이 나라에 도움이 되는 법인지 해가 되는 법인지는 초등학교 상급반이면 알만한 일이라고 생각합니다.

이번 선거에는 자기들의 지지자들을 모아서 더 놀랄만한 법을 만들려고 하는지 모르겠습니다. 왜냐하면 출마자들이 정말 반사회적이고 법을 어긴 전력들을 가지고 있기 때문입니다. 지금 민주당의 양문석 후보자와 김준혁 후보자 때문에 말이 많습니다. 김주혁 후보자는 그래도 신학대학 교수라고 해서 좀 양식이 있는 줄 알았습니다. 그런데 이분은 역사학을 전공했다고 하는데 음담패설 역사를 공부한 것인지 연산군, 정조, 고종, 박정희 전 대통령, 김활란 전 이대 총장 등을 무차별로 폭격하는데 우리 같은 사람들은 입에 담기가 부끄러운 말들을 신학대학 교수가 마이크를 들고 떠벌리고 있습니다. 연산군은 성적으로 문란했다고 문헌에 있지만, 목사를 가르치는 신학대학 교수가 떠들고 다닐 일은 아닙니다. 그리고 정조의 부인이 일찍 죽은 것은 성적으로 문란했기 때문이고, 고종도 성적으로 문란했다는 이야기를 원색적으로 이야기를 하는가 하면 박정희 대통령이 일본 위안부와 성관계를 하였다는 등 이화여대학 김활란 총장이 이화 대학생들을 미군 고급 장교들에게 성상납했다고 떠들어댔습니다.(유튜브 참조) 이화여대학교 당국과 박정희 대통령 유족들이 항의하자 확인되지 않은 것을 발표하여 죄송하다고 사과했습니다. 아마 이분은 역사학 속에서도 음담패설만을 전공한 모양입니다.

양문석이라는 후보는 11살 먹은 아들의 이름을 빌려 새마을 금고에서 대출을 받아 집을 샀는데 제출한 서류가 모두 가짜라고 언론들이 난리입니다. 어떤 보고에서는 한국의 국회의원 중 전과가 있는 사람이 46%라고 우리를 놀라게 한 일이 있습니다. 물론 초기 국회에서 독립운동하다가 감옥에 간 사람들이 있다면 그것은 명예스러운 일이지만 지금은 국회에 그런 사람이 없습니다. 군에 가지 않으려고 손가락을 자른 사람이 민주당의 대권 후보자인가 하면 비서를 성추행하며 여행을 데리고 다니던 분이 민주당의 유력한 대권 후보자였고 서울 시장을 하면서 대권 후보자로 이름을 올리던 그분도 성추행 문제로 추락했습니다. 그분들은 아직도 더불어 민주당에 상당한 힘을 가지고 있어 언제든지 꿈틀꿈틀 일어날 가능성이 있는 분들입니다.

조국 씨 부부는 7개 허위 서류를 만들어서 딸을 부산대 의과대학에 입학을 시켰고 의사가 되었습니다. 그 부인이 4년 징역형을 받고 감옥에 갔는데 2년 동안 들어온 후원금이 2억이 넘는다고 합니다. 이것도 〈Godfather〉 영화에나 나올 법한 일입니다. 그가 당을 만들어 비례대표 2번으로 국회의 입성이 눈앞에 있다고 합니다. 그리고 그 이름을 따 조국혁신당을 만들었는데 대깨문 '박은정' 검사도 국회의원이 될 거라고 합니다. 박 검사는 법원에 나가지도 않으면서 2년 동안 월급을 받아 썼다고도 하고, 남편도 검사였는데 코인 비리를 수사하는 동안 사직하고는 그 사건 변호사가 되어 수임료 22억을 벌었다는 말이 있는데 정말 그렇다면 총만 안 들었지 합법적인 강도질이나 다름이 없을 것입니다.

국회가 없으면 안 되겠지요? 나는 국회의원 출마 자격을 만들었으면 좋겠습니다. 군 의무를 필한 사람이어야 합니다. 군에 다녀와야 안보의 심각성을 알 수 있습니다. 그리고 범죄의 전과 없는 자, 그래야만 깨끗한 사회를 만들 수 있지 않을까요?

불기자심(不欺自心)

불기자심(不欺自心), 스스로 속이지 말라는 말입니다. 거짓말을 잘하는 사람이 거짓말을 자꾸 하다 보니 자기 자신이 속아서 거짓말이 아니라 진실로 믿어진다는 말입니다. 그리고 거짓말을 하는 자기 자신도 모른다고 합니다. 이것이 자신을 속이는 일입니다.

요새 거짓말의 달인이라고 사회에서 떠들어 대는 사람이 있습니다. 그가 인천에서 선거 유세할 때 나도 이 나라를 부강하게 만들고 우리를 가난에서 벗어나게 한 박정희 대통령을 존경한다고 한 사람이 당사로 돌아와 주위 참모들에게 "아니 내가 박정희 전 대통령을 존경한다고 했더니 정말인 줄 알더라."라고 깔깔댔다고 합니다. 이 사람의 진실이 어디에 있는지 아무도 알 수 없다고 그 말을 들은 사람이 이야기했습니다.

국회에서는 온갖 거짓말과 나쁜 짓을 하고는 교회에 가서 기도할 때는 자기의 죄를 용서해 주고 나라를 위하여 좀 더 충실하게 일을 하게 해달라고 기도하는 사람이 자신을 속이는 국회의원이 아닐까요? 오래전 어떤 사람이 돈을 싸 들고 나라의 정승에게 가서 청탁했습니다. 우리 아들이 초시에 합격했는데 발령이 나지 않으니 어느 지방의 원이라도 발령을 내어 달라는 청이었습니다. 정승이 그건 안 되겠다고 하니까 아니 세상에 당신과 나밖에 모르는 일인데 좀 들어주면 안 되느냐고 했습니다. 정승이 "그렇지만 벌써 네 곳에서 알고 있지 않나? 하늘이 알고 땅이 알고 내가 알고 당신이 아는데 아무도 모른다고 말을 할 수 있느냐?" 거절했다고 합니다. 성경에도 "스스로 속이지 말라 하나님은 긍휼히 여김을 받지 않으시나니…"라고 하나님이 아신다고 경계했습니다.

우리는 스스로 결정할 일들이 있습니다. 그런데 스스로 정한 일을 하지 못하고 자기 자신에게 변명하거나 스스로 핑계를 대고 용서를 받는 일이 더러 있습니다. 예를 들면 나는 하루에 2만 보를 걷는다고 정해 놓은 일이 있습니다. 누가 시킨 것도 아니고 법이 나에게 명한 것도 아닙니다. 나 스스로 정한 것입니다. 그리고 대개는 지킵니다. 그런데 자신과의 약속을 지키지 못한 날이 더러 있습니다. 내가 걸어야 할 시간에 비가 왔다거나 걸어야 할 시간에 손님이 와서 시간을 빼앗겼다거나 무슨 일이 있어 못 지킨 날이 있습니다. 그러면 하루나 이틀 후 만보기를 보면서 '오늘은 할 수가 없었어'라고 핑계를 대는 것입니다. 이것도 자신을 속이는 일입니다. 비가 오면 우산을 쓰고 나가서라도 걸어야 하는 것이고, 손님이 와서 시간을 빼앗겼다면 새벽 어두운 시간에 걷는 사람이 저녁이 되어 어둡다고 못 걸었다고 하는 건 자신을 속이는 일, 핑계를 대는 일이 아닐까요?

이재명 씨가 성남시장 때 자기 밑에서 일한 사람 ○○○를 모른다고 했다고 하여 선거법 위반으로 재판을 받고 있습니다. 그런데 그는 그 사람과 같이 해외에 함께 가서 골프도 치고 같이 사진도 찍었다고 합니다. 그래서 그 사진을 보여 주면 같이 사진을 찍고 골프를 친 사람을 모르냐는 질문에 "성남시장이 시청의 말단직원과 사진을 찍었다고 다 아는 사람이겠느냐? 같이 골프를 쳤다고 다 잘 알고 친한 사람이겠느냐?"고 항변하며 기억이 안 난다고 했습니다. 이것이 남도 속이지만 자기 자신도 속이는 일이라고 생각합니다.

그런데 진정 자기를 속이는 일을 기도하면서 기도 속에서도 하나님께 거짓말을 하는 일이겠습니다. 거짓말을 잘하는 사람은 그렇게 자기도 속일 수 있는 모양입니다. 아마 그런 면에서는 거짓 목사님들이 제일 많을 것입니다.

나는 유튜브에서 ○○의 교회 ○○○목사님이 고개를 젖히고 거룩한 척하는 모습을 보면서 '저분은 얼마나 자기 자신을 속이고 있을까' 생각하게 됩니다. 거짓말을 자주 하는 사람은 먼저 자기 자신에게 거짓말하는 습관이 있어야 하지 않을까요? 만일 이 말이 거짓말이라고 생각하면서 거짓말을 계속할 수도 없을 것이고, 여러 사람 앞에 나가서 맹세할 수도 없을 테니까요. 먼저 자기 자신이 그 거짓말에 취해서 거짓말을 하는지 안 하는지 모르는 상태에서 거짓말을 할 것이기 때문입니다. 또 그 거짓말이 탄로가 나면 '기억이 안 난다'라고 뭉개버리지 않을까요?

〈구운몽〉에서 성진이라는 젊은이가 낮에 일곱 명의 아름다운 여자를 만나게 되고 그 여자들에게 마음을 빼앗깁니다. 그리고 밤에 고민합니다. 낮에 본 그 아리따운 아가씨들이 생각나서 구도하며 후회도 합니다. 그가 육관대사에게 끌려 나갑니다. 육관대사는 성진의 마음을 꿰뚫어 보고 "네가 낮에 본 여자들에게 마음을 빼앗기지 않았느냐?"고 질문합니다. 그렇지 않다고 부정하는 성진에게 육관대사는 "네 스스로를 속이는 것이 나쁘다."라며 성진을 다시 세상에 내칩니다. 성진은 안 씨라는 집의 아들로 태어나는 것으로 이야기가 시작됩니다. 육관대사는 이야기합니다. "누구나 유혹에 빠질 수 있고 고민할 수 있다. 그러나 지금 너 자신을 속이고 나에게 거짓말을 하는 것이 구도자로서 더 나쁜 일이다."라고 책망합니다.

나도 가끔 남에게 이야기할 수 없는 나쁜 생각을 할 때가 있습니다. 그러나 그때는 하나님에게만이라도 진실을 고하고 용서를 받아야 하지 않을까 생각합니다. 불기자심. 자기를 속이는 일을 하나님을 속이는 일과 마찬가지입니다.

푸틴 대통령과 러시아

블라디미르 푸틴이 5번째로 대통령에 당선되어 임기가 2030년까지 연임하게 되었습니다. 그것도 87.5% 득표로 당선이 되었다고 하니 타의 추종을 불허하는 절대적인 지지입니다. 아마 이렇게 다수의 지지로 당선이 되는 나라는 공산국가 외에는 아주 드물 것입니다.

하기는 미국에서도 레이건 대통령의 재선 때 미국에서도 민주당의 월터 먼데일과 경쟁했는데 먼데일은 자기 출신 주인 미네소타를 제외하고 전패하여 미국 역사상 가장 큰 차이로 당선이 되었습니다. 그 외에는 그렇게 큰 차이로 대통령이 되는 일은 거의 없었습니다.

공산국가에서는 그런 일이 자주 있습니다. 북한에서는 99.8 %에 99.9% 득표율로 그가 죽을 때까지 당선되니 선거는 왜 하는지 모르겠습니다.

블라디미르 푸틴은 1952년 10월 7일 세인트 상트페테르부르크에서 태어났으니 지금 72세이고 임기가 끝날 때는 78세가 될 것입니다. 그때 다시 대통령 출마를 할지는 아무도 모르겠지만 현재까지로는 스탈린 이후로는 가장 장기 집권을 하는 셈이라고 합니다. 그는 2차 대전을 겪어보지 못한 전후 세대입니다. 그는 소련 연방의 영광을 만끽한 사람입니다. 그는 상트페테르부르크대학에서 경제학 외교학을 공부하고 대학을 졸업하고 군인이 되었습니다. 그는 군인이 되어 주로 정보 부처에서 근무했는데 KGB에서는 16년이나 근무했다고 합니다. 그는 국제 정보에 능하고 간첩 행위 테러, 심지어는 살인 같은 KGB의 업무에 아주 능합니다. 그는 정보부 사령부의 중령으로 있다가 옐친 대통령의 보좌관이 됩니다. 그리고 대령으로 승진합니다. 그때 고르바초프와 레이건 대통령의 협상으로 소련 연방은 해체가 되고 독일은 통일이 되며 동유럽의 여러 나라가 독립합니다. 이때 푸틴은 크게 분노했다고 합니다.

그는 모스크바로 와서 힘을 키우면서 1999년에 내각 수상이 되었습니다. 그리고 2000년에 출마하여 대통령이 됩니다. 그가 대통령이 된 후 그는 강압 정치로 경제를 일으킵니다. GNP를 7%로 성장시키면서 가난했던 러시아를 일으킵니다. 그는 연임하여 2008년까지 대통령을 하고 더는 연임할 수 없게 되자 다시 수상이 됩니다. 그리고는 2012년까지 실제 대통령 노릇을 하다가 2012년에 다시 대통령이 됩니다. 그러고는 헌법을 고쳐 다시 연임하게 만들고는 계속 연임을 하고 있습니다. 금 년 봄 다시 대통령에 출마하여 87%의 득표로 당선이 되었는데 2030년까지 대통령직을 수행한다고 합니다.

그에게 정적이 없는 것은 아닙니다. 그전에도 정적이 있었으나 모두 제거했고 최근에는 강력한 정적 나발리가 있었는데 감옥에 가두었다가 결국 죽게 했습니다. 그는 러시아에 반발하는 조지아를 강한 힘으로 억압했고, 우크라이나도 자기 마음대로 조정하려다가 잘 안 되니 전쟁을 일으켰습니다. 푸틴은 우크라이나를 점령하고 자기의 심복을 대통령으로 만들어 괴뢰정부를 세우고 마음대로 하려고 했으나 그것이 잘 안 되어 2년 이상을 끌고 있습니다.

세계 여론은 얼마 안 있어 우크라이나는 정복이 될 거라고 추측합니다. NATO가 있기는 하지만 이들은 입만 살아 있어 떠들기만 하지 실용은 없는 국제기구라서 러시아가 무슨 짓을 하든지 제재하지 못할 것입니다. 겨우 한다는 것이 경제 제재라고 하지만 그것도 각 나라의 형편에 따라 들쑥날쑥이라서 잘 운영이 되지 않을 것입니다.

러시아는 공산주의에 가까운 사회주의 국가라서 중국과 가깝지만, 그들은 속셈이 다른 나라들이라 뼛속까지 믿을 사이는 아니고 요새 무기를 공급받은 김정은의 북한과 매우 가까워지는 모양입니다. 푸틴은 이번에 도움을 받은 북한을 유엔에서 핵보유국으로 인정하는 작업을 도울 것인데 유엔에서 중국과 더불어 강력히 추진

할 것이라고 합니다.

미국도 이제는 날개가 부러지지는 않았지만 상한 정도는 되어서 옛날처럼 힘 자랑을 하는 나라가 되지 못합니다. 더구나 바이든 같은 정신없는 대통령이 리드하는 나라는 강력한 나라가 될 수 없습니다. 이번 하마스와 이스라엘의 전쟁에도 바이든 대통령은 갈팡질팡 정확하고 강력한 정책을 세우지 못하여 이스라엘 총리 네타냐후가 반발하고 있습니다.

푸틴은 옛날 지구의 반을 차지하고 있던 소련 연방의 영광을 다시 찾으려고 합니다. 그래서 세계에서 제일 강한 나라를 만들고 싶어 합니다. 그래서 그는 강한 정치, 힘의 정치를 하고 있습니다. 그에게 대항하는 정치 세력은 모두 뭉개 버렸습니다. 이번 선거에서 87.5 %의 득표를 얻었다는 것은 독재 국가에서나 볼 수 있는 득표율입니다. 그의 꿈이 실현될는지는 모르겠습니다.

푸틴은 우크라이나가 손안에 들어오면 그 옆의 폴란드, 핀란드, 루마니아를 차례로 먹어 들어가면 그의 꿈이 어느 정도 실현될지는 모릅니다. 자유 국가 보수 정권은 언제나 나약하고 힘이 없는 사람들이니까요. 그래서 스탈린처럼 될지도 모릅니다.

사법부가 썩으면

옛날이야기 책을 읽다 보면 그때도 부패한 관리가 많았습니다. 그런데 판결 내리는 원님도 나쁜 사람이었지만, 아전이 더 무섭다는 말이 있었습니다.

아전이 원님에게 거짓말로 참소하여 억울한 사람에게 죄를 입히고 심지어 원님이 판결하는 대로 판결문을 쓰지 않고 자기 마음대로 부풀러 쓰기도 했다고 합니다. 벌금 벼 20석이라고 판결했는데 30석이라고 써서 부당 이익을 챙겼다고도 합니다.

요새 한국 법관들이 부패했다는 말이 많이 떠돕니다. 그전에도 '유전무죄 무전유죄'라는 말이 있어 법관들이 돈에 놀아난다는 말이 있기는 하였지만, 요새처럼 노골적이지는 않았다고 합니다. 더욱이 많은 법관이 김일성 장학금을 받은 사람이라는 이념의 편향까지 떠돌아다닙니다. 정말 중학생도 고개를 갸우뚱하는 판결이 나오고, 돈이 있고 권력이 있는 사람들에게 징역 2년 집행유예 4년이라는 판결이 나와도 감옥에 가기는커녕 항소 또 항소하면서 정당을 조직하고 국회의원에 출마하여 당선도 됩니다. 나 같은 사람은 도저히 이해할 수가 없습니다.

박근혜 대통령은 재판에서 몇백억의 벌금형과 몇십 년의 징역형이 내려져 살아서는 못 나오겠다고 했는데 정권이 바뀌어 4년 9개월을 감옥에 있다가 문재인 대통령이 물러가면서 출옥이 되더니 재심 결과 지난날의 죄가 무죄가 되었으니 정녕 재판관의 판결이 잘못되었던 것은 틀림없습니다.

그래서 요새는 '유전무죄 무전유죄'에 더해서 '좌파 무죄 우파 유죄'라는 말이 더해졌습니다. 그리고 판사들의 왜곡된 판정이 노골화가 되었고 대담해졌습니다.

얼마 전 이재명 씨의 구속 적부 심사를 한 모 판사는 구속 사유 범죄를 어느 정도 인정하면서도 확실한 증거가 없어서 아직도 더 조사해야 할 것이고 등등하더니 불구속시켰습니다. 검찰 측은 이 정도의 여건이면 100% 구속시킬 수 있다고 만반의 준비를 했으나 좌편향에다 이재명 씨로부터 수억의 뇌물을 받았을 거라는 추측성 혐의가 떠돌던 모 판사는 세상의 눈도 겁내지 않고 불구속 판결을 내렸습니다.

그전에도 이재명 씨의 재판에서 일심, 이심이 모두 유죄 판결인데 대법원의 대법관 모 씨가 뇌물을 받고 동료 대법관과 협작을 하였을까요. 아무튼 무죄 판결이 나왔지 않습니까? 항간에 대법관의

50억 클럽의 멤버가 되었다는 이야기가 파다하지 않습니까. 얼마 전 문재인 대통령의 후배라는 이성윤 검사는 문 대통령의 후배이고 이념의 동지라고 하여 진급 진급을 거듭하여 중앙지검장까지 되더니 이제는 국회의원까지 되었습니다.

추미애 전 법무부 장관의 미움을 받은 윤석열 검찰총장은 직무정지되고 한동훈 검사는 좌천에 또 좌천하고 교육원으로까지 쫓겨가 있지 않았습니까. 옛날에는 판사들이 정의의 법리를 지켰고 존경을 받았습니다. 그래서 대쪽 같다는 이회창 판사도 생겨났습니다. 그뿐이 아니라 판사 대부분은 법전에 있는 대로 판결했습니다. 김병로, 민복기 같은 대법원장은 한국전쟁 때 먹을 것이 없어 굶어가면서도 의지를 굽히지 않았습니다. 그러나 최근의 대법원장인 김명수 씨는 재직 시 많은 구설을 만들어 냈습니다. 대법원장 저택을 화려하게 수리하고 결혼한 딸 식구까지도 데려다가 살고 그것도 모자라 여기저기 뇌물을 받았다는 혐의도 받고 있습니다. 그런 대법원장 밑의 법관들이니 자연히 돈의 구설수에 얽힌 법관들이 많이 있습니다.

얼마 전 신문에서 읽은 이야기입니다. 요새는 재벌들이 걸린 재판이나 큰 로펌이 변호하는 재판에서 판사들은 재벌들에게 유리하게 판결하고 큰 로펌의 변호사들에게 유리한 판결을 한다고 합니다. 고법의 판사들이 4년, 5년 있어도 승진하지 못하고 정치적으로 치우친 판사들이 승진하니 판사들도 정치적으로 편향성을 갖게 되고 재벌이나 큰 로펌에 눈에 들게 판결하다가 4년이나 5년 후에 판사 그만두고 재벌 회사에 취업하거나 로펌에 들어간다고 합니다.

판사들이 피고인 재벌이나 그를 변호하는 로펌의 눈에 들어야 그들에게 자기의 앞날을 부탁할 수 있도록 하니 그 재판의 결과는 볼 필요도 없습니다. 그러니 사법부의 물이 맑아질 수 없습니다. 꼿꼿한 판사는 왕따 당하고 출세의 길은 막히고 바늘 끝만 한 잘못이 있으면 여론의 뭇매를 맞고 사라진다는 것입니다.

우리는 지난 5년 동안 혐의가 명백하여 기소된 좌파 국회의원들이 질질 끄는 재판 때문에 4년 임기가 끝나게 된 사건들을 많이 알고 있습니다.

증거가 있고 증인이 있는데도 재판이 연기되고 또 연기되어 국회의원의 임기인 4년을 채운다는 새로운 수법이 등장했습니다. 그런 일이 좌파 인사들에게 많이 있고, 우파 인사들의 사건은 수사가 신속하게 이루어지고 재판받아 감옥으로 가곤 하는 걸 수없이 보았습니다. 이것도 편파 수사이고 편파 재판인 것은 두말할 필요가 없습니다. 박근혜 대통령을 비롯하며 많은 사람이 적폐 청산이라는 이름 아래 숙청되고 감옥살이하고 직장을 잃고 사회적으로 매장되었는데 문 정권이 물러나고 재심사하여 무죄가 되었다는 것은 그전의 사법부가 잘못한 것이 아닙니까.

나는 사법부는 공정과 정의의 최후 보루라고 생각했습니다. 사법부가 부정으로 무너지면 그 나라는 더는 미래가 없다고 생각합니다. 한국이 선진국으로 진입했고 많은 국가의 부러움을 받는다고 야단입니다. 그러나 사법부 언론 종교가 부패한 나라에는 희망이 없다고 생각합니다.

김건희 여사에게

지난 대통령 선거는 참으로 한국의 장래를 결정하는 중요한 선거였습니다. 문재인 대통령의 친북한 정책과 중국 숭배 정치로 나라가 거의 북한의 종속국이 되다시피 하였고, 그가 미국처럼 재선이 되었더라면 한국은 김정은 주도하에 통일이 되었을 것이라는 사람들도 있는데 여기에 제동을 건 중요한 선거였습니다.

시중에는 윤석열 대통령이 우파가 아니고 거의 친좌파적인 사이비 우파라고까지 하는 사람들이 있지만 하여간 친북 정책에 제동을 건 것만은 사실입니다.

그는 국민에게 알려지지 않은 검찰총장이었고 그것도 문재인 대통령이 임명한 사람이었습니다. 그런데 그가 조국이라는 좌파의 우두머리 중의 하나이고 그런 사람의 자녀의 불법 입학 문제가 불거지자 조사에 나섰고, 이를 방해하는 문재인 대통령과 추미애, 박범계 장관의 방해를 무릅쓰고 조사해서 추미애 씨로부터 직무 정지라는 제재에도 굴하지 않았을 때 국민의 이목을 끌었습니다.

결국 문재인 대통령의 굴욕적인 외교와 친 북방정책에 반대하는 국민의 지지를 받으면서 야당의 대통령 후보로 나섰습니다. 그리고 작은 차이지만 문재인 대통령의 후계자인 이재명 대표를 누르고 대통령이 되었습니다. 그런데 윤석열 대통령이 후보 시절부터 배우자인 김건희 여사의 과거와 행적이 민주당의 공격거리가 되었습니다. 그의 행동과 차림새, 과거 등이 윤 대통령을 괴롭혔고 지금도 괴롭힘을 받고 있습니다.

어떤 이는 윤 대통령이 김건희 여사 때문에 발목이 잡혀 국정운영에 방해가 되고 있다고 하고, 한동훈 여당 대표와 사이가 벌어져 거의 적으로까지 벌어진 것도 김건희 여사 때문이라고 합니다.

나는 김 여사를 잘 모르고 그의 과거도 잘 모릅니다. 그런데 그가 과거에 줄리라는 접대부여서 여러 남자와 술을 마시고 심지어 동거했다느니 학력을 위조했다느니, 석사 논문은 남의 것을 표절했느니 등 많은 논란이 있습니다. 그런데 김 여사는 이런 것들을 분명하게 해명을 못 하고 아직까지도 끌고 있습니다.

그뿐 아니라 도이치모터스 주식을 사서 주가 조작했다고 합니다. 물론 그가 주동이 되지는 않았지만, 그 문제도 완전하게 해명하지 못했습니다. 그런데 연전에는 최재영이라는 목사와의 불미한 행동까지 터졌습니다. 그가 평양을 오가면서 김정은의 하수인 노릇을 했다는데 김 여사의 친척들과 교분이 있다는 핑계로 여사에게 접근했다고 합니다.

내 생각에는 그래도 대통령 부인인데 행동에 조심했어야지 잘 알지도 못하는 사람과 밤늦게 전화하고 만나자고 하니까 만나서 그가 주는 백을 받았다는 건 분명히 경솔한 행동이었습니다. 최재영이 하는 이야기로는 김 여사가 자기의 신변 이야기로부터 대통령에 대한 불만까지도 이야기했다고 하니 '참 경솔하구나'라고 생각합니다. 최재영이라는 악인은 이 장면들을 비밀리에 촬영하고 마치도 대통령의 크나큰 비리를 발견한 것처럼 방송에 나가고 기자회견을 하며 대통령을 비방하고 있으니 적절하지 못하다고 비판을 받아 마땅합니다.

김 여자가 대통령이 외국에 갈 때 항상 대통령의 뒤에서 따르며 문재인 대통령의 부인 김정숙 여사처럼 남의 눈에 거슬리는 행동을 하는 것도 아니고 교양 있게 행동하는데 왜 미디어의 공격을 받을까 생각하면 참 본인이나 대통령님을 위해서 안타깝습니다.

얼마 전에는 명태균이라는 사기꾼이 또 나와서 대통령의 가족과 김 여사의 일을 폭로하면서 사회에 큰 물의를 일으켰습니다. 그리고 김 여사가 윤 대통령을 '오빠 오빠' 하면서 윤 대통령을 함부로 대하고 존경하지 않는다는 것을 이야기했습니다.

그래서 김 여사의 활동을 못 하게 하라는 한동훈 대표와 윤 대통령간의 사이가 벌어지고 이제는 아주 적처럼 되었다는 소문도 있습니다.

우리는 육영수 여사를 가장 훌륭한 영부인였다고 생각합니다. 그는 행동이나 말이 겸손하면서도 점잖아서 남의 비판을 받을 일을 하지 않았고 좋은 일을 하여 박정희 대통령에게 도움이 되었습니다. 김대중 대통령의 영부인 이희호 여사도 원래 사회 사업가이지만 아무런 비판도 받지 않으면서 대통령을 보필했습니다. 노태우 대통령의 영부인 김옥숙 여사는 대통령 부인들 중 가장 미인이었고 좋은 집안 출신이었습니다. 그의 오빠는 김익동 경북의대 총장과 김복동 장군이었지만 김옥숙 여사를 비판하는 기사는 보지 못했습니다.

우리는 그녀들이 남편이 대통령일 때 도움이 되었는가 짐이 되었는가를 생각해 봅니다. 대통령을 도와준 영부인이 육영수, 이희호, 프란체스카 여사였고, 조용함으로 대통령을 도왔다고 한다면 김옥숙 여사, 손명순 여사, 김윤옥 여사였고 대통령의 짐이 된 사람이 이순자 여사, 김정숙 여사일 것입니다.

그런데 대통령 임기 중 이렇듯 말 많은 영부인은 김건희 여사가 처음입니다. 나는 좌파 정부가 김정은 휘하로 들어가는 것에 걱정을 많이 하던 사람입니다. 이것을 막아준 윤석열 대통령에게 감사한 마음을 가지고 있습니다. 그나저나 윤석열 정권이 나라를 잘 이끌어 다음에도 우파 정권을 창출하기를 바라는 사람입니다.

김 여사님, 윤 대통령을 보좌해 주십시오. 그것이 대통령만 도와주는 것이 아니라 온 국민을 도와주는 것입니다.

출산 절벽에 마주 서서

지금 한국에서는 출산율 저하로 난리가 났습니다. 몇 년 전만 해도 출산율이 1.2%라면서 인구 저하를 걱정하더니 작년에는 더 내려가 0.75%라고 했습니다. 50쌍의 부부가 75명의 아기밖에 안 난다니 문제는 심각합니다. 그러다가 올해에는 출산율이 0.65%라고 하니 남녀 합하여 100명의 청춘 남녀가 65명의 아기밖에 출산을 안 한다면 나라의 인구는 줄어들고 국력이 약해질 것은 뻔합니다.

산부인과, 소아 청소년과 의사들은 환자가 없어서 폐업 상태이고 소아용품 산업은 점점 내리막길이고 유치원과 초등학교가 문을 닫는 학교가 많다고 합니다. 더욱 큰 문제는 산업체에서 일할 사람들이 사라지는 것이고, 앞으로 15년 후 군대에 입대할 젊은이들이 없어져 국방력이 약화되고 결국엔 국방부가 사라질지도 모른다고 합니다.

어떤 사람은 앞으로 30년만 있으면 한국 인구가 반으로 줄어들지도 모른다고 엄살을 합니다. 윤석열 대통령이 취임한 후 이 문제를 해결하려고 나경원 전 의원을 위원장으로 인구절벽 대책을 해결하려고 했지만 얼마 되지 않아서 사임하고 말았습니다. 나는 현 정부가 문재인 정부가 망가트린 문제들을 해결하느라고 고심하고 열심히 일하는 것은 인정하지만 전부 다 잘하는 것은 아니라고 생각합니다.

출산율을 높이겠다고 아기를 낳으면 몇백만 원을 준다고 하지만, 그 몇백만 원으로 해결될 문제가 아닙니다. 출산 휴가를 준다고 합니다. 여자가 1년, 남자가 1년 출산 휴가를 받고 나면 아이가 두 살이 되는데 그 후엔 누가 어린애를 기릅니까. 요새는 대부분 핵가족이어서 할아버지나 할머니가 아이를 맡아 기르기가 어렵습니다. 직장도 마찬가지입니다. 출산 휴가를 1년 받고 복직하면 동료나 경쟁자는 진급했고 일 년을 쉰 것 때문에 복직해도 다음 진급 기회도 후배와 경쟁해야 하고 감산점이 쌓입니다.

그러니 커리어우먼들이 아기를 안 낳으려고 하고 결혼도 안 하려고 합니다. 육아비도 몇백만 원으로 해결되는 것이 아닙니다. 유모차 하나도 몇십만 원이고 이유식도 만만하지 않습니다. 그리고 아이가 자라서 학교에 다니게 되면 나라에서 주는 몇백만 원은 한 달 학원비 정도밖에 안 됩니다.

그러니까 아이 출산에 얼마를 준다는 정책이 아니라 사회의 흐름을 바꾸어야 합니다.

출산율 감소로 고민하는 나라는 우리나라뿐이 아닙니다. 홍콩, 일본도 그렇고 유럽의 거의 모든 나라, 미국이나 캐나다도 출산율 때문에 고민입니다. 뉴욕에서는 어린아이를 기르는 집을 보기가 힘들 정도입니다. 내가 미국에 오던 1970년, 미국의 인구는 약 3억이었습니다. 50년이 지난 지금 3억4천 명이 좀 넘는다고 합니다. 미국 인구는 이민을 받지 않으면 무서운 속도로 줄어들 것입니다. 그런데 인구 출산율이 높아 인구가 늘어나는 곳은 이슬람 국가들과 아프리카의 나라들, 중남미의 경제적으로 후진국이라고 할 수 있는 나라들 뿐입니다.

50년 전에는 캘리포니아에는 백인이 많았습니다. 그러나 지금 캘리포니아는 백인보다는 소수 민족이 많습니다. 내가 사는 뉴저지에도 버겐 카운티나 팰리세이드 팍 카운티에는 백인들보다 소수 민족으로 많아지고 그중에서 한국인이 가장 많습니다. 예전에는 흑인은 동네 반장도 못했는데 이제 웬만한 도시의 시장은 흑인이 도맡아 하고 흑인 대통령도 나왔습니다. 아마 백인 우월주의자들은 통곡했을 것입니다.

프랑스의 스포츠는 거의 흑인들이 점령했습니다. 남자나 여자나 축구팀을 보면 옛날 백인의 나라가 아니고 아프리카에서 온 것처럼 흑인이 대부분입니다. 로마도 잘살게 되니까 군인으로 나가기 싫어졌습니다. 그래서 외국인으로 구성된 용병들을 썼습니다. 그러다가 용병의 대장이 로마의 권력을 쥐게 되고 용병의 반란이 로마의 쇠망을 재촉했습니다.

이제 인구가 줄어들면 농사는 누가 짓고 산업은 누가 이어 가느냐고 많은 사람이 걱정합니다. 사실입니다. 그러니까 머리를 써야 합니다. 옛날 미국에서는 일꾼을 아프리카에서 데려왔습니다. 그 일꾼들이 미국의 시민이 되었습니다. 지금 유럽이나 중동에서는 자기 나라 건설할 때 외국의 회사와 계약을 합니다. 그리고 일이 끝나면 외국의 노동자를 본국으로 돌려보냅니다. 한국의 노동자들이 중동에서 건설업체에서 일하고 돌아온 것처럼 말입니다.

〈걸어서 세계로〉라는 프로그램을 보면 유럽의 많은 나라는 영토가 넓은데 인구는 많지 않습니다. 그들은 아름다운 나라 아름다운 건축물들이 있는 도시에서 여유롭게 살고 있습니다. 그 도시를 얼마 안 되는 그들이 건설했다고는 생각할 수 없습니다.

우리나라가 삼일운동을 하던 1919년 인구가 1,678만여 명이었다고 합니다. 백 년이 지난 지금 남한의 인구가 5천백만, 북한의 인구가 2천9백만 명, 합하여 8천만 명입니다. 세계 제2차대전과 한국전쟁을 치르면서도 놀랄만한 인구증가입니다. 한국의 경제는 수백 배나 발전했습니다. 그러나 항상 그런 상승세만을 가진다고 기대할 수 없습니다. 나는 한국 정부나 사회가 인구 절벽을 막기 위해 최선의 노력을 해야 하지만 적은 인구로도 잘살 수 있는 방도도 연구해야 할 것이라고 생각합니다. 아기를 안 낳겠다고 하는 사람을 어찌 강제로 낳게 할 수는 없지 않아요.

c h a p t e r - 4

드론 드론 드론

게으름

생활 습관이 다른 사람들이 있습니다. 내 친구 아들 중 미국의 좋은 고등학교에서 수석을 하더니 MIT에 진학한 청년이 있었습니다. 정말 자랑스러운 아들인데도 그 아버지는 “난 개만 보면 열이 난다.”라며 화를 내곤 했습니다. 그 청년은 밤늦게까지 불을 켜놓고 새벽 2시~3시까지 일을 합니다. 그러고는 3시가 지나서 자기 시작하여 아침이 지나 12시 정도 되어야 일어납니다. 그러니 다른 식구들과 리듬이 맞지 않고 아침에 일찍 일어나 아침 식사를 하고 7시 정도에 병원에 출근하는 아버지의 성질을 건드리는 것입니다.

쎄시봉의 음악을 들으면서 김세환 씨나 윤형주 씨의 불만은 송창식의 생활 습관입니다. 송창식 씨도 밤늦게까지 무엇을 하다가 아침에 늦게까지 자며 아침의 출연은 거절한다는 말입니다.

이것은 게으른 것은 아닙니다. 생활 습관의 차이입니다. 그런데 그런 습관이 있는 사람 중에는 게으른 사람들이 많습니다. 보통 사람들은 아침 7시부터 저녁 7시까지가 활동 시간이고 밤 11시 이후에는 잠을 자는 시간이기 때문에 밤에 활동하는 사람들에게는 일할 수 있는 시간이 적어지게 마련입니다.

오래전 외과 전공의를 할 때입니다. 나는 새벽형이어서 새벽에 일어나 과장님이 회진을 돌기 전에 준비를 다 해놓습니다. 그런데 게으른 친구는 아침에 회진 시간을 맞추기에도 급급하고 급히 나오느라 옷차림도 단정하지 못하고 아침에 회진 준비를 해놓지 않으니 과장님과 상급 전공의에게 야단을 듣기 일쑤입니다. 또 자기가 당직인데도 응급 수술이 오면 나더러 들어가라고 하고는 방에 들어가 잡니다. 참 잠이 많습니다. 아마 하루에 12시간 이상을 자야 하는 모양입니다.

게으름 자체는 큰 죄가 아닐지 모르겠습니다. 그러나 남에게 피해는 줄 수 있습니다. 더욱이 공동으로 일을 하거나 책임을 져야 할 일이 있으면 게으른 사람은 남에게 짐이 되고 다른 사람에게 해를 줄 수 있습니다.

군 훈련소에서 훈련을 받을 때 게을러서 제시간에 준비를 못 하는 동료 때문에 단체 기합을 많이 받는 중대를 보았습니다. 대개 게으른 사람들이 마음은 여유롭고 부드럽습니다. 그래서 동료들이 더 애처롭고 마음이 아픕니다.

잠언 6장에서는 게으름은 '죄'라고 정죄합니다. "게으른 자여 너희는 개미에게 가서 배울지어다."로부터 시작하여 "네가 어느 때까지 눕겠느냐 빈궁이 강도같이 오며 네 곤핍이 군사같이 이르리로다."라고 책망합니다.

북한에서는 말할 필요도 없습니다. 만일 공동체에 주어진 작업량을 한두 사람 때문에 완성을 못 하면 그 게으른 사람은 자아비판을 받고 수용소로 보내질 것이기 때문입니다.

오하이오에서 개업할 때 Out Patient Surgical Clinic을 만들었습니다. 그래서 작은 수술은 우리 병원에서 했습니다. 그러니 직원을 많이 쓸 수밖에 없었습니다. 한 직원이 무척 게을렀습니다. 남들이 열만큼 일을 한다면 그는 셋 정도를 하고 사무실에서도 밤에 무엇을 하는지 책상에 앉아 졸기 일쑤였습니다. 사무장이 그 직원 때문에 속이 많이 상한 모양입니다. 마음이 느긋해서인지 야단을 들어도 별로 신경을 쓰지 않았습니다. 그래서 전화 받는 접수를 시켰습니다. 그 직원은 졸다가 전화가 오면 깜짝 놀라 깨곤 하여 다른 직원들이 웃곤 했습니다. 얼마 있다가 다른 의사 사무실로 간다고 해서 다행이면서도 걱정했습니다.

펄벅 여사의 소설 『대지』에는 그렇듯 부지런하고 열심히 일하던 왕룽이 나중에 늙어서는 햇볕이 드는 담장 옆이나 마루에서 졸기도 하고 일을 안 하더라는 대목에서 사람이 늙어지면 게을러지는가 하고 생각했습니다.

나는 80세가 지나기까지 대학병원에서 일했습니다. 그래도 나더러 게으르다거나 일을 천천히 한다는 말은 들어본 일이 없습니다.

몸이 작아서 그런지 아니면 쥐띠라서인지는 모르지만, 병원에 제일 일찍 나가서 컨퍼런스 방을 정리하고 강의도 다른 사람들보다 많이 맡았습니다. 수술도 다른 교수들보다 많이 했고 하루에 만 보 이상 걸었습니다.

요새도 4시에 기상하여 준비하고 4시 반이면 운동을 나갑니다. 그리고 만 보를 걷고 들어오면 6시가량 됩니다. 그리고 팔 굽히기 운동을 합니다. 그런 나를 보고 한 친구가 "저 친구는 죽을 때도 저승사자를 기다리지 못하고 뛰어가서 맞을 놈이야."라고 놀리지만 게으른 것은 딱 질색입니다.

그런데 큰 문제가 생겼습니다. 아침에 운동하고 오전에는 책을 읽고 컴퓨터 작업을 하고 11시에 점심을 먹고 나서 오후에 깜빡깜빡한다는 것입니다. TV를 틀어 놓고 테니스를 봅니다, 즈베레프와 치치파스의 경기가 한창입니다. 첫 번째 세트 4 : 3을 보고 있다 깜빡했는데 잠을 깨고 보니 두 번째 세트 3 : 3입니다. 그러니 거의 30분을 잤다는 이야기인데 도무지 생각이 나지 않습니다. 일할 때는 저녁에 누우면 15분을 견디지 못하고 잠이 들었는데 요새는 잠자리에 들어서도 TV를 틀어 놓고 한 시간 이상 잠들지 못하고 뒤척이며 밤에도 한두 번 화장실에 간다고 일어납니다. 그러니 나도 펄벅 여사가 이야기하던 왕룽의 처지가 된 게 아닐까 생각합니다.

나는 한창 일할 때 게으른 사람을 야단치고 흉도 봤는데 이제 내가 그렇게 싫어하던 게으른 사람이 되어가는 게 아닐까요?

청양고추

한국 사람은 매운 음식을 좋아합니다. K-food가 이제는 세계에 유명해졌지만, 한국 음식 하면 맵다고 이야기하는 사람이 많이 있습니다. 그래도 우리는 매콤한 한국 음식을 먹지 않으면 먹은 것 같지 않아서 어딜 가나 한국 음식을 찾습니다.

1970년 6월 26일 Northwest 항공사의 비행기를 타고 시카고와 클리블랜드를 거쳐 Warren Ohio에 왔습니다. 인턴 숙소에 들어가려면 아직도 4일이 남아 있었습니다. 우리는 병원에서 마련해준 인턴 당직실에서 짐도 풀지 못한 채 4일을 지냈습니다. 이곳에서 잠은 잤지도 음식이 문제였습니다. 미국이 전혀 생소했던 우리는 밖에 나가서 사 먹지도 못하고 인턴 책임자가 마련해준 식권을 가지고 병원 식당에서 해결할 수밖에 없었습니다. 거의 이틀이나 걸려서 온 피곤한 몸이 작은 양배추를 삶은 것, 말라 빠진 빵 쪼가리, 소금 맛이 나는 닭국물의 수프, 그냥 소금과 버터만 넣고 삶은 소고기가 정말 입에 맞지 않았습니다.

다행히 Warren Presbyterian Church에 한국 음악 목사님이 계셨고 목사 사모님이 아주 활발하여 많은 것을 도와주었습니다. 어느 날 냄비에 지은 밥과 반찬은 작은 통에 든 고추장이 전부였습니다. 우리는 그 고추장에 밥을 비벼서 한 냄비를 다 먹어 버렸습니다. 비로소 기름에 느글느글하던 입안이 청소한 것처럼 정신이 나고 깨끗해졌습니다. 그리고 한동안 김치는 구경도 못했지만, 그래도 고추장은 집에서 먹을 수 있었습니다.

미국 친구들이 생겼습니다. 그래서 우리 집에 와서 내가 먹는 고추장을 조금 맛보고는 "Au it is hot hot!"하고 소란을 떨었습니다. 그리고 그들은 '한국 음식은 무조건 맵다'라고 정의를 내렸습니다.

내가 인턴과 전공의 과정을 마치고 Fellow 때도, 또 성형외과를 개업했어도 나는 김치는 먹을 수가 없었습니다. 내 직업이 성형외과 의사여서 진찰할 때 환자의 얼굴과 가까이해야 하는데 냄새가 날까 봐 걱정되기 때문이었습니다. 은퇴할 때까지 김치를 마음 놓고 먹지 못했습니다.

김치 냄새는 빨리 가시지 않아서 토요일 점심으로 먹은 김치가 월요일 아침에도 "김치 먹었냐?" 하고 예민한 친구들이 시비를 걸어와서 김치와는 인연이 없는 줄 알았습니다. 그렇게 살다 보니 자연히 매운 음식을 먹지 못했습니다. 그러나 고추장은 많이 먹었습니다. 한국 음식에 고추장이 들어가는 음식이 많지요. 나물을 무쳐도 고추장을 넣고 찌개를 끓이면 대부분 고추장이 들어가고 비빔밥을 해도 고추장이 들어가고 고기를 볶아도 고추장이 들어가니 누가 고추장 벌레라고 할 만큼 많이 먹었습니다.

미국에서 은퇴한 후 한국의 초빙교수로 나가게 되었습니다. 그래서 40년 만에 다시 한국 생활을 하게 되었습니다. 한국에 가니 새로운 문화가 있었습니다. 소위 청양고추라는 것이 그것입니다. 원산지가 충남 청양이라는 곳의 고추인데 하도 맛이 있어서 전국에서 애용되고 있었습니다. 전국에서 사랑받는 고추이지만 청양이 원산지여서 청양고추라고 한다고 합니다. 이 청양고추는 다른 고추에 비해서 맵습니다. 그러나 약간 단맛이 풍기고 싱싱한 기분이 느껴지는 고추입니다. 이제는 한국 음식에 안 들어가는 데가 없이 쓰입니다.

한국 사람들이 옛날보다 매우 매운 것을 좋아합니다. 그리고 '미인은 매운 것을 좋아한다.'라는 말이 생길 정도로 여자들이 매운 것을 좋아합니다. 병원에서 회식을 나가면 여자 교수들이나 간호사들이 매운 것을 더 잘 먹는 것을 보고 놀랐습니다. 나와 같이 일하던 한 여교수는 아예 도시락에 청양고추를 가지고 다니면서 식당에서 고추가 안 나오면 그 고추를 드시곤 했고, 비빔밥을 어찌나 맵게 비비는지 한 숟가락 맛보았다가 눈물을 흘린 적이 있습니다.

어느 날 같이 근무하던 교수님과 식사하러 나갔습니다. 그날이 마침 일요일이어서 영업을 하지 않는 식당이 많았고 우리는 어느 칼국수 집에 들어갔습니다. 같이 간 교수님이 "얼큰 칼국수 한 번 드셔 보실래요?" 하면서 은근히 놀리는 것 같아서 "그래요. 저도 매운 것 잘 먹거든요."라면서 얼큰 칼국수를 시켰습니다. 그리고 나온 칼국수를 보고 곧 후회했지만 이미 늦었지요. 속으로 '그래 봤자, 매운 칼국수겠지, 설마 죽기야 하려고!' 하고 크게 한 젓가락 입에 넣었습니다. 순간 입에 불이 나는 것 같고 머리 꼭대기에 불개미들이 기어가는 것 같아서 정신 차릴 수가 없었습니다. 이럴 때는 더운물을 마셔야 매운맛이 빨리 없어진다고 하지만 불이 난 입에 더운물을 어떻게 마십니까. 찬물을 입에 문 채 눈물만 흘렸습니다. 조금 진정된 후에 "매운 걸 잘 먹는다고 했는데 이건 못 먹겠는데요."라고 항복했습니다.

한국 음식에 이 청양고추가 안 들어가는 데가 없습니다. 웬만한 거의 모든 양념에 다 들어가는 걸 보면서 '이제는 청양고추가 한국인의 입맛을 완전히 점령했구나' 하고 느꼈습니다. 물론 옛날 녹두 지짐에 고추가 들어가는 일이 있었지만 별로 맵지 않았고 어디에나 들어가는 건 아니었던 것 같습니다. 이제는 유튜브를 보면 청양고추가 안 들어가는 데는 거의 없습니다. 아직도 맵지 않은 고추를 고추장에 찍어 먹는 사람들이야 많겠지만 매운 청양고추를 고추장에 찍어 먹는 사람들, 특히 그런 여자들을 보면서 '저 사람들은 얼마나 독할까'라고 엉뚱한 생각이 들면서 어깨를 움츠리곤 합니다.

드론 드론 드론

'드론'을 사전에는 일벌레로 개미나 벌들의 수놈을 가리키는 말이고, 계속해서 '드렁드렁' 소리를 내는 것을 뜻한다고 합니다. 요새는 무인비행체를 가리키는데 원격 조정을 하는 장치를 말합니다. 처음에는 작은 장난감만 했는데 지금은 발전하여 작은 자동차만 한 것도 나온다고 합니다.

이것이 처음 나올 때 사람들은 전쟁에 사용되리라는 것과 전쟁에 사용이 되면 어떻게 막을 것인가를 두려워했습니다. 이것은 작아서 경보기에 잡히지 않을 뿐 아니라 한꺼번에 여러 개가 날아가면 방어하기가 힘들 것으로 생각했습니다. 이 드론은 작은 것은 300여 불짜리로부터 500불, 큰 것은 2천 불, 3천 불짜리도 있다고 합니다. Costco나 Sams Club, Target. Whole mart. Easy buy 같은 데서도 파니까 고등학교 학생들도 이것을 사서 장난합니다.

얼마 전 유튜브에서 보니까 배낭여행을 하는 친구가 이 드론을 가지고 자기가 가는 길을 촬영하는 것을 보았습니다. 얼마 전에 한국의 드론 쇼에서 수천 개의 드론을 띄워 아름다운 장면을 연출하는 것을 보기도 했습니다.

이 드론이 러시아와 우크라이나 전쟁에서 등장하기 시작했습니다. 작은 드론을 몇 Kg 무게를 적재할 수 있고 큰 드론은 작은 자동차 정도 크기니까 웬만한 폭탄을 적재할 수 있을 것입니다.

얼마 전에 북한에서 보낸 드론이 서울 상공을 침입하여 용산의 대통령 관저 상공을 날아다녔다고 하니 이제는 돈과 위험이 많이 드는 간첩을 보낼 것이 아니라 드론을 보내는 것이 훨씬 효과적이지 않을까 생각합니다. 우리가 공상과학 소설에서 보는 것처럼 비행기 한 대를 만들 돈으로 드론을 수만 개를 만들고 거기에 작은 핵폭탄을 적재하여 적을 공격한다면 그야말로 지구의 종말이 오지 않을까 생각합니다.

며칠 전에 TV에서 뉴저지 상공에 정체 미상의 드론이 나타났다고 합니다. 그것을 보았다는 신고가 3,000여 건이 들어왔다고 하며 드론이 뉴저지 상공을 유유히 비행하는 것이 영상에서도 잡혔습니다. 어쩌다 노획한 드론은 작은 자동차 정도의 크기였습니다. 이제 전쟁은 군인과 사람이 조종하는 비행기가 하는 것이 아니라 로봇과 드론이 하는 전쟁으로 변하는지도 모르겠습니다.

그렇다면 전선이 없는 전쟁, 사람이 참전하지 않는 전쟁을 하게 되며 누가 먼저 공격하느냐가 문제일 것이고 돈이 많아 좋은 드론을 많이 만드느냐가 전쟁의 승리의 열쇠가 될 것입니다.

이제는 태평양을 건너서 주위가 바다로 둘러싸여 있다는 미국의 안정성이 무너지는 것입니다. 아무리 작고 힘이 없는 나라라도 드론을 여러 개 사서 폭탄을 실어 보내면 미국이라고 안전할 수는 없습니다. 물론 드론이 우리의 일상생활에 큰 이익과 도움을 주는 것도 사실입니다. 사람들이 들어가기 어려운 숲속이나 높은 산, 복잡한 시내에 드론을 보내면 일이 쉽게 해결할 수 있고 드론으로 물건을 배달할 수도 있습니다. 잘은 모르지만 어떤 회사에서는 드론으로 주문한 물건을 배달한다고도 합니다.

앞으로는 뉴욕의 복잡한 교통 속에서 드론으로 날아가서 빠른 시간으로 도착할 수도 있고 환자도 운반할 수 있을 것이라 합니다. 드론을 운영하는데 경비가 많이 들지 않으므로 앞으로 짜장면도 드론으로 배달이 되지 않을까 생각해 보면서 피식 웃어 봅니다.

그렇지만 이 많은 사람이 드론을 이용하면 뉴욕의 하늘도 드론으로 가득 차서 공중 충돌이 생기고 하늘을 볼 수 없는 세상이 될지 모릅니다. 얼마 전 TV에서 로버트 군인들이 전쟁에 투입되는 것을 보았습니다. 그들은 인간보다도 더 시가전에 능하고 빨랐으며 용감했습니다. 그러니 로버트와 드론이 합세하면 구태여 군인들이 참전할 필요도 없고 돈 많은 자본가가 혼자서도 전쟁을 치를 수 있지 않을까 하는 생각을 해보았습니다.

뉴저지 하늘에 정체불명의 드론이 날아다니고 있는 지금, 이 드론이 평화의 드론인지 아니면 정탐의 드론인지 아니면 전쟁을 부르는 드론인지 알 수 없어 사람들은 불안해지고 있습니다. 미국이 세계 최강국의 나라라고 하지만 최강국은 적이 많은 나라이기도 합니다. 유엔에서 가장 적이 많은 나라가 미국이기도 하고 미국에 반대하는 나라들이 많기도 합니다.

트럼프 대통령은 유엔이나 나토에 경비를 가장 많이 지출하면서도 적대국이 많은 기구에서 나와야 하지 않느냐고 질문합니다. 그래서 WHO에서 탈퇴한다고 선언했고, NATO에서도 탈퇴를 고려한다는 소식입니다. 유럽의 여러 나라는 지금보다도 미국을 싫어하거나 공격할 것이고 미국은 적이 더 많아질 것입니다. 그중에는 팔레스타인이나 이란, 이라크과 같은 폭력적인 나라도 있을 것이고 미국을 공격하고 싶은 마음을 가진 나라들도 있을 것입니다. 하늘이 무너질까 봐 걱정하는 사람처럼 나는 이런 국가의 과격분자들이 드론을 미국에 보내어 미국을 협박하거나 미 국민을 괴롭게 하여 나라를 혼란에 빠트리지 않을까 염려가 됩니다.

드론이 발전될수록 나라의 안보는 어려워질 것입니다. 드론을 방지하는 방법이 아직은 나오지 않은 모양이고 Fox 뉴스에서도 큰 우려를 하고 있습니다.

생각할수록 나의 가슴이 '드렁드렁' 불안해지고 있습니다.

악처들

요새 남자들이 모이면 하는 얘기가 있습니다. 부인이 옛날처럼 고분고분하지 않는다고 합니다. 심지어 남녀의 파워가 역전되어서 부인들이 집안을 다스린다고 엄살을 떱니다. 점점 여인 천하의 시대가 깊어 간다는 말입니다. 남자들은 악처의 이야기를 하면서 시시덕거립니다.

사실 남자들이 오랫동안 여자들을 압제하며 살았습니다. 솔로몬 왕 같은 사람은 암만, 에돔, 모압 등 각 족속의 여인들을 모두 부인으로 삼았고 비빈과 처첩을 합치면 천 명이 되었다고 성경에 기록되어 있습니다. 아브라함도 여자가 셋이나 되었고 애처가인 이삭만이 부인이 하나였습니다. 야곱도 아내가 넷이었지만, 성경에서는 그것이 죄가 된다고는 하지 않았습니다. 물론 주인이 있는 여자를 범하면 간음죄를 범했지만…. 그리고 여자를 마치 노예처럼 취급했습니다.

내가 어렸을 때는 남자들이 술 먹고 들어와서 부인을 때리는 남자들이 심심치 않게 있었습니다. 그러나 역사가 바뀌었는지 문화가 바뀌었는지 여자들의 힘이 강해져서 남자를 초월하고 있습니다. 지금은 여자들이 못 하는 것이 없습니다. 중장비 운전, 전투기 운전, 여자 우주인, 여자 레슬러, 격투기 선수 등 거친 일들도 다 하는가 하면 정치에도 여자들이 남자들을 앞서는 경우가 많습니다. 지금 국회의원 선거도 남녀가 대결하면 여자가 우세한 지역이 더 많은가 봅니다. 병원에서 여자 의사의 숫자가 급격히 늘어 거의 삼 분의 일을 점유하고 그전에는 산부인과, 소아과, 내과, 안과가 주로 여의사들이었으나 정형외과, 흉부외과, 신경외과에 여의사들이 늘어 가는 추세입니다. 그러니 여자들이 이제는 남자들 알기를 빨래통에 넣은 바지 정도로밖에 취급하지 않습니까.

오래전 며느리가 태권도장에 나간다고 하길래 우리 아들은 때리지 말라고 웃으면서 부탁한 일이 있습니다. 역사에 세계 4대 악처가 있다고들 합니다.

첫 번째가 소크라테스의 부인인 크산티페는 요새 여자들에 비하면 양처입니다. 소크라테스는 돈을 벌어 본 일이 없습니다. 매일 아고라 광장에 가서 젊은이들과 이야기나 하고 기껏 잘해야 사람들을 모아놓고 강의를 하는 것뿐입니다. 그것도 무료로…. 지붕에 물이 새는지 먹을 것이 떨어졌는지 관심이 없습니다. 그러니 소크라테스에게 구정물을 끼얹을 수도 있지 않습니까. 요새 여자들 같으면 3

개월 이내 이혼했겠지만….

둘째로는 톨스토이의 부인 소피아입니다. 톨스토이는 자기의 외모가 못생겼다고 생각하고 평생 추남 콤플렉스 속에 살았습니다. 그러다가 결혼을 거의 포기하고 있다가 34살에 18세의 소피아를 만나 결혼했습니다. 요새 여자들 같으면 세대 차이를 느낀다며 일찌감치 버렸을지도 모르지요. 소피아는 톨스토이를 보좌하여 2,000페이지가 넘는 『전쟁과 평화』 소설을 7번이나 정서를 해주었습니다. 그리고 자식을 13명이나 낳았지요. 톨스토이가 자기의 땅을 농노들에게 나누어 준다고 하지 않습니까. 그러니 어느 부인이 좋다고 할 사람이 있겠습니까. 나중에는 자기가 쓴 모든 작품의 저작권까지 농노들에게 나누어 주겠다고 하니 부부 싸움을 않을 수가 없지요. 톨스토이는 툭하면 삐져서 가출합니다. 그가 아스타포보 역에서 폐렴으로 죽기까지 3번이나 가출하지 않았습니까. 톨스토이는 젊어서는 바람도 많이 피웠고 나쁜 짓도 많이 한 사람 아닙니까. 그런 남자를 보좌하고 원고를 정서해 주고 일생을 살았는데 악처라는 오명을 쓰고 있습니다. 아마도 소피아가 들었으면 대성통곡을 하겠지요.

에이브러햄 링컨의 부인도 악처라고 합니다. 그의 정치적인 삶은 알지만, 그의 가정생활을 모르니 무엇이라 할 수는 없습니다. 그도 부인이 모시고 살기에는 쉬운 사람은 아니었을 것입니다.

요한 웨슬레 목사의 부인도 악처라고 합니다. 그는 웨슬레의 책상을 모두 뒤지고 돈이 있으면 빼앗아 가고 편지가 있으면 자기가 먼저 뜯어 보았다고 합니다. 교인들 있는 데서 웨슬레 목사의 머리를 잡아당겼다고 하니 좀 심하기는 했지만 요새 젊은 여자들 그런 일이 많지 않은가요?

한국 드라마를 보면 여자가 남자의 뺨을 때리는 일이 다반사로 나옵니다. 그게 남편이기도 하고 애인이기도 합니다. 옛날 사람들의 기준으로 하면 악처의 기준을 벗어날 수 있는 사람이 얼마나 될지 모르겠습니다. 여자들이 모여서 수다를 떨며 사위가 와서 설거지하는 것을 보면 보기가 좋은데 아들이 설거지하면 속이 상한다고 하지만 요새 맞벌이 부부 중 남자가 설거지를 안 하는 사람들이 얼마나 될까요? 물론 남자의 집이 재벌이나 준재벌만큼 돈이 있는 사람이나 사회에서 아주 출세한 사람이면 몰라도 요새 남자들은 설거지는 물론 음식을 해서 부인에게 바치는 남자가 많이 있습니다.

현대 악처의 기준은 무엇일까요? 남편이 벌어 오는 돈을 불륜의 남자에게 갖다 바치는 여자, 남편의 재산을 전부 빼앗아 불륜의 남자에게 주는 여자 정도 되어야 악처라고 할 수 있지 않을까요? 하기는 그것보다 좀 더 올라가 남편을 죽여버리고 외간 남자와 사는 여자 정도 되어야 악처라고 할 수 있지 않을까 생각합니다.

그렇습니다. 사회와 문화가 바뀝니다. 남녀 사람의 기준도 바뀌고 윤리 도덕도 바뀝니다. 그래서 여자들이 무서워 결혼하지 않는 남자들이 점점 늘어 가는 것 아닐까요.

네가 뭔데

'네가 뭔데'는 우리가 많이 듣는 말입니다.

"네가 뭔데 남의 일에 간섭하느냐?"

"네가 뭔데 잘난 척하느냐?"

"네가 뭔데 오라 가라 하느냐?"

"네가 뭔데 남의 상에 감 놔라 배 놔라 하느냐?"

등등 대개 상대방의 말이나 행동에 반감을 드러내는 말일 것입니다. 그래서 시비가 있을 때 "야! 네가 뭔데"라는 말이 싸움의 발화점이 됩니다. 거기에 따라오는 말이 있습니다. "○○면 다야!"라는 말입니다. "네가 뭔데 선생이야 선생이면 다야?" "경찰이면 다야?"는 말은 상대방을 인정하지 않겠다는 말입니다.

몇 년 전의 일입니다. 퇴근하여 아파트가 있는 언덕길을 걸어가고 있는데 열대여섯 된 소년 몇 명이 담배를 피우며 음료수를 마시며 걸어가고 있었습니다. 그러다가 어떤 소년이 다 마신 깡통을 길에다 던졌는데 뒤에 오던 중년 남자의 발 앞에 떨어졌습니다. 중년 남자가 "무슨 짓들이야!" 하고 야단치니 아이 중 하나가 "당신이 뭔데?" 하고 돌아서며 말했습니다. 중년 남자도 체격이 건장하여 힘깨나 쓸 만했습니다. "길을 가려면 곱게 가야지, 깡통을 아무 데나 버리면 되겠니?"라고 중년 남자의 말에 아무 말도 안 하고 저만큼 가더니 한 두어 명이 돌아서며 "당신이나 잘해" 하고는 빠른 걸음으로 도망을 쳤습니다.

얼마 전 유튜브에서 본 이야기인데 어떤 사람이 경찰의 지대(옛날의 파출소)에 술을 먹고 들어와서는 주정하며 경찰들에게 시비를 걸고 있었습니다. 경찰이 만류하자 이 주정뱅이가 "아니, 네가 뭔데 나더러 이래라저래라하는 거야?" 하면서 경찰과 몸싸움을 했습니다. 그리고 "소장 나오라고 해!"라고 소리를 질렀습니다. 경찰이 "아니 술을 마시고 경찰에게 시비를 걸면 어떻게 합니까?"라고 하니까 "그건 너나 잘해."라며 소리를 질렀습니다. 결국 경찰서로 이송이 되는 것 같았습니다.

오래전에 점심을 먹고 병실로 올라오는데 어떤 남자가 간호사에서 소리를 지르고 있었습니다. 아마 환자에게 치료하다가 실수를 한 모양입니다. 환자 보호자는 온 병실이 떠나가게 소리를 지르고 간호사는 겁에 질려 울음이 터지기 직전이었습니다. 그래서 제가 그 남자에게 "어르신 어디가 잘못되었는지 알려 주시면 수습하겠습니다."라고 했습니다.

이 남자는 나를 쳐다보더니 “아니, 네가 뭔데 병원장이라도 되냐?”라고 소리를 질렀습니다.” “아닙니다. 원장은 아니지만, 이 병원 의사입니다.”라고 하니까. “야! 너는 저기 가서 너나 잘해!”라며 나를 밀쳐 버리는 것이었습니다.

이런 현상이 우리 사회의 단면입니다. 어디를 가든지 소리를 지르고 악을 쓰면 내게 유리하게 해결이 된다는 ‘뗏법’이 한국에서는 유행이고 이 사회를 망가트리고 있습니다.

네가 뭔데 상급생이면 다야? 선생이면 다야? 경찰이면 다야? 심지어는 ‘대통령이면 다야?’ 하는 막가파를 조절하지 않는 한 한국이 아무리 경제적으로 발전되고 국민이 똑똑하다고 해도 문명국이 될 수 없을 것입니다.

지금 중국이 그렇습니다. 중국도 유튜브나 사진에 도시마다 마천루 같은 건물들과 그림에서만 있을 듯한 멋진 다리를 세우는 등 경제적으로 눈부신 발전을 했습니다. 그리고 부유한 사람들이 고급 차를 타고 다녀도 질서가 엉망인 것을 보면서 ‘중국도 선진국이 되려면 아직도 멀었구나.’라는 생각을 하게 됩니다. 꼰대의 소리라고 웃기네 하겠지만 내가 자랄 때는 집안이나 동네의 어른들이 무서웠고 나이 먹은 분을 공경하는 풍습이 있었습니다. 학교 선생님이 무서웠고 순경이 무서웠습니다. 그런데 언제 이런 미풍양속이 무너져 버렸을까요?

나는 소위 운동권 인사들이 사회 질서를 무너트리고 그들이 주장하는 인권이라는 것을 주장하면서 도덕과 윤리가 갈가리 찢어졌다고 생각합니다. 학생들이 선생더러 "네가 뭔데 선생이면 다야? 너나 잘해!"라며 선생님을 때리고 자식들도 부모에게 "부모가 뭔데 부모면 다야?"라며 부모를 구타하고 심지어 살인까지 한다는 이야기를 들으면서 소름이 끼칩니다.

북한에서는 부모가 반동적인 행위나 말을 하면 당에 고발하라고 가르칩니다. 선생이 반동적인 언사나 태도를 보이면 당에 고발하라고 가르칩니다. 그러니 '아버지면 다야?'라고 반항하는 애들이 생깁니다. 한국에도 선생님들이 선생이기를 포기하여 교육 노동자라고 스스로 전국 교육 노조를 결성하니 그것이 진보적이라고 해야 할까요. 그런 선생님들이 탈선적인 지식을 학생들에게 주입시킵니다.

"부모가 우리를 낳고 싶어서 낳았나. 자기들끼리 재미를 보다가 우리가 생긴 거지, 그러니까 낳았으면 책임을 져야지, 다른 부모가 하는 것처럼 먹여주고, 공부시켜주고 호강시켜 줘야지."라는 청소년이 있다고들 합니다. 그래서일까요? 이제는 재미를 봐도 책임을 져야 할 아이를 낳지 말자 하는 젊은이가 많이 생겨났습니다.

이렇듯 급진적으로 가르치는 전교조 노동자들이 교육을 맡고 있는 한 이 사회는 점점 더 퇴락된 세상으로 빠져들 것으로 생각합니다. 선배를 보고 네가 뭔데 선배면 다야, 선생을 보고 당신이 뭔데 선생이면 다야, 당신이 뭔데 아버지면 다야, 심지어 당신이 뭔데 대통령이면 다야 그까짓 것 광화문에 모여 함성을 지르고 탄핵하면 쫓겨날 놈이라고 하는 사회의 흐름을 어찌 막을지 걱정됩니다.

왜냐고요? 나도 꼰대이고 꼴통이니까요. "네가 뭔데?"라고 나에게 물으면 "그래 나는 꼴통이다. 어쩔래?"라고 대답해야 할 테니까요.

박정희 대통령

한국 대학에 있을 때 동료들에게서 '수구꼴통'이라고 불린 일이 있습니다. 젊은 교수 중에는 좌편향이 많았고, 강의를 시작하기 전에 미국을 욕하는 한마디 말을 해야 학생들이 집중한다는 이야기가 있는 시대였습니다.

나는 강의 전에 에밀리 디킨슨이나 윌리엄 워즈워스의 시 한 편을 암송하고 강의를 시작하곤 했습니다. 젊은 선생 중에는 반미주의자들이 있었는데, 미국에 연수 왔을 때 잘 지내지 못한 이들에게서 그런 이가 많았습니다. 내가 아는 서울대학교 의대 K 교수는 한국에서 대접받고 지내다가 미국에서 영어가 신통치 않으니 강의도 제대로 못 알아듣고 말도 제대로 못 하다가 한국으로 뒤돌아왔습니다. 그랬던 그가 "미국에서 하는 연구가 우리가 벌써 다 해본 것들을 지금에야 하고 있더라. 나는 미국에 가서 배울 것은 하나도 없고 내가 하던 수술을 한 수 가르쳐 주고 왔다."라며 큰소리를 쳤다고 합니다. 나는 그 말을 듣고는 아무 말도 안 했지만 속으로 '웃기네'라고 조소했습니다. 설령 그렇다고 하더라도 남의 나라에 가서 공부하고 온 사람이 할 말은 아니라고 생각했습니다.

1961년 5월 16일 군사혁명이 일어났을 때 우리는 갓 졸업한 인턴이었습니다. 4월 19일 혁명으로 집권한 민주당은 매일 신 구파가 싸움하고 서울 시내는 매일 데모로 시끄러웠고, 상이군인과 정치 학생들이 국회의장의 책상 위에 올라가 강단 위를 뛰어다녔습니다. 우리는 그때 정말 이 나라가 망하려는가 보다 하고 걱정했습니다. 그때는 TV는 없고 라디오로 뉴스를 들을 때였습니다. 아침에 일어나 병원에 나가니 라디오를 틀어 놓고 있었습니다. 우리는 또다시 한국에 전쟁이 일어나는가 하고 걱정했지만, 다행히 전쟁은 아니고 장면 정권이 붕괴했다는 이야기였습니다. 얼마 있다가 박정희 소장의 목소리가 라디오를 통해서 들려왔습니다. '방공을 국시로 삼고'라는 말에 안심했고 북한에 대하여 뜨뜻미지근한 태도를 보여온 장면 정부보다 낫구나 하고 생각했습니다.

우리는 가난하여 나와 동생이 둘이 대학에 다니기에는 너무나 벅찼습니다. 동생은 1969년 학보 군번으로 군에 입대했습니다. 동생은 학생 때 서울대학교의 육지수 교수의 연구실에서 일을 도와주며 약간의 도움을 받았습니다. 군에서 훈련이 끝나고 동생이 부산 군사기지 사령부로 배치되었습니다. 육지수 교수에게 그 이야기를 했더니 군사기지 사령관이 자기 조카사위라고 하면서 추천서를 한 장 써주었습니다. 동생이 면회를 신청하여 그 편지를 군수기지 사령관이었던 박정희 소장에게 전해주었더니 박 소장이 그 편지를 뜯지도 않고 "나는 우리 처삼촌이 이런 편지를 써주었다고 생각하지 않고 실수가 있는 것 같으니 오해하지 않기 위하여 이 편지를 읽지 않겠네"라며 편지를 찢어 버리더라는 것입니다. 그러고는 부관을 불러 "이 청년이 정신 교육이 필요한 것 같으니 탱크부대로 보내!"라고 하더라는 것입니다. 그래서 동생은 춘천의 탱크부대로 쫓겨가 고생을 많이 했습니다.

그래도 동생이나 나는 그를 원망하지 않았습니다. 아직 대한민국에 저렇게 청렴한 장군이 있구나 하고 감탄했습니다. 박정희 대통령이 그렇게도 어렵던 미국 유학의 길을 터주었고, 미국 이민을 도와준 분입니다. 독재라니요? 물론 기강을 세웠습니다. 장면 정권 밑에서 망가진 정신을 바로잡아 주려고 노력했지요. 깡패들을 소탕하여 사회를 정화시켰지요. 그때 우리는 깡패를 없애준 정부에 감사드렸지요. 부채 탕감을 해주었지요. 필리핀 사람들을 부러워하던 우리에게 대한민국 군인임을 자랑하게 만든 월남 파병을 해주었지요. 그전에 우리는 너무나 못 살아 타일랜드, 필리핀 군인을 부러워하던 엽전이 월남에 이동외과를 파견하여 코리안 박사라고 불리며 월남에 가서 존경을 받았습니다.

서울에서 부산에 가려면 완행열차를 타고 10~12시간을 가야 하던 우리나라에 경부 고속도로를 놓아 5시간이면 내 차를 타고 부산에 갈 수 있게 해주었습니다. 군사 경비선에서 미루나무를 제거하려던 미군을 도끼로 살해한 북한 미친놈에겐 몽둥이가 약이라며 강경 대응을 하여 북한이 사과하게 했습니다. 정치를 하여 좌파적인 일을 하지 않는 한 독재라는 어휘는 맞지 않는다고 생각합니다.

그 당시도 김영삼, 김대중의 민주당은 박정희 대통령을 무척이나 괴롭혔습니다. 고속도로의 작업을 하는 앞에 드러누워서 우리나라에 왜 고속도로기 필요하냐고 했고, 월남에 군인들 파병할 때는 젊은이들의 피를 팔아먹는다고 아우성쳤습니다. 박 대통령과 회담하고 월남 파병에 동의한다던 박순천 여사를 배반자라고 매도했습니다. 반대를 위한 반대를 하는 현재 민주당의 습성이 그때 생겼는지도 모릅니다.

지금도 박 대통령을 암살한 김재규를 의인화하려는 좌파들의 음모가 있지만 나는 군에 있으면서부터 김재규를 보았습니다. 그는 박정희 대통령과 동향이고 친구라면서 군에서 얼마나 오만하고 독선적이었는지 모릅니다. 그가 육관구 사령부에 있을 때 그 밑의 장교들이 쩔쩔맸다는 이야기를 들었습니다. 농사일을 도와주며 막걸리를 마시고 겨우 양주 시바스 리갈을 마셨다고 좌파에서 그렇게 비난하더니 시바스 리갈은 양주에서 제일 싼 술에 속한다는 것을 왜 말을 안 할까요? 그가 세워놓은 나라에 김대중, 노무현, 문재인이 군림하면서 나라를 시궁창에 빠트린 것을 느끼며 박정희 대통령을 그리워합니다.

핍박받는 한국 의사들

지금 한국에서는 의료 대란이 파동을 치고 있습니다. 금년에 정부에서는 의사를 2천 명 증원한다고 했습니다. 나는 이 정부안이 그동안 의료계나 의과대학 대표자와 의논하고 계획한 것인지 아니면 각료회의에서 충동적으로 정한 건지 모르겠지만 우리를 놀라게 한 계획이라고 생각합니다. 의과대학 교육은 법과대학이나 문과대학처럼 칠판과 분필만으로 하는 교육이 아니고 각 실험실이 완비되고 병원의 병상수 병원의 공간들이 준비되어야 가능합니다.

그런데 백 명, 이백 명이 아니고 갑자기 2천 명을 증원하겠다니, 그리고 매년 2천 명씩 5년간 유지하고 만 명의 의사가 충원되면 다시 원상 복귀한다라는 안은 정말 의학교육의 '의'자도 모르는 분이 입안한 게 아닌가 생각합니다. 좀더 연구하여 현실에 맞게 운영하는 것이 아니라 금년에 기안했으니 내년부터 실시한다는 건 졸속이고 무계획한 일이라고 생각합니다.

의사 수를 만 명 늘리고 나서는 본래대로 돌아온다면 증원된 의사들을 교육하려고 설치한 실험실 건물들은 어찌한단 말입니까. 이 계획은 의학협회와 충분히 의논했어야 할 문제입니다. 또 이런 문제가 제기되자 의학계는 전가의 보도를 휘둘렀습니다. 파업이라는 칼입니다. 의사들은 툭하면 파업이라는 칼을 휘두릅니다. 대한의사회, 병원협회, 의과대학 연합회의 지도자들은 그렇게 생각이 없습니까.

미국에도 의사 부족이 심합니다. 그래서 외국에서 많은 의사가 미국으로 들어옵니다. 그래도 미국 의사협회는 의과대학 정원을 갑자기 늘리지 않습니다. 내가 속해 있는 성형외과학회에서도 성형외과 전공의의 숫자를 늘리지 않습니다. 이런 문제들을 항상 정부와 협의하고 토론하고 타협점을 찾습니다.

내가 1970년에 미국에 왔으니 54년을 여기서 의사로 살았습니다. 그런데 미국에서 의사들이 파업한다는 이야기를 들은 일이 없습니다. 왜냐하면 의사는 정부와의 약속도 있지만, 환자와의 약속이 있기 때문입니다. 만일 환자가 의사와 약속이 있는데 파업으로 환자를 보지 못하고 그것으로 인해 환자에게 부작용이 생긴다면 의료사고로 금방 고소를 당하고 이것은 방어할 수 없는 문제로 비화될 것이기 때문입니다.

그럼, 한국 의사는 3월 4일에 환자를 몇 명 보겠다고 약속했고, 수술 예약되었는데도 일방적으로 데모를 한다고, 파업한다고 약속을 어겨도 책임을 지지 않습니다. 그래서 환자에게 문제가 생겼는데도 누구도 책임지지 않습니다. 나는 한국 의사들이 툭하면 파업하는 걸 보면서 참 책임감 없는 사람들이라고 생각합니다.

내가 수술하고 병실에 누워있는 환자를 자신이 책임을 지는 건 의사의 최소한의 윤리가 아니겠습니까?

이번에 한국의 의과대학 당국자들의 이중적인 태도를 보면서 크게 실망했습니다. 계획 없는 의사 증원은 의학교육을 망친다고 의과대학 당국자들은 항의하였다고 합니다. 그러면서도 정부에게는 자기네 의과대학에 학생을 증가시켜 달라고 증원신청을 했다고 합니다. 서울대학교와 경북대학교에서는 무려 250명을 증원해 달라고 신청하였다니, 전공의들에게는 '의과대학생 증원을 반대하라. 그리고 파업해라.' 하면서 뒷구멍으로 자기 학교 학생 증원을 신청한 이중성을 용서할 수 없다고 생각합니다. 진정으로 의사 증원을 반대하였다면 자기 학교에서는 증원된 의사를 받지 못하겠다고 해야 하지 않았을까요?

전공의는 한국이나 미국이나 고생합니다. 그런데 전공의 시절은 배우는 때로 마치 절에서 나무하고 물 긷고 마당을 쓰는 그런 시절이라고 생각하여 밤을 낮으로 알고 고생을 달게 받습니다. 제가 외과 전공의 때는 병원에서 살았고 군인이 휴가 나가듯 한 달에 한 번 주말 정도 쉬었습니다. 미국에 와서도 저녁 5시나 6시 회진을 돌고 지적받은 일을 하고 나면 집에 7시에나 갈 수 있었습니다. 그리고 다음 날 아침 7시 회진을 준비하려면 병원에 6시 전에는 나가야 했습니다. 거기에 하루나 이틀에 한 번꼴로 24시간 당직을 서야 했습니다. 한국의 전공의도 그렇게 고생합니다. 그런데 이런 문제가 생길 때마다 전공의 인턴더러 먼저 파업하라고 합니다. 참 너무한다고 생각합니다.

의사는 사회의 노예인가요? 평상시에는 7~8시간 걸려 수술하고 땀으로 얼룩진 얼굴을 닦으면서 나와도 "선생님 감사합니다." "수고하셨습니다."라는 보호자는 별로 없고 "우리 애 수술 잘했지요?" "아무 문제 없을까요?" 하고 보증 서라고 닦달하면서 합병증이 좀 생기면 민원을 넣고 병원에 플래카드 달고 병원 로비에서 "병원장 나와라" 하고 고함을 질러댑니다. 인술을 베푸는 의사들이 어쩌고저쩌고하면서 의사들은 환자 옆을 떠나서는 안 된다고 하면 이것은 너무 일방적인 처사가 아닐까요?

이번 의료 대란을 보면서 저는 의사들은 파업을 풀고 병원으로 돌아와야 한다고 생각하고, 정부는 의료계 대표들을 불러 협상하며 조절해야 한다고 생각합니다.

또 의사들을 이제는 핍박하지 마십시오. 그들은 열심히 공부하고 그 많은 시위에도 의과 대학생들은 참가하지 않은 착한 학생들이었습니다. 의사 대부분은 환자를 정성으로 보살피고 치료하는 착한 사람들입니다. 한국의 의료 시스템을 세계 최고로 이끈 전사들입니다. 그들을 그만 괴롭히십시오.

앤디 머레이

지금 마이애미 오픈 테니스 경기에서 영국의 앤디 머레이는 젊은 체코의 마하치 선수와 열심히 뛰고 있습니다. 첫 세트에서 졌으나 제2세트에서 이겨 제3세트에도 타이브레이크를 하고 있습니다. 타이브레이크에서도 시소게임을 하는데 갑자기 머레이가 껑충껑충 뛰면서 무릎을 꿇었습니다. 그러고는 두 점을 내주고 패배하고 말았습니다.

앤디 머레이는 영국의 영웅이었습니다. 금년 36세의 노장입니다. 그와 동년급인 로저 페더러, 라파엘 나달, 노박 조코비치가 은퇴하거나 하려고 하는데 앤디 머레이는 열심히 뛰고 있습니다. 그가 테니스코트에 얼굴을 보인 것은 2005년이었습니다. 그러다가 2008년 US Open에서 준결승에 진출하면서 희망을 보였습니다.

그는 꾸준히 준준결승, 준결승, 결승에 진출하다가 2012년 US Open의 우승컵을 거머쥐면서 영국에 앤디 머레이의 바람을 일으켰습니다. 다음 해 2013년 영국 Wimbledon에서 우승하면서 영국의 영웅이 되었습니다. 세계에서 가장 전통이 있다는 Wimbledon 대회는 영국이 주관하지만 1938년 Bunny Austin이 우승한 후 59년 동안 영국 사람이 한 번도 우승을 못 한 채 외국 사람들에게 엄청난 상금을 주고 있었습니다. 머레이의 우승은 거의 80여 년만의 경사였고 영국 사람들은 정말 환호했습니다. 그해의 테니스 경기를 보았던 나는 마치 영국 섬이 모두 분해가 되고 하늘로 날아가듯 Wimbledon 경기장은 환호의 도가니였고 눈물을 펑펑 흘리는 사람들도 많이 있었습니다.

머레이는 효자 노릇을 하느라고 같은 해 2012년 영국 올림픽 테니스에서 우승하여 금메달을 획득하고 혼성 복식에서도 은메달을 차지했습니다. 머레이는 정말 하늘에 날아갈 듯했습니다. 영국의 언론이 그를 얼마나 칭송했는지는 짐작이 갑니다. 그러니 자연히 어깨에 뽕이 들어갔겠지요.

머레이가 오만한 모습을 보이기 시작했습니다. 2016년에 다시 Wimbledon 챔피언이 되면서 세계 랭킹 1위가 되어 41주 동안 유지했습니다. 그는 Master 1,000시리즈에서 14번이나 우승하였습니다. 아마 그때가 머리의 최고 전성기였을 거로 생각합니다.

나는 스포츠는 배고픈 사람들이 하는 것이고 배가 고플 때 좋은 성적이 나온다고 생각합니다. 영국의 영웅이 되어 매스컴에서 떠들고 많은 돈을 번 앤디 머레이는 코트에서도 오만한 태도로 심판에게 항의하고 걸음걸이조차 거들먹거리는 모습을 보였습니다. 그리고 다음 해에는 좋은 성적을 거두지 못하고 초반에 패배하곤 했습니다. 나는 그를 좋지 않게 보았습니다. 한 사람의 테니스 선수일 뿐인데 자기가 무슨 왕자인 것처럼 거만하게 행동하니 나쁘게 보았고 그가 경기할 때면 상대 선수를 응원하곤 했습니다. 그리고 그의 순위는 떨어졌고 그와 동격이었던 로저 페더러나 노박 조코비치와는 아주 거리가 멀어졌습니다. 그가 고함을 칠 때는 마치 이리가 입을 벌리고 달려드는 듯한 인상까지 주었습니다. 머레이가 초반에 떨어져 나가는 것을 보면서 고소하기까지 했습니다.

그런데 머레이가 경기에 끊임없이 나오는 것입니다. 점차 승률이 높아져 가는 것입니다. 아주 젊은 신인들 속에 끼어서 열심히 공을 치는 것을 보고 그를 다시 생각하게 되었습니다. 역시 성실하구나 하는 생각으로 바뀐 것입니다. 그의 스트로크는 정확하고 강합니다. 심판에게 항의하는 일도 적어졌고 젊은이에게 저도 그냥 잘 순응하는 모습이 그전과 태도가 많이 달라진 것입니다. 역시 제스처는 많이 했지만, 관중을 향해 욕하고 라켓을 부수는 일 등은 볼 수 없습니다.

36세면 테니스계에서는 만년의 나이입니다. 그와 비슷한 노박 조코비치는 작년에 프랑스 오픈에 우승하고 가장 위대한 선수로 지명이 되었습니다. 4 메이저 대회에서 가장 우승을 많이 했기 때문입니다. 그러나 그도 오만해져서 심판에게 항의하고 라켓을 부수며 고함을 질러서 그의 인기가 많이 떨어졌습니다. 그리고 지난 주 인디언 웰즈 경기에서 123위의 젊은 선수에게 무참히 패배하는 것을 보고 뿌린 대로 거두는 스포츠계의 진실을 다시 보았습니다.

가끔 관중석에서 '우우~' 하는 소리가 들립니다. 로저 페더러가 은퇴하고 나서도 인기가 있는 것은 그의 경기 태도가 신사적이었고 많은 사회봉사를 하기 때문일 것입니다. 지금도 가장 인기 있는 테니스 선수로 미디어에 오르고 있습니다. 그리고 오래전에 있던 스웨덴의 스테판 에드베리는 은퇴한 지 20년이 됐는데도 아직도 많은 사람에게 사랑을 받고 있습니다. 그를 테니스코트의 신사라고도 불렀고 귀족이라고도 불렀습니다. 에드베리의 경기 태도는 정말 신사적이었고 그도 Wimbledon 챔피언이었습니다.

오늘도 각종 대회에서 열심히 젊은 선수들과 뛰면서 지더라도 깨끗한 태도로 정성을 다하는 앤디 머레이를 다시 보며 그를 응원합니다. 오늘도 케빈 앤더슨에게 3세트를 지다가 발목 부상으로 퇴장하는 그를 보며 나도 열심히 머레이를 응원했습니다. 그의 선수 생활이 길지는 않을 것입니다.

나는 그가 2012년 Wimbledon과 올림픽에 우승한 후 오만한 모습으로 사람들을 식상하게 한 그때보다 지금 겸손하고 정성을 다하여 경기하는 모습을 보면서 그가 진정 영국의 영웅으로 아름다운 사람으로 기억이 되기를 바랍니다.

한국의 아스틸락스

역사적으로 유명한 포에니 전쟁은 BC 264년에서 146년까지 로마 제국과 카르타고 사이에 120년이나 계속되었습니다.

카르타고는 스페인과 연합하고 로마 제국은 튀니지와 연합하여 처절하게 싸웠고, 로마 제국은 거의 패망 직전까지 갔었습니다. 카르타고는 명장 한니발 장군과 아버지 2대가 전쟁을 이끌었습니다. 한니발은 코끼리 부대를 이끌고 알프스산을 넘어 로마를 압박했고 로마는 지휘관을 바꾸다가 스키피오 장군에게 일임하였습니다.

내가 그때 살지도 않았고 카르타고 정부에 있지도 않았으니 어찌 알겠습니까만 어떤 책에는 카르타고에 한니발을 시기하는 사람들이 생겨서 한니발을 지원하지 않았고 그가 역적 행위를 한다고 고발당하는 등 나라에서 버림받은 한니발은 자살했다고 합니다.

카르타고는 천혜의 요새요 난공불락의 요새였는데 그 도시에 사는 장사꾼 아스틸락스가 도시의 비밀 지도를 훔쳐다가 스키피오 장군에 바쳤다고 합니다. 로마군은 지도를 보며 비밀통로를 통하여 카르타고로 침입했고 카르타고를 유린했다고 합니다. 그때는 적국을 점령하면 주민을 전부 죽이는 풍습이 있었는지 카르타고는 철저히 파괴되었고 주민들은 거의 모두 죽었다고 합니다. 카르타고는 역사 속에서 거의 사라졌습니다. 그럼 아스틸락스는 어떤 인물이었을까요. 그는 돈이 많은 거부였다고 합니다. 그는 돈이 많은 상인이었는데 도시가 포위되고 장사가 잘 안되고 전쟁 비용을 자꾸 내라고 하니 싫었겠지요. 그러니 자기의 이익을 위하여 자기 나리를 팔았습니다. 그때 카르타고는 바닷가에 배를 댈 수 없는 험한 바위들이 있었고 상 하 수도가 잘되어서 아무리 포위되었어도 견딜 수 있는 조건이었다고 합니다. 그러나 어떤 곳이든 아킬레스건은 있기 마련입니다. 이 비밀을 아스틸락스가 스코피오 장군에게 갖다 바친 것입니다. 어느 나라나 전쟁 중에 간첩은 용서하지 않습니다. 간첩에게 3년 징역 집행유예 5년 같은 판결은 없습니다. 체포되고 유죄 판결이 나는 대로 사형일 것입니다.

오래전 월남이 분단되고 남북 전쟁을 할 때 월남 장군들 속에 간첩이 있었다는 이야기를 듣고 "월남은 망할 수밖에 없었구나" 하고 생각했습니다. 한국은 세계 역사상 가장 처절한 남북 전쟁을 치렀습니다. 그냥 동족이 죽였다기보다는 형이 아우를 죽였고 그 집에서 대대로 붙어먹고 살던 하인이 집주인을 죽였습니다. 선생 밑에서 배우던 학생이 선생의 손목을 쇠줄로 묶고 지하실에 처넣었으며 교회에서 목사님의 설교를 듣던 신도가 목사님을 보안서에 고발했습니다. 사람들은 영하 20도를 넘는 추위에 천 리나 되는 거리를 걸어서 피난했으며 추위에 얼어 죽으면 그 위에 가마니나 이불을 덮어주고 피난길을 계속했습니다. 휴전되고 정전이 되었습니다. 박정희 대통령을 살해하기 위해 121부대의 김신조와 그 부대를 보냈고 간첩선을 보냈지만 성공하지 못했습니다. 그러자 김일성은 전술을 바꾸었습니다.

카를 마르크스의 방법이 공산주의 전파에 큰 성공을 거두지 못하자 이탈리아 사람 안토니오 그람시라는 사람이 만든 국가의 공산주의화 정책의 11조인 사회 불안 조성하기, 허위 사실을 유포하기, 국민을 갈라치기, 부자와 가난한 자, 남자와 여자, 남쪽 사람과 북쪽 사람, 부모와 자식을 갈라쳐서 자기들끼리 대립하고 싸우게 만드는 것을 시행하였습니다.

이 방법은 한국에서 대성공하였습니다. 한국 국민은 자기들끼리 원수처럼 싸웁니다. 일본에 있는 조총련을 통하여 가난한 청년들을 포섭했습니다. 돈이 없어 공부를 못 하는 젊은이들을 공부시켜서 사법부와 언론, 학교 선생, 교육계에 침투를 시켰습니다. 그들은 자라났습니다. 그래서 사법계의 인사들은 좌파 무죄, 우파 유죄의 판결을 했고 언론은 국민을 선동하여 미순이 효순이 파동, 광우병 파동, 5·18 파동, 박근혜 탄핵을 만들어 냈습니다. 그리고 많은 국회의원을 만들어 냈습니다. 간첩은 한국의 곳곳에 침투하지 않은 곳이 없다고 생각합니다.

지난번 대통령은 북한의 대변인이라고 할 만큼 북한을 위하여 일했습니다. 외국에 나가면 대한민국을 위하여 일한 것이 아니라 북한을 싸고돌기만 했습니다. 한국의 정치인들은 한국전쟁 때 한국을 도운 참전 국가의 정부들에게 만일 한국에 전쟁이 나면 다시는 참전하지 말라고 편지를 보냈습니다. 그들이 자랑하는 9·15군사 협정을 맺었습니다.

우리는 전선의 감시대를 줄이고 대북 방송을 끊고 탱크가 진입을 못 하도록 막아 놓은 장애물을 없앴습니다. 사관학교의 교과서를 바꾸고 한국 전쟁사도 없애고 주적이 북한이 아니라 미국이라는 은근한 압력을 가했습니다. 육군사관 학교에 장치되어 있던 많은 애국 장성의 비를 없앴습니다. 지휘관들을 평화주의자들로 바꾸었습니다.

트럼프 미국 대통령의 방한으로 남북 지도자가 만났을 때 한국의 대통령이 김정은에게 USB를 주었다고 합니다. 나는 역사에서 문서는 교환한다고는 하지만 한나라의 대통령이 적대적인 나라의 주권자에게 USB를 주었다는 말은 들어보지 못했습니다. 이 무슨 해괴한 일입니까 그것도 남몰래 …. 이 USB의 용량이 얼마나 될까요. 내가 가진 작은 USB도 230GB짜리니 아마도 그보다도 용량이 컸을 것입니다. 그리고 그 용량이면 웬만한 도서관의 책을 넣을 수 있다고 하니 얼마나 많은 정보를 주었을까요. 이것은 명백한 간첩 행위입니다. 그 내용이 무엇이든지 간에 간첩 행위가 아닐까요? 그는 정녕 한국의 아스틸락스입니까. 정말 그는 대한민국을 김 씨에게 넘겨주려고 했을까요?

재벌이 된 스포츠맨들

옛날에는 초등학교 학생들에게 장래의 희망이 무엇이냐고 물으면 대통령이 되겠다는 사람들이 제일 많았고 장관, 국회의원들이었습니다. 그런데 요새는 학생들의 인식이 달라졌습니다. 유명한 스포츠맨이 되면 웬만한 재벌 못지않게 축재할 수 있고 단시일 내에 유명 인사가 될 수 있습니다.

내가 어렸을 때 어른들은 자식들에게 "운동이란 취미로 하는 것이지 운동을 해서 어떻게 밥을 벌어 먹고사느냐"라고 했습니다. 운동은 젊어서 한때 취미로 하는 것이라는 말이지요. 그런데 상전벽해라고 하던가요? 그 푸르던 뽕나무밭이 바다가 되듯이 세상이 변했습니다. 옛날의 배추밭과 참외밭이 빌딩들로 가득 찬 강남과 잠실이 되었으니 말입니다. 요새는 운동선수들이 인기가 있고 돈을 많이 벌고 사회의 명사가 되는 시대입니다. 공부는 안 하고 스포츠백을 들고 나돌아다녀 부모의 속을 썩이던 아들이 웬만한 기업의

사장들보다 돈을 많이 벌어 오는 효자 아들이 되었으니 말입니다.

한 이삼 년 전에 필리핀계 영국 여자 엠마 라두카누라고 하는 사람이 US Open 테니스에 갑자기 떠올라 우승했습니다. 세계가 놀랐고 본인도 놀랐습니다. 그는 우승하여 300만 불의 상금을 받고 여기저기서 인터뷰 잡지사의 모델 광고 등으로 이 삼 개월 만에 천만 불 이상을 벌었습니다. 그는 꿈에 취했습니다. 그래서 연습을 소홀히 하다 보니 몇 개월 후에는 1차전에서도 떨어져 나가는 선수가 되었습니다.

마찬가지로 나오미 오사카라는 일본의 흑인 선수도 그렇습니다. 일본에서 US Open과 오스트레일리아 오픈을 우승한 선수가 없었는데 이색적으로 두 개의 메이저 대회에서 우승했습니다. 폐쇄적인 일본 사람들이 흑인 여자를 일본 사람이라고 대대적으로 선전하고 열광했습니다. 오사카 나오미도 잡지사와 신문, TV로 불려 다니느라 연습을 게을리하여 추락했습니다. 지금은 2회전이나 3회전에 나가기도 힘든 선수가 되었습니다. 그러나 돈은 많이 벌었습니다.

지금은 대중의 눈에 뜨이는 사람, 광고 모델이 될 수 있는 사람이 돈을 많이 법니다. 그래서 스포츠 선수들이 천문학적인 돈을 법니다. 테니스계에서 노박 조코비치는 1년에 181.6 Million Dollars를 벌었고 나달과 로저 페더러는 134Million Dollars를 벌었습니다. 호날두는 자산이 2.8 Billion Dollars라고 하고 타이거 우즈는

1.5 Billion Dollors라고 합니다. 한국의 손흥민 선수는 그동안 번 돈이 657억이라고 하며 연봉이 12Million Dollars라고 합니다. 박찬호 선수는 527억을 벌었고 추신수 선수도 그만큼 벌었다고 합니다. US Open 테니스에서 우승하면 300만 불을 받는데 세금을 떼고 250만 불을 손에 쥔다고 합니다. 그런데 상금은 푼돈입니다. 각 신문 잡지에 나고 인터뷰를 하고 광고 모델이 되어 상금의 수십 배를 벌어 드립니다. 웬만한 대회에 우승하면 팔자를 고친다고 할 수 있습니다.

오래전 피트 샘프라스라는 선수가 있었습니다. 별로 알려지지 않은 선수였는데 US Open에 이기고 나서 '다음 날 아침에 일어나니 왕자로 변했더라'라는 말을 남겼습니다. 운동선수의 부인들은 하나같이 미인들입니다. 로저 페더러의 부인도 오래전의 애인과 결혼했지만, 미인에 속하고, 노박 조코비치의 부인도 미인에 속합니다. 오래전 지미 코너스는 잡지의 모델과 결혼했고, 여자 선수인 세레나 윌리엄스는 외모가 별로 없는 흑인 여자이지만 백인의 날씬한 남자와 결혼했습니다.

한국에서도 인기가 있는 축구선수의 부인들이 대개가 미인 대회에 출전했던 여인이거나 연예계의 미인들입니다. 오래전 보리스 베커는 아주 젊어서 윔블던에서 우승하고 스타가 되었습니다. 자기를 따라다니면서 응원하던 여자를 버리고 새로운 여자를 만들고 얼마 있다가 그 여자도 버리고 다른 여자를 택했습니다. 그렇게 여자 편력을 하면서 돈을 탕진하여 그 많은 재산을 다 날렸습니다. 스웨덴의 부엔 보드 선수도 상당히 아름다웠던 여인과 헤어지고 온갖 스캔들을 뿌리더니 잠잠해졌습니다.

세상이 변했습니다. 이제는 "운동해서 어떻게 먹고 사냐? 공부해라"라고 하던 부모님이 이제는 자식들의 적성을 잘 살펴서 운동을 시키든지 노래를 시키든지 영화배우로 등을 떠다밀어야 하는 세상이 되었습니다. 물론 쉽지야 않겠지요. 운동은 아무나 합니까. 나처럼 키가 155센티밖에 안 되는 사람이 농구선수가 될 수도 없고 팔을 들면 갈비뼈의 그늘이 드러나는 친구가 권투하여 무하마드 알리처럼 될 수도 없습니다. 그러나 고시원에 들어가 밤낮을 가리지 않으며 실패하고 또 실패하며 인생을 좀먹게 하는 것도 현명한 일은 아닙니다. 사법고시에 합격되어 검사가 되어도 매일 살인 강도나 사기꾼과 시비를 따져야 하고 월급이 몇백만 원밖에 안 돼서 자식들 학원 보내기도 힘 드는 시대입니다. 학교에서 1, 2등을 하여 의과대학에 가봤자 매일 아파서 찡그리는 환자나 봐야 합니다. 또 짜장면 한 그릇 값도 안 되는 진료비를 받으며 가끔 환자의 싫은 소리까지 들어야 하니 그 삶이 행복하지만은 않습니다.

나가서 공이나 차서 이강인처럼 몇 년 안에 출세하여 선배한테 대들고 안하무인으로 살 수 있는 선수가 되고 돈을 천문학적으로 벌어 미인 여자를 얻을 수 있는 스포츠 선수가 정말 잘 선택한 삶을 사는지도 모르겠습니다.

낙태 문제

미국의 대통령 선거에 정책 중에 낙태 문제가 포함되어 있습니다. 낙태를 법으로 허락하느냐 금지하느냐 하는 것입니다. 물론 잉태된 생명을 중절 수술하는 것은 살인하는 거나 마찬가지입니다. 그러나 현실적으로 낙태를 인정해야 할 조건들이 많이 있습니다. 어머니가 태아를 분만하지 못할 중병이 있거나 정신적 질환이 있을 때, 강간으로 인하여 임신이 되었을 때 등 피치 못할 조건들이 있습니다.

그렇게 중절이 된 경우는 태아 살인이 아닌가요? 태아 살인하기는 마찬가지입니다.

옛날에는 철없는 남녀들이 자녀를 키울 힘이 없고 결혼도 하지 않은 상태에서 임신하여 중절 수술을 하는 경우가 많았습니다. 남아 선호 사상으로 며느리가 임신하면 양수검사를 하여 여자아이면 중절 수술을 하는 경우가 많았다고 합니다. 어떤 관계자의 말에 의

하면 60~70년대에는 한국에서 한 해에 약 3만여 명이 중절 수술을 했다고 하니 통계에 들어가지 않은 것까지 합하면 엄청난 숫자일 것입니다. 60년대나 70년대 한국의 형편이 그랬습니다. 그때 한국의 산부인과 의사들은 중절 수술로 돈을 벌었습니다.

내가 아는 분은 S의대를 나온 분으로 의대를 졸업하고 군의관으로 갔습니다. 군의관도 5~7년씩 복무를 해야 할 때였는데 고지식하고 착하기만 한 이 분은 7년을 근무했습니다. 병원에서 인턴이나 전공의를 한 것도 아니고 군에 있으면서 공부도 안 하고 술이나 마시면서 지내다가 제대하니 갈 곳이 없었습니다.

그가 군에서 사귄 친구의 사무실에 가서 돈이 잘 벌린다는 중절 수술을 배워서 작은 병원을 차렸습니다. 종합병원의 산부인과 전공의로 배운 것도 아니고 어깨 너머 눈치로 얼마를 공부했으니 수술 방법만 좀 배웠을 뿐 언제 수술하고 수술 후 처치를 어떻게 해야 하는지 정상 임신이 아니었을 때 어떻게 처리해야 하는지 배우지 않았습니다. 그래서 개업한 지 얼마 되지 않아서 수술의 부작용으로 환자가 사망했습니다. 그는 의료과실로 고소를 당하여 감옥에 갔고 한 3년을 살고 나왔습니다. 그가 감옥에서 나오고 나니 할 일이 없습니다. 다시 의사 면허증을 받아 작은 병원에 취직했습니다. 그 병원도 임신 중절 수술을 하는 병원이었습니다. 그분은 운이 없었던지 얼마 안 되어 환자가 사망하고 그는 재판을 받아 의사 면허증이 취소되고 어디로 갔는지 다시 만나지 못하였습니다. 미국에 오기 전 지인의 친구라고 하여 만나서 식사하면서 미국에 오는 나를 부러워하던 모습이 눈에 선합니다.

또 한 사람이 있습니다. 역시 군의관으로 있다가 제대를 한 분인데 군에서 술이나 마시고 공부는 남의 나라 일로 여기던 분이었습니다. 그는 제대가 가까워 오자 수소문을 하여 중절 수술을 잘하는 의사를 소개받고 그 병원에서 근 일 년을 수련하였습니다. 그리고 나와서 개업하는데 수단이 좋은 사람이라 아주 성업이 되었습니다. 더욱이 부인이 부동산 사업으로 성공하여 제가 한국에 갔을 때는 수천억을 치부하여 어깨에 뽕을 넣고 다녔습니다. 또 제가 아는 여자 선배가 있습니다. 산부인과를 했는데 참 정숙하고 착한 분이었습니다. 언젠가 점심을 사주시면서 중절 수술에 관한 이야기를 해주었습니다.

"글쎄 나이 어린 중학생들까지 중절 수술을 받으러 와요. 나는 중절 수술을 아주 싫어하는데 거절하면 밖에 나가서 부자격자들에게 수술을 받다가 사고가 나면 어떻게 하나 하고 걱정되어서 해 줘요. 수술을 잘 못 해 출혈이 되기도 하고 세균 감염으로 죽기도 해요. 그리고 자궁이 천공되었다가 아물면 자국에 이상이 생겨 임신 불가능해지거나 이상 임신도 되지요. 나는 세상이 어찌 이렇게 돌아가는지 모르겠어요."라고 한탄하던 그분의 말씀이 이따금 생각나곤 합니다.

요새는 피임약이 있습니다. 약국에 가면 담배 한 갑 값으로 살 수 있다고 합니다. 그래서 젊은 남녀가 친구를 사귀면 피임약을 가지고 다닌다고 합니다. 그 영향으로 중절 수술이 많이 줄어들었을 것입니다. 인륜 도덕상 임신 중절 즉, 낙태는 하지 말아야 할 것입니다. 합법화하면 성도덕이 문란해지고 정말 많은 태아가 죽어 없어질 것입니다. 낙태를 불법화하면 불법 낙태술이 존재할 것이고 멕시코나 남미에 가서 수술하고 올 것이고 많은 젊은 여자가 위험한 수술을 받을 것입니다. 그래서 낙태를 막자니 불법 수술이 성행되고…. 낙태를 허락하자니 그것은 살인을 허락하는 것이고…. 나는 내가 책임자라고 할지라도 판단하기가 어려울 것 같습니다.

이 문제가 중요 정책으로 대통령 선거에 중요 이슈로 선거 때마다 등장합니다. 대통령더러 어떻게 하란 말인가요? 낙태를 국법으로 인정하란 말인가요, 아니면 금지하란 말인가요? 인정하면 태아 살인범으로 비난을 받을 것이고, 불법이라고 한다면 많은 임신을 원하지 않는 여성들을 불법 낙태의 위험 속에 내버려 두는 무책임한 대통령이 될 것입니다.

세상에는 법으로만 해결하지 못하는 많은 일이 있습니다. 이것은 교육으로 해결해야 할 것이라고 나는 생각합니다.

엄살

엄살이라는 말은 자기의 고통이나 아픔을 확대 과장하여 상대방에게 전하는 것이라고 합니다. 그럼, 왜 자기의 고통이나 아픔을 과장할까요? 엄살을 함으로 얻어지는 이차적인 효과 즉, 동정이나 후원을 받으려는 것이 아닐까요?

한국에서는 저 출산율 때문에 앞으로 30년 후에는 인구가 천여만 명이 줄어들 것이며 노동 인구가 적어서 경제적으로 가난한 나라가 될 것이라고 신문에서는 떠들고 있습니다. 물론 출산율이 0.76이나 0.69로 떨어져 한국은 인구 절벽으로 추락하고 국가의 종말이 온 듯이 떠들어대고 아이를 많이 출산한 가정을 찾아다니며 10자녀를 둔 집을 찾아가서 마치 독립운동가의 가정처럼 추켜세우고 장학금을 준다느니 취업에 가산점을 준다느니 하고 야단을 치고 있습니다. 물론 출산율이 줄면 노동 인구가 줄고 경제가 나빠진다는 것은 누구나 상상할 수 있고 아는 사실입니다. 그러나 인구가 얼마나 늘어나야 우리 사회에 필요한 노동 인구를 만족시켜 줄 수 있는지도 이야기해야 하지 않을까 생각을 해봅니다.

1919년 삼일 운동이 일어났을 때 우리나라 인구는 2천만이었나 봅니다. 독립선언서에 그렇게 나와 있으니까요. 그리고 100년이 좀 더 지났습니다. 지금 우리나라는 남북을 합하여 8천만 인구가 되었습니다. 4배로 증가한 겁니다. 그때 한양 인구가 60만 정도라고 하였는데 지금은 1천만이 넘고 나라에 빈터가 없을 만큼 높은 빌딩으로 집을 지었습니다. 비행기를 타고 보면 온 나라가 고층 아파트로 덮여있습니다. 남대문시장 신세계백화점 건널목이나 시청 앞 건널목에는 정지신호가 꺼지면 길을 건너는 사람들의 인파가 몸을 부딪쳐 가며 건너가고 있습니다. 지하철역에도 서울역에도 광화문 앞 세종로 거리에도 마치 홍수처럼 사람들의 물결이 일고 있습니다. 옛날 이호철 작가가 쓴 소설책 ≪서울은 만원이다≫라는 이야기를 실감 나게 합니다.

우리가 4·19혁명을 할 때도 데모대원이 천 단위였고 만 명이 모이면 대단하다고 했는데 요새는 모였다 하면 작아야 십만 명이고 조금 더 모였다 하면 백만 명입니다. 신문에서는 지방의 초등학교가 문을 닫고 대학 중 정원 미달되어 문을 닫는 학교가 생긴다고 합니다.

그런데 동네마다 있는 대학을 무슨 수로 학생을 다 채웁니까? 동네마다 있는 초등학교를 무엇으로 다 채운다는 말입니까? 아마도 대학이 모두 차면 앞으로 대학은 한 동네에 몇 개씩 생길지도 모릅니다.

앞으로 군에 나가는 사람들이 줄어들어 국방에 문제가 있을 거라고 엄살입니다. 물론 그 사람들의 계산으로 하면 그렇겠지요. 그러나 돈 있는 사람들, 권력 있는 사람들 다 빼고 돈 없고 힘없는 사람만 군에 간다면 인구가 억이 되어도 부족할 것입니다. 국회의원 중 군 복무를 마친 사람들이 얼마나 되고 고급 공무원의 자녀 중 군 복무를 마친 사람들이 얼마나 됩니까? 그리고 군 복무기간은 짧아지고 또 짧아져서 18개월인가 16개월을 근무한다고 하지 않습니까. 만일 모든 국민을 모두 군 복무시키고 군 복무를 3년을 하게 한다고 하면 국민의 수가 3천만밖에 안 된다고 하더라도 60만 군을 유지할 것 같습니다.

나라에 일할 사람들이 부족하다고요? 그래서 외국의 노동자들을 들여와야 한다고요? 그럼, 지금 대한민국에 실업자 수가 얼마입니까? 그 실업자들이 모두 일자리를 가진다면 외국의 노동자들이 안 들어와도 될 것으로 생각합니다.

어떤 신문에서는 인구가 일억이 되어야 강대국의 대열에 선다고 말합니다. 그런데 세계의 강대국이라고 하는 나라 중 인구가 일억이 안 되는 나라가 얼마나 많이 있습니까? 나는 그 이론이 어디에서 오는지 모르겠습니다. 나는 TV에 나오는 다큐 여행이라는 프로그램을 봅니다. 그런데 인구가 아주 작은 나라에서도 행복하게 사는 나라들을 많이 봅니다. 그래도 강대국의 대열에 든다는 프랑스도 인구가 6,500만, 스페인은 4,700만, 영국이 6,700만, 독일이 8,300만 정도입니다. 이런 계산으로 따진다면 한국이 남북 합쳐서 8,000만이니 강대국의 반열에 섰다고 할 수 있습니다. 물론 출산율이 0.7%를 맴돌아 국민의 수가 줄어들면 안 되겠지요. 신문에서처럼 호들갑을 떨지 말고 아이를 낳아서 기를 수 있는 사회 현상을 만들어 내야 한다고 생각합니다.

대학을 다 합쳐서 서울대학을 만들 수 없으니, 지방대학을 나와서도 취업할 수 있게 만들어야 하고 누구나 컴퓨터 앞에 앉아 있는 직업을 찾지 말고 땀을 흘리고 일을 하는 사람도 그 노력에 맞는 보상을 받는 사회를 만들어야 합니다.

군 복무를 안 한 사람은 공무원이나 국회의원 같은 선출직에 출마하지 못하도록 제도화하여 탈세한 사람, 조폭, 범죄자가 선출직에 나오지 못하게 출마자들의 자격을 엄격히 해야 합니다. 그래서 학원보다도 못한 대학을 정비하고, 누구나 군 복무하게 하고 누구나 세금을 내게 하고 조폭들을 없애고 밝은 사회를 만들면 인구가 지금보다 줄어들어도 대한민국은 국민이 행복하게 사는 나라가 되리라 생각합니다.

오늘 명동 입구를 지나 을지로 시청 앞, 숭례문 앞을 지나 신세계 앞을 지나면서 아니 이렇게 사람이 많은데 인구가 적다고 하면 얼마나 더 늘어야 한단 말이야 하고 생각을 해보았습니다.

몬도가네

나는 요새 심심하면 요리에 관한 채널을 자주 시청합니다.

한국 정치는 부정적이고 비도덕적이고 비정상적인 일로만 돌아가고, 영화는 폭력 영화, 신데렐라 영화, 재벌들이 갑질하는 영화들이 대부분이어서 보고 나면 기분이 나쁘고 괜히 보았다고 후회하게 됩니다. 그래도 여자 배구나 축구 경기, 음식 프로를 보면서 나도 그 음식을 만들어 보려는 의욕도 생겨서 음식에 관한 채널을 자주 보게 됩니다.

그러다 보니 가끔 TV나 유튜브를 통해 나오는 식당에 들어가 보기도 합니다. 그런데 점심 한 끼에 100만 원이 넘는 식사가 소개되어 나를 놀라게 합니다. 그런 식당 중에는 중국 식당이 많은데 음식 내용이 제비집, 비둘기 고기, 곰 발바닥, 제비 혓바닥 같은 엽기적이고 우리를 놀라게 하는 음식들이 나옵니다.

오래전 『몬도가네』라는 영화가 있었습니다. 쥐 고기를 먹는 프랑스 사람들, 개미 타코를 먹는 멕시코 사람들이 나를 놀라게 했는데 중국의 엽기적인 음식이 단연코 많았습니다. 하기는 『인디아나 존스』에서는 인질이 된 존스에게 큰 눈이 담긴 수프를 대접하는 것을 보고 존스도 놀랐지만, 그 영화를 보는 나도 놀랐습니다. 또 중국에서는 살아있는 원숭이의 두개골을 열고 뇌를 수저로 파먹는 것을 보고는 소름이 끼쳐 눈을 감기도 했습니다. 물론 40년 전에 본 영화입니다. 그런데 그런 요리가 1인분에 5천 불이라고 합니다.

오늘도 우연히 신문을 보다가 비싼 홍콩의 음식이 나왔는데 '비둘기 통구이'는 어린 비둘기를 통째로 구운 요리인데 비둘기 머리까지 같이 나와야 하고, '유추'라는 음식은 태어난 지 2~6주 되는 돼지를 통으로 굽는 요리입니다. 또 뱀탕이나 뱀을 구워서 상에 올리는 요리, 피자에 뱀을 토핑한 것 등이 비싼 요리라고 합니다.

한국 워커힐에는 비싼 갈빗집이 있는데 한우 생갈비가 1인분에 백만 원이라고 합니다. 깨끗하고 화려한 접시에 예쁘게 꽃처럼 플레이팅해서 나오는데 갈비 위에 꽃과 캐비어 알을 보기 좋게 장식해서 나온다고 합니다. 그런데 백만 원이나 하는 그 음식을 먹고 나와도 배는 부르지 않았다고 하니 웃음이 절로 나옵니다.

지난여름 제가 한국에 갔을 때 명동에 있는 신선설렁탕에 자주 갔는데 한 그릇에 만 원 하는 설렁탕을 먹으러 사람들이 줄을 길게 서 있었습니다. 사람들은 설렁탕의 국물에 우유를 탔느니 뭐니 하는 국물은 진하고 곁들여 나오는 무김치와 배추김치가 맛이 있었습니다. 만 원짜리 한 그릇을 먹고 나면 맛도 좋고 배도 불러 점심 식사로는 더할 나위 없었습니다. 안면도에 가서 먹은 게찌개는 한 사람 몫의 게찌개가 3만 원 정도였는데 먹고 나니 본전 생각이 좀 났습니다. 그런데 한 끼에 100만 원이라니….

나는 그런 음식을 먹고 나온 사람을 존경하거나 부럽지 않고 오히려 엽기적인 사람같이 이상하게 보입니다. 뱀탕을 먹고 나와서 이빨을 쑤시는 사람이 야만인으로 보이지 존경할 마음이 생기지 않습니다.

우리는 매일 음식을 먹습니다. 음식을 먹는 이유는 음식으로 우리의 영양분을 보충하고 에너지를 공급받기 위해서일 것입니다. 그런 엽기적인 음식을 취미나 호기심으로 먹는다는 건 도착적인 정신을 가진 사람이라고 생각합니다.

오래전에 르블랑의 소설을 읽은 일이 있습니다. 이제는 책도 내용도 거의 잊어먹었는데 내용 중 이 대목은 기억납니다. 어떤 여인을 소설가와 과학자인 두 남자가 사랑했습니다. 그래서 그 여인을 두고 두 남자가 경쟁했는데 그 여인이 결핵으로 그만 죽었습니다. 그런데 소설가는 그 여인의 시체가 있는 곳에 복숭아나무를 심었습니다. 몇 년 후 복숭아가 열리자 복숭아를 따서 과학자인 친구를 불러 같이 먹었습니다. "이 복숭아는 그 여인의 시체 위에 심은 나무니까 이 나무뿌리가 그 여자의 몸을 파고들어 그녀 몸의 피와 살의 액체를 빨아들여 맺은 열매이다."라고 소설가가 말했습니다. 일주일 후에 이번에는 과학자가 소설가를 불러 저녁을 먹었습니다. 과학자는 깡통 속에 있는 고기로 요리를 해서 대접했습니다. 그리고 "이 요리는 그 여인이 죽은 후 내가 시체를 파다가 깡통 통조림을 만든 것이다."라고 과학자가 말했습니다.

이 소설을 읽은 후 나는 얼마 동안 고기를 먹지 못할 정도로 충격을 받았습니다.

사람들은 왜 엽기적인 음식을 먹으려 할까요? 제비집으로 만든 요리를 먹고 온 사람의 이야기로는 그 요리가 결코 맛있는 요리는 아니라고 합니다. 제비가 집을 짓기 위해 뱉은 토사물이 제비집에 말라붙었는데 이것을 채취하여 수프로 요리한 것으로 맛은 별로 없고 그냥 목에 잘 넘어가더라고 했습니다. 그러니 새가 뱉은 가래침을 다시 채취하여 그것으로 수프를 만들었다는 얘기가 아닙니까. 이렇듯 평균치를 넘는 아주 비싼 요리는 대개 우리가 쉽게 구할 수 있는 것이 아니라 구하기 힘든 것으로 이상한 음식입니다.

나는 누가 이런 음식을 대접한다고 하면 그를 끌고 짜장면집에 가겠습니다.

신용카드

우리는 참 편한 세상에 살고 있습니다. 신용카드 한 장이면 세상의 어디를 가나 돈 걱정 없이 살 수 있기 때문입니다. 제가 젊었을 때는 신용카드가 없어서 현금으로만 사용할 때가 있었습니다. 모든 직장에서 월급날이면 봉투에 현금으로 넣어주던 시대가 있어 이때는 소매치기들이 명절 때처럼 경기가 좋았습니다.

군의관 시절에는 월급날마다 외상값을 받으려고 술집 아주머니들과 식당 아주머니들이 부대 앞에 줄을 서 있곤 했습니다. 외상값을 갚고 나면 빈 봉투만 남는다고 투덜거리는 사람도 있었습니다. 나는 술은 안 마셨지만, 군의관 시절에는 친구들과 어울려 맥줏값도 내고 순댓국값을 내곤 해서 홀쭉해진 월급봉투 때문에 아내에게 잔소리를 듣기도 했습니다.

육군 사관학교에 근무할 때입니다. 어느 날 월급을 받고 친구들과 저녁을 먹고 전차를 타고 집에 왔습니다. 월급봉투는 밑의 주머니에 보관하고 가끔 만져보고 확인도 했습니다. 청량리에서 전차를 타고 종로 5가에 와서 5분 전에 만져보았을 때는 안전하던 월급봉투가 전차를 내려서 만져보니 사라져버린 것이었습니다. 주머니에 손을 넣어 보니 손이 면도칼로 찢어놓은 구멍으로 하여 허공으로 빠지지 않습니까. 참 아찔하고 허무했습니다. 이제 한 달을 어찌 살지 집에 무슨 얼굴로 집에 들어가지, 아찔했습니다. 나는 길에 한참을 서서 생각했으나 별 묘안이 없었습니다. 돈을 다 잃었으니 종로 4가에서 돈암동으로 하여 미아리 고개를 넘어 걸어서 늦게 집에 도착했습니다. 마중 나온 아내의 손을 잡아 내 주머니로 밀어 넣었지요. 아내는 "아~ 이게 무슨 일이에요."하고 물었습니다. "나는 전차에서…." 하고는 한숨을 쉬었지요.

1970년 미국에 왔습니다. 인턴을 하는데 나보다 먼저 온 친구들이 신용카드를 보여 주며 자랑했습니다. 나는 용기가 없어 인턴 때는 신용카드를 내지 않고 외과 전공의가 되어서야 소위 Visa 카드를 내었습니다. 카드회사에서 나의 신용도를 조사하고 은행에 돈이 얼마나 예치되어 있는지를 보고 내준 50불 한도의 신용카드였습니다.

성형외과 의사가 되어 개업하니 가입비 없이도 신용카드를 준다는 곳이 많았습니다. 심지어 신청을 안 했는데도 그냥 신용카드를 보내주었습니다. 내가 거래하는 오하이오의 은행, 성형외과 학회의 카드, 아메리칸 익스프레스 카드, 대한항공의 Sky Bank 카드,

힐튼 호텔 카드 등…. 카드가 7~8개나 되었습니다. 그런데 카드가 많으면 불편합니다. 잃어버릴까 봐 염려도 되고 해서 하나씩 취소하고 2개만 남겨 놓았습니다.

카드가 있으면 편한 점이 많습니다. 카드를 쓰면 날짜에 따라 다르지만 한 20여 일이 있어야 청구서가 날아오고 청구서를 받은 후, 한 달 내에 돈을 내면 되니 거의 두 달이나 외상값을 안 갚아도 됩니다. 그리고 신용카드는 외국에 가서도 쓸 수 있습니다. Visa 카드는 그리스, 영국, 불란서, 이탈리아의 ATM에 가서 돈을 꺼내 쓸 수도 있습니다. 그리고 번호를 다른 수첩에 적어 놓으면 카드를 잃어버려도 은행에 전화하면 카드를 취소해 주니 지갑을 잃어버리는 것보다는 손해를 덜 볼 수 있습니다.

그렇지만 카드는 돈이 많이 드는 것도 사실입니다. 신용카드를 가지고 한국에 가서 돈을 찾으면 수수료가 붙습니다. 작은 물건을 사면서 신용카드를 쓰면 수수료로 골탕을 먹을 수도 있습니다. 그러니 신용카드를 외국에서 쓰려면 은행에 가서 쓸 만큼의 돈을 찾아서 쓰는 것이 좋을 것 같습니다. 얼마 전 갑자기 이가 아파서 치과에 갔습니다. 치료비가 내가 생각했던 것보다 많이 나왔습니다. 무려 5천 불이 나왔습니다. 그래서 신용카드로 치료비를 냈더니 비용의 3%를 수수료로 받는 것이 아닙니까. 그래서 150불을 억울하게 냈습니다. 차라리 직불 카드를 냈으면 수수료가 없었을 것을….

또 카드값을 제때 못 내면 그때부터 신용카드 회사의 횡포를 감당해야 합니다. Late Charge에 이자를 내야 하는데 이자가 일 년에 18% 되는 곳이 많이 있습니다. 내가 은행에 예금이 많아도 은행 이자는 1%가 될까 말까 한데 18%라니요? 만일 돈이 좀 부족한 사람이 신용카드의 이자를 낸다면 그야말로 사채를 쓰는 거나 마찬가지일 거라고 생각합니다. 이자의 이자까지 내야 하니까요.

몇 년 전 나의 친한 친구의 딸이 한국에서 왔습니다. 그런데 보니까 달랑 카드 한 장만 들고 온 것입니다. 이 아이는 카드와 스마트폰만 있으면 세계 어디든지 마음대로 갈 수 있다고 큰소리를 쳤습니다. 스마트폰에서 온갖 정보를 얻고 비행기나 호텔을 예약하고 카드로 내고…. 카드값은 한국에 있는 아버지가 내주니까 얼마든지 신경 쓰지 않고 돈을 썼습니다. 참 편리한 세상이로구나 하고 생각했습니다. 그리고 지갑에서 돈을 꺼내 쓰고 지갑의 돈이 얼마나 남았는가를 생각하는 것이 아니기 때문에 그냥 무분별하게 쇼핑하는 것을 보고 놀라기도 했고, '나는 일생에 그렇게 카드를 긁어 대보지 못하고 살았구나!' 생각도 했습니다. 다행히 그 젊은이의 아버지가 준재벌급이니 그렇지, 자기가 책임을 질 돈이라면 어찌 그렇게 쓸 수 있을까 경이로웠습니다.

그 아이를 보면서 저래서 젊은이들이 카드빚이 많구나 알게 되었습니다. 한국 젊은이들의 카드빚이 몇조가 된다니 이제는 이해가 되기도 합니다.

라파엘 나달

거의 지난 한 세대 동안 남자 테니스대회를 하면 으레 빅 3라고 하는 선수가 우승하곤 했습니다.

로저 페더러와 라파엘 나달, 노박 조코비치가 우승컵을 거머쥐었고 나머지는 가끔 의외의 선수가 우승했지만 그런 경우는 드물었습니다.

그랜드슬램은 오스트리아 오픈, 프렌치 오픈 윔블던, 유에스 오픈을 말하는 것으로 1년에 4번의 경기를 빅 3중 한 사람이 가져가곤 했습니다. 로저 페더러가 20회, 라파엘 나달이 22회, 노박 조코비치가 24회 승리했습니다. 즉 20년간 80회의 경기 중에서 66회를 그 세 사람이 우승자였으니 그 셋이 독식한 것이나 다름없었고, 그 3인 중 누가 더 많이 가져가는가의 전쟁이었습니다.

그 빅 3가 군림하는 중에 그다음 급으로 도미니크 팀, 치치파스, 알렉산더 즈베레프가 3인방을 이루고 있었고, 그 밑으로 군웅들이 활거했습니다.

스포츠계에는 항상 이변이 있습니다. 러시아의 메드베데프가 올라오는가 싶더니 요새는 이탈리아의 야닉 시너와 스페인의 카를로스 알카라스가 왕좌를 놓고 격돌하고 있습니다.

그런데 군중의 인기를 많이 끄는 선수는 테니스 실력과는 좀 다른 것 같습니다. 오래전 미국의 존 패트릭 맥켄로는 코트의 매너도 좋지 않았고 싸움을 잘했지만 라이벌 이반 랜들보다 인기가 있었습니다. 이반 랜들은 우승도 더 많이 하고 선수의 랜킹에서도 존 맥켄로보다 좋았지만, 군중은 항상 맥켄로를 응원하고 이반 랜들에게 야유를 보냈습니다.

지금도 마찬가지입니다. 그랜드슬램에서 24회의 우승컵을 차지하고 올림픽에서도 우승한 노박 조코비치는 군중들에게 인기가 없는지 그가 경기할 때는 상대방을 응원하고 조코비치한테 야유를 하는 사람들이 더 많습니다. 그럴 때면 조코비치는 신경질을 부리고 경기가 흐트러지는 경우를 종종 보곤 합니다.

한 2년 전 로저 페더러가 은퇴하고 이제는 테니스계의 손님 인사로 군중들에게 나타납니다. 그리고 지난달 라파엘 나달이 은퇴를 선언하고 코트에서 물러났습니다. 나달의 은퇴 소문은 꽤 오래전부터 돌고 있었습니다. 그는 많은 부상으로 오랜 기간 고생하고 있는데 십 대 때부터 뮐러 와이즈 병이라는 것을 앓고 있다고 합니다. 이 병은 무릎과 다리의 연골에 이상이 생기는 병으로 치료 방법이 별로 없다고 합니다. 그는 신발과 물리치료를 하면서도 근 25년간을 테니스를 쳤습니다. 그의 작은아버지가 테니스 선수여서 3살 때부터 라켓을 잡았는데 재능이 있어 소년 시절부터 대회에 나가 우승했다고 합니다.

많은 테니스 선수가 미국에 와서 훈련을 받았지만, 나달은 스페인에서 연습하여 크레이 코트에 강한 선수가 되었습니다. 근 25년 동안 그는 테니스계의 영웅으로 2008년 베이징 올림픽에서도 금메달을 획득했습니다. 그의 22회 그랜드슬램 우승 속에 클레이코트인 프렌치 윔블던오픈에서만 14회 우승을 했으니 클레이코트에서는 그를 당할 선수가 없었습니다. 그래서 그의 별명이 '흙신'입니다.

나달의 경기를 보면 서브가 특별히 강하다거나 포어핸드가 강하다거나 하는 특징은 없고 왼손잡이로 모든 면에서 강하다는 것입니다. 그의 불굴의 경기 태도, 포기하지 않는 끈기로 임하는 경기 모습을 볼 수 있습니다. 몇 번 공을 주고받다가 보면 상대방이 스스로 무너지는 것을 볼 수 있었습니다. 그는 주황색의 옷을 자주 입고 나왔으며 모자를 쓰는 것이 아니라 머리띠를 하고 나와서 아내는 그를 '인디언 추장'이라고 불렀습니다.

1986년생이니 38세인데 너무 많이 부상해서 온몸이 상처투성이입니다. 최근 한 2년 동안 다시 복귀하려고 노력했으나 부상이 회복되지 않아 그의 안 마당이라고 할 수 있는 프렌치 윔블던오픈에서조차 1회전에 패배하는 치욕을 보여 주었습니다. 한 달 전 데이비스컵 대회에 스페인 대표로 나왔지만, 상대편인 네덜란드 신인선수에게 패배하자 은퇴를 선언하고 코트에서 물러났습니다. 눈물이 글썽글썽한 채 백을 메고 나가는 그의 모습이 참 쓸쓸해 보였습니다.

이제 나달은 테니스코트에서는 볼 수 없을 것입니다. 서브하기 전 팬티 속에 고추가 있는 걸 확인하듯 만지고 항문이 있는 곳을 만지고 코를 만지고 귀를 만지고 턱을 만지고 난 후 서브 공을 치는 코믹한 모습을 볼 수 없을 것입니다.

나달은 노박 조코비치와 라이벌 의식이 강해서 그랜드슬램에서 조코비치를 이기려고 노력했지만 24승을 거둔 그를 앞서지 못한 채 은퇴하게 되었습니다.

나달은 많은 돈을 벌었습니다. 그의 재산은 250Million Dollars가 넘고 집에는 값비싼 스포츠카와 좋은 차들이 4대나 있고 화려한 집도 있습니다. 그의 고향 마요르카에는 나달 테니스 아카데미가 있고, 은퇴해도 수입은 많을 것입니다.

나달은 사회사업도 했습니다. 그의 고향이 폭우 피해를 봤을 때 비를 들고나와 마요르카의 재건사업에 참여하여 훈훈함을 보여주었습니다. 그의 테니스 학원에 이재민들을 수용하기도 했습니다. 나달은 스페인 국민의 사랑받는 인사이며 잡지 모델로도 수입이 꽤 있을 것입니다.

나는 나달의 앞날에 행복하기를 빌며 이제는 부상한 몸이 잘 치료되어 후유증으로 고생하지 않기를 기도합니다.

위인들의 자취

북한에는 김일성의 동상이 3만 개 정도 있다고 합니다. 이것은 비정상이지요. 북한 측면에서 보면 북한 정부를 처음 세운 건국 수반이니 몇 개의 동상쯤은 세울만하지요. 그의 출생지나 정부 청사 앞 같은 곳에는 하나씩 세울만합니다. 그러나 3만 개나 된다는 것은 시골의 서낭당보다도 많으니 가치가 떨어진다고 할 수밖에 없습니다.

우리나라에도 기념관이 많이 있습니다. 아마 제일 많은 기념관을 가지고 있는 분은 김대중 전 대통령일 것입니다. 그의 기념관은 그가 살던 동교동, 연세대학교, 광주, 목포 등 여러 곳에 있고 웅장하게 지었습니다. 나는 그것은 호남 사람들의 단결력과 추진력에 있다고 생각합니다.

이승만 대통령이나 박정희 대통령의 기념관은 아직도 세우지 못하였고 박정희 대통령의 생가만이 초라하게 남아 있습니다. 그분들이 살아 있을 때는 방귀만 뀌어도 "각하 시원하시겠습니다."라고 아첨하던 무리가 정권이 바뀌니까 혹시 자기들에게 불이익이 올까 봐 신변 보호에만 힘을 쓰고 숨어 버리는 비겁한 인물들이었기 때문입니다. 누구의 이야기대로 보수 인사들은 부패했고 탐욕스럽고 비겁하고 나약하고 가만히 두면 자기들끼리만 물고 뜯고 싸우는 소위 시정잡배들의 무리였습니다. 좌파들이 그렇게 거짓말로 국민을 오도하고 선동해도 그것을 질타하고 나서는 보수의 지도자들이 없었습니다. 박근혜 대통령이 탄핵을 당할 때도 그것이 사실이 아니라고 반박하고 나서는 인물이 없었고 도리어 탄핵 소추안을 들고 간 사람은 새누리당의 인물이었습니다.

이제 정권이 바뀌고 여론이 바른쪽으로 돌아오자 마치 자기가 그전부터 올바른 말을 했던 것처럼 굽실거리는 인물들이 여기저기서 생겨났습니다. 그리고 박근혜 대통령 탄핵에 표를 던졌던 인사들도 얼굴을 닦고 흰색 메이크업을 하고 보수 정치를 한다고 목소리를 높이는 것을 보면 참 낯간지럽다고 생각합니다. 먹고살기에 바빠서 일생을 쫓기다시피 하면서 살아온 사람이 세상 구경을 얼마나 했겠습니까만 그래도 외국을 가보면서 느낀 것은 그들은 위인들의 발자취를 보호할 줄 아는 사람들이구나 하고 생각했습니다.

일인 독재 스탈린이 반혁명 세력을 말살하던 정부도 러시아 위인들의 자취를 잘 보존했습니다. 상트페테르부르크에 들러서 도스토옙스키의 무덤을 보고 실제로 러시아 사람이 아닌 차이콥스키의 무덤, 푸시킨의 웅장한 무덤을 보고 감탄했고 공산주의에는 반체제 인사였던 톨스토이 기념관을 보고 감탄했습니다. 푸시킨이 살았던 집, 도스토옙스키가 말년에 살았던 집도 잘 보전이 되었습니다.

오스트리아의 잘츠부르크에 가서는 모차르트, 베토벤, 바흐의 묘라고도 하고 기념탑이라고 하는 화려한 탑을 보았습니다. 폴란드의 바르샤바에 가면 쇼팽의 기념관 동상이 아주 크게 있고 폴란드 사람들의 자랑거리로 전시가 되어 있습니다.

미국에도 그렇습니다. 플로리다의 키웨스트에는 어니스트 헤밍웨이가 살았다는 자그마한 집이 있고 보스턴에는 많은 문인의 집들과 동상들이 있고 조지 워싱턴이 살았던 집과 묘가 보존이 되어 있고 텍사스에는 조지 부시가 살던 집이 그대로 있습니다. 우리가 사는 플로리다에는 에디슨이 살며 연구하던 집이 보존되어 박물관처럼 운영되고 있습니다. 나는 그런 곳을 보며 부러웠습니다.

우리나라에 전두환 대통령이나 노태우 대통령의 기념관이 생길까요? 그분들이 대통령일 때 그 앞에서 손을 비비며 '각하'라고 하던 많은 인사는 어디로 갔을까요. 그분들이 대통령일 때 돈을 번 재벌들은 무슨 생각을 할까요. 자기들의 이익을 위하여 사람을 언제나 버릴 수 있는 배은망덕한 사람들이라고 생각합니다.

우리나라에도 유적이 많이 있습니다. 그러나 우리나라의 국격에 비한다면 너무 초라합니다. 경주에 가면 신라의 유적이 남아 있고 용인에 가면 왕릉 등이 남아 있습니다. 그러나 문화를 기리는 기념물은 별로 없는 것 같습니다. 종로 어느 골목을 지나다가 여기가 '방정환 선생님의 집터'라고 하며 돌이 하나 놓여 있고 여기가 '이상의 집터'라고 하여 돌이 하나 놓여 있는 것을 보았습니다. 잘츠부르크에 있는 음악가들의 기념비에 비해 초라하다 못해 차라리 없었던들 하는 생각이 났습니다.

통영에 간 적이 있습니다. 그곳은 시인 청마 유치환 선생이 살던 곳입니다. 그곳에는 유치환 선생이 살던 집이 보존되어 있고 그 부인이 재봉틀로 일하며 살던 방이 남아 있어 기뻤고 자랑스러웠습니다. 한국전쟁의 영웅 더글러스 맥아더의 동상이 인천 만국 공원에 자리 잡고 있습니다. 물론 다른 이론도 있지만, 그는 우리나라가 공산화되고 수많은 국민이 죽을 고난에서 구해준 사람입니다. 우리나라의 어떤 좌파 기독교인이 그것을 도끼로 부수려고 하다가 실패하여 아직도 그 상처를 남긴 채 동상은 서 있습니다.

우리나라 국민은 정치적이고 이념 주의에 열광적인 사람입니다. 오래전 김장환 목사님과 이야기를 한 일이 있습니다. "무슨 사상이든지 우리나라에 들어오면 고추처럼 매워지지요. 불교도 우리나라처럼 독한 데가 없고 기독교도 그렇지요. 새벽기도를 매일 하는 교회는 대한민국밖에 없어요. 공산주의도 한국에 들어오니 세계에서 제일 독한 공산주의가 되었지요. 자기 아버지를 고발하고 자기 친척을 죽창으로 찔러 죽인 나라는 우리나라밖에 없어요."라는 말을 했습니다. 조국 씨처럼 죽창을 들자고 하지 말고 우리나라의 문화 유산을 많이 남기는데 힘쓰면 안 될까요.

후기

어떤 친구가 보내준 카카오톡 글에 "불지 않으면 바람이 아니고, 흘러가지 않으면 강물이 아니고, 지지 않으면 꽃이 아니고, 늙지 않으면 인생이 아니지."라고 쓰여 있었습니다. 어떤 친구는 날마다 유튜브로 글을 보내는데 거의 늙어가는 인생에 대한 탄식과 삶에 대한 한탄입니다. 그렇습니다. 나이가 들어가는 게 한탄스럽기도 합니다. 그러나 아무리 발버둥 쳐도 늙어가는 인생과 싸울 수 없습니다

젊어서 팔팔할 때 이어령 선생님의 수필전집을 읽었습니다. 한국과의 만남, 삶과의 만남, 세계와의 만남, 문학과의 만남 등 20권이었습니다. 나는 그 수필집을 읽으면서 '나도 20권의 책을 출판할 수 있으면 소원이 없겠지.'라고 생각했습니다.

이제 19권을 출판한다는 이선우 선생의 깨움이 정신을 번쩍 들게 했습니다. 물론 나의 글이 이어령 선생님의 글과 비교가 되겠습

니까만 19권이라는 데야 할 말이 없습니다.

지난겨울에는 많은 친구를 잃었습니다. 40여 년을 이웃에서 살던 이영근 선생, 나를 아껴주던 심낙광 선생님, 그리고 지난 몇 년 동안 친구로 사귄 장철우 목사님을 보내면서 큰 충격을 받았습니다. 그리고 '이 세상에 남아 있는 친구보다 저세상으로 간 친구가 더 많구나!' 생각하면서 초조하고 불안한 마음도 생깁니다.

"모란이 떨어지면 그뿐 천지에 모란은 자취도 없어지고 내 한 해는 다 가고 말아 삼백예순 날 한냥 섭섭해 우옵내다."라는 김영란 선생님의 탄식이 저절로 새어 나옵니다.

나를 이끌어주신 조경희 선생님. 지금은 몸이 편치 않으셔서 추천사를 못 써주시는 김정기 선생님 잊을 수 없는 분들입니다.

거의 20권을 쓰는 동안 많은 오자와 틀린 글을 고쳐주고 친절하게 책을 만들어준 이선우 선생님께 감사를 드립니다.

2025년 5월

이용해

이용해 열아홉 번째 수필집